安徽师范大学汉语言文学国家级特色专业建设阶段性成果

地方高水平大学汉语言文学重点建设专业项目阶段性成果

教育部卓越中学语文教师培养改革项目阶段性成果

安徽省质量工程卓越语文教师培养计划阶段性成果

安徽师范大学卓越文科人才培养计划项目阶段性成果

安徽省重大教改项目优秀传统文化传承与大学生人文素质培养研究阶段性成果

安徽师范大学文学创作人才协同培养实验区项目阶段性成果

文苑初鸣集

王 昊◎主编

（第二辑）

安徽师范大学出版社

·芜湖·

责任编辑:胡志恒 刘 佳
装帧设计:丁奕奕

图书在版编目(CIP)数据

文苑初鸣集. 第2辑 / 王昊主编.—芜湖:安徽师范大学出版社,2016.5
ISBN 978-7-5676-2374-3

Ⅰ.①文… Ⅱ.①王… Ⅲ.①中国文学 – 当代文学 – 作品综合集 Ⅳ.①
I217.1

中国版本图书馆CIP数据核字(2015)第320991号

文苑初鸣集(第二辑)

王 昊 主编

出版发行:安徽师范大学出版社
　　　　　芜湖市九华南路189号安徽师范大学花津校区　　邮政编码:241002
网　　　址:http://www.ahnupress.com/
发 行 部:0553-3883578 5910327 5910310(传真) E-mail:asdcbsfxb@126.com
印　　　刷:虎彩印艺股份有限公司
版　　　次:2016年5月第1版
印　　　次:2016年5月第1次印刷
规　　　格:700×1000　1/16
印　　　张:17.25
字　　　数:230千
书　　　号:ISBN 978-7-5676-2374-3
定　　　价:45.00元

前　言

安徽师范大学文学院的前身是1928年建立的省立安徽大学中国文学系，是安徽省高校办学历史最悠久的四个院系之一。刘文典、郁达夫、苏雪林、周予同、潘重规、宛敏灏、张涤华、祖保泉、刘学锴、余恕诚等一批著名学者曾在此工作，在老一辈学者的示范引领下，文学院形成了深厚的学科积淀、优良的育人传统。文学院在八十七年的办学历程中培养了大批杰出人才，如享誉学界的朱良志、邓小军、周啸天、胡晓明、李向农等杰出学者，活跃在文坛的许春樵、罗巴、凤群、邢思洁、徐明等优秀作家，坚持在基础教育一线的邓彤、郭惠宇、王屹宇、肖家芸、王晓平等卓越教师，驰骋在商界的王大明、徐高潮、余伯诚等成功企业家，在国内有广泛影响的刘春、吴征、赵焰、朱晓琳等媒体精英，及央视百家讲坛著名主讲人鲍鹏山。2014年文学院校友频传喜讯，朱良志教授的《南画十六观》荣获第九届中国文联文艺评论奖著作类特等奖，周啸天教授的诗词选《将进茶》获第六届鲁迅文学奖诗歌奖。2014年，文学院申报的卓越中学语文教师培养改革项目成功入选教育部首批卓越教师计划，文学院学子获得了第二届全国师范生技能大赛二等奖等国家级奖项。2015年，文学院余恕诚教授、胡传志教授获得第七届高等学校科学研究优秀成果奖。这些成绩的取得进一步提高了文学院在国内的知名度。

由于历史与地缘等原因，安徽师范大学没有搭上"211"高校的快车，丧失了很多发展机遇，在一定程度上影响了学校的发展。然而，经过全校师生的不懈努力，安徽师范大学2014年1月成功进入省部共建高校行列，站上了新的发展起点，再次整装出发。人才培养是高等院校四大职能中的核心职能，在近九十年的办学历程中，文学院始终围绕人才培养不断探索与实践，先后获得了教育部人文社会科学重点研究基地、国家级特色专业、国家级教学团队等7个国家级科研、教学平台，这对于省属重点大学来说实属不易。在高等教育迅猛发展的新形势下，我们在继承优良传统的基础上不断更新办学理念，创新办学方式，改革教学方法，逐步形成了以第一课堂为中心，以富有专业特色的第二课堂和卓有成效的社会实践为两翼的全面系统的人才培养模式，进一步提升了人才培养质量。为了将"以生为本"的理念落实落细，切实提高学生专业核心能力，2013年文学院举办了首届原创作品大赛，并将大赛获奖作品结集出版，名为《文苑初鸣集（第一辑）》。如此命名基于三点考虑：一、"文苑"者，文院也；文院者，文学院也。在日常交流中学生均简称文学院为文院。二、文院与"文苑"谐音，历朝史书"文苑传"为文学人物立传，蕴含我们对学生成长为文苑英才的美好祝福。三、初鸣者，初次鸣叫也。对很多同学而言，这是他们发表在纸媒上的处女作，是名副其实的初鸣，我们盼其能"不鸣则已，一鸣惊人"。

首届原创作品大赛成功举办之后，同学们尝到了"甜头"，积极性得到充分调动，创作和发表作品的愿望明显增强。参加第二届原创作品大赛的人数大幅上涨，组委会共收到参赛作品600多件，作品质量较首届有了一定的提升。尤为可喜的是，参赛作品的文体更加丰富了，除了首届大赛中的小说、诗歌、散文、论文之外，增加了话剧文体。学院组织相关专业教师从参赛作品中评选出了一、二、三等奖，从专业、学科平台经费中拨出了专款将优秀作品结集出版，于是有了眼前的《文苑初鸣集（第二辑）》。从语言的功力、视野的宽度、生活的厚度等视角看，文集中所收作品或许还有较大的锤炼、润色、打磨的空间，但它们给我的最大感受是真实无伪，有温度、有态度。陶行知说："千教万教教人求真，千学万学学做真人。"做人要做真人，做文章要做真文章。清人法式善曰："性情真则语虽质而味有余，性情不真则言虽文而理不足。"从这一角度来看，文集所收作品表现了当代大学生的真性情、真想法、真功夫，散发着他们的体温与纯真，透露了他们微妙真实的情感世界，是质而有余味的，非常值得我们珍视。文集付梓后，评判权掌握在读者手中，就像在"非诚勿扰"的舞台，"留灯"还是"灭灯"就由读者诸君做主了。

安徽师范大学文学院　　王　昊
二〇一五年十月一日

前言

目　录

小　说

文苑初鸣集
〔第二辑〕

诗　歌

论　文

小说

XIAO
SHUO

鱼

◇徐可

一、卜 萧

不要怀疑人的施暴能力，无论他曾弱小得多么令你同情。看看我眼前这个女人就知道了。她嘶吼着扯人衣衫，扇人耳光的样子活像狩猎中的母狮，谁也不敢相信，就是这个女人，昨天跪在派出所门口垂泪到天明。原来她一直没有放弃寻找她的猎物。或许她真的需要猎物，她需要用锋利的牙齿刺入它们的血管，只有那股腥甜的暖流沁入口中，才能安抚她悲苦已久的心。

在烟灰缸即将砸向那颗垂丧的头颅之前，我及时抵住她的手："你这一下拍下去，你儿子即使出来也见不着他娘了。"说着顺手将烟灰缸夺下来，不想她攥得太紧，我竟没站稳，退了一步。"啪!"烟灰缸碎了一地。

几个同事赶忙从后面冲上来抱住她，我徒弟许苗苗忍不住插嘴："你这个女人怎么这样。昨天可怜巴巴，今天又跑来发癫。这儿是公安局不是菜市场。怪不得你儿子砍死……"我拍拍她的肩，她便住口，继续埋头扫地。

"把那孩子带到审讯室，其他人都回去吧。"我说，"卜梅，过来。"女儿从许苗苗那儿向我走来。"今晚我可能会回去晚一点，记得跟妈妈说，别等我吃饭了。"女儿点点头，说道："可今天是妈妈生日哦。"

生日。我像是突然从时间黑洞钻回来一样，对这个词分外陌生。"那就替我跟妈妈说生日快乐吧。"女儿耸耸肩，又屁颠屁颠地跑向她的苗苗姐。

窗外的秋风又开始肆虐，屋子里什么声音也听不到。我摘下眼镜，拿衣角擦了擦，再戴上去。那个女人不再发疯，坐在椅子上低声喘气，一副恨不得把椅子坐穿的表情。我瞥了她一眼，不知哪儿来的念头，今后谁给她过生日呢？反正不是她那个砍死了人的儿子。昨天她扬言要跪到总局，我猜她今天应该没时间了。我看看墙上的钟，七点十分。《新闻联播》播了快一半了。

有人从背后拍拍我，是郝建。他递过一支烟，我接着。

郝建咯咯直笑："好家伙，够厉害啊。"他的鼻子像个喷气的火车头，"这许多年没见，你居然练成了一眼看穿小偷的功夫。"

"他是惯犯了。"我让烟草味在口腔内多停留了一会儿。

"多亏你，不然衣服都让她扯光了。"

"还赌吗现在？"

"就剩个儿子了，"他夹着烟的手指刚送至嘴边，顿了顿，轻轻咳了一声，又像在笑，"人家不要。"

"幸好不要。"我也笑了，"你儿子呢？"说着摁灭了半根残烟。

"摊上我这样的爸爸，儿子搞定晚餐的技术一流啊。你居然舍得掐灭，上学的时候我的烟全让你偷光了。"

"戒了。"

我一直不太明白自己与别人的友谊是如何建立的，正如我不知道爱情是如何毁灭的。我用了半根烟的时间重拾了与郝建的友谊，而从前为了她没少跟郝建撕破脸的女孩子，我连用半根烟去回忆她姓什么的工夫都没有。也许有些东西一直就在那儿，但我们总像看见落叶一样毫不怜惜地踩上去。

那个小偷就坐在我对面，脑袋像灌了几十吨铅，声音含混，跟他漫长的未来一样暧昧不清。他还只是个十六七岁的孩子。我死死盯着他，感觉自己的目光比街头那些紧握别人双手、声称能

文苑初鸣集（第二辑）

看穿命运的半仙还要深邃，实际上我只是有一些尘封的思绪等待擦拭。

我俯身去看小李记录的口供，上面爬满了足以让他的小学语文老师羞愧难当的字迹。我还没来得及说什么，耳边突然炸起一记惊天动地的拍桌声，小李用一种几近感激的目光看了许苗苗一眼。"下次可以轻点。"我对她说。

那孩子就像植物人只能转转眼珠那样动了动腿，以表示自己没聋。我靠着椅背，默默望着他。这个年轻的躯体正在干枯，浑身上下没有丝毫可取之处，衣服甚至还是上次抓他穿的那套。你对他吼几遍"看着我的眼睛"，他才会稍微抬头瞟着你，而你会气馁，从他枯井般的眼眸里只能攫取深不见底的空虚，你自己灼灼的目光投进去，也只是黑洞洞的空虚。有时候，我甚至有一点想听到他的真话，比如偷来的钱到底怎么花的？干吗不买件新衣服？有心爱的人吗？体会过被女孩爱上的滋味吗？但他的手总是交叉着向外翻，摆出一副与我无关的姿态。于是我总是靠着椅背，一动不动。以冷漠对抗冷漠，这是最好的态度。我盯着他，脑海却像老旧的放映机，正播放着发黄的胶片。我输了，他似一堆吹不起的死灰。不过无所谓。

"钱包里就五十，"我自言自语道，"先送到看守所吧。"我抓起外衣走出审讯室，发誓以后再也不盯着他的眼睛，几乎快把我拖进无底深渊。放映机"吱呀"作响，胶片缓慢运行，吵的，闹的，痴的，笑的，他说你厌倦吗？怀念吗？后悔吗？我说你放屁，我怒不可遏，我说不许笑，他说我没笑，你放松点，我要爆裂了，明明就是你在笑，他说是你自己在笑，我呸，呸的一声恰如笑声。我赶紧转身逃走。

我径直走出大厅，直觉感到那女人朝我扑来。我毫不犹豫地抓起郝建的胳膊："我们走。"

我们去了码头边的一家排档。那里冷清得很，去的最多的是跑完步又自暴自弃吃夜宵的人。很久以前，江浪也是这样反反复复，就在这家店，我们差点把对方的脑袋砸开花。因为那个女孩要去国外念书，她会把我们忘得一干二净，要脑袋来做甚。我听到了许多杳无音讯的同学的故事，大多数毕业之后我就再没想起过。我和郝建喜欢过的那个女孩长大了，长老了，女儿十七了。我以前喜欢的女孩也十七，原来是她女儿。难怪我没跟她在一起，原来我喜欢的是她的女儿不是她啊。啊！我突然明白爱情为什么毁灭了。她有女儿，我们以前喜欢的人没女儿。不是她，不是她。我们俩都笑了。原来是场误会。

好像有个什么诗人写过，鱼在盘子里想家。如果我是那个诗人，我宁愿这辈子不再做吃鱼这样忧伤的事情。不过很庆幸，我没有成为诗人，于是我总是可以欣然地享用鱼肉。我冲着老板喊，烤鱼呢。老板给烤鱼翻了个身，说，烤着呢。我盯着他拿着脏刷子在鱼身上翻来覆去刷着油，一层又一层，白烟滋滋地往上冒。我拼命瞪着鱼，生怕它突然蹦出来，第三层，第四层，终于撑不住，身子一松，喉头一紧，"哇"一声吐出来。

后来的每一天，想起那晚，都恍如隔世。在我对着大腿呕吐的时候，我就把余下的一晚忘了个干净，只是偶尔还剩下一条鱼的影子在脑海里晃悠，浑身油腻，张着嘴，快要被烤熟，差一点。

我不该遗忘的，就像我不该用"恍如"二字。听起来像是背叛，可事实上人总是在用遗忘的方式告别，而不是那句噙满泪水的"永志不忘"。

二、卜　梅

尘屑落满了楼道。某家装修的轰鸣声长久盘踞在卜梅的耳边，有如一只年老的驴强撑着枯枝般的四肢，在磨边发出绝望而粗糙的嘶叫。卜梅低着头一个劲儿往前走，脚下不知什么时候开始出现一溜血点，像被稀释了的红墨水洒在白瓷砖上。卜梅赶上几步，看见一个老大爷左手扶墙，右手拎着黑胶袋，挪到台阶前抬起脚，抬脚时缓慢的弧度清晰可见。胶袋边缘依旧不停地渗下血红的水滴，里面似乎有什么在活蹦乱跳，噼啪作响，与轰鸣声混作一团。是鱼。老人的袖管空荡荡的，却丝毫没有被手里临死挣扎的鱼所动摇，此时他已结结实实踩上了一步。

卜梅突然想起一个故事，曾经有心理学家将一个死刑犯带进一间小黑屋里，蒙上死刑犯的眼睛，告诉他，他们将割破他的手腕的血管，让他血尽而亡。第二天死刑犯果然死了，但血管并没有被割破，只是手腕破了些皮。原来心理学家在他身边放了一个滴水的龙头，他听着这些滴水声就以为是自己鲜血流失的声音。熬过一夜，就没了心跳。卜梅第一次听到这个故事是在五年级的心理课上，老师说出真相的一刹那她号啕大哭。她的同桌是一个捣蛋的小男孩，他抓起铅笔盒兴奋地敲起书桌，大声喊："好哭鬼！好哭鬼！"同学们都被吓了一跳，围上去问她怎么了。她只顾着哭，嘴唇一张一翕，像只离了水的鱼。她听见了他们的关切，密密麻麻地裹住了自己，然而她肿胀的喉咙出不了声，也不想出声。她无法回答自己的眼泪从何而来，况且这眼泪与他们无关，他们关心的是何时恢复一个平稳而不被打扰的世界，与其说他们关心这个打破平衡的人，更不如说他们好奇。她还在哇哇哭着，身体里却飘出另一个自己，冷眼观看这个可笑的自己，如同晨昏线般决绝的割裂。大家渐渐开始手足无措，连小同桌也心虚地望着她，不再吭声。"哗"一声，讲台上一排粉笔盒被掀翻的声音成功吸引了所有聚集在卜梅身上的稚嫩的目光，白色的粉末趁机飞扬跋扈，纷纷如蒲公英般散落在地上、前排孩子的眼中和女老师乌亮的发梢间。这个爱穿粉红裙子的年轻老师眉头紧锁，也不管手心沾着许多粉笔灰，指着卜梅，愀然作色："你再哭，我喊你班主任来！"

从小到大，卜梅只当众大哭过两次，而上一次是出生。后来卜梅再也没让别人见过自己的泪水。似乎是作为鼓励，卜梅也越来越优秀，之后一直是班长。几个小时前，她刚组织了一场班级募捐活动，为一个得了骨癌的女同学。当她下午走进学校时，扑面而来的红色触目惊心，横幅，募捐箱，甚至连学生的衣服都连成一片红海，一阵阵循环播放的"只要人人都献出一点爱"逐渐令人头昏脑涨。于是她只用白纸做了一朵大大的盛开的花，又拿红颜料将它染得鲜红。她把花小心粘在黑板上，在旁边写道："你爱花儿，我们爱你。"不断有同学从她身边经过，扭头冲她笑笑。教室外树影婆娑，阳光漏过罅隙落在讲台前，发光的斑点似跳跃的琴键，三点一刻的时光真好，自己还不需要别人的募捐。卜梅掸去手上的粉笔灰，走回自己的座位。一个女生攥着十块钱递给卜梅斜对面的组长，那男生竟没伸手接，说："给那么多干吗？我是组长，就捐两块。"女生的手悬在半空，尴尬地伸着。卜梅抬眼望望男生的背影，伸手从背后的书包里抓出两张百元钞，身子前倾，弓似奔跑中的豹，胳膊从后越过男生肩头，一把拍在男生桌子上："记上班长两百。以下随意，以上不拒。"声音故意放得很大，就像五年级时的哭声。这时她如同角落里的一只蚂蚁，而全班的目光就是经放大镜折射的盛夏的光线，她的皮肤、头发和胸口都在热烈地燃烧。她反倒成了那个无助的人。她逃避了任何人的目光，就像五年级时逃避了回答。至今她仍给不了任何答案。在家洗澡没事，在街上洗澡就会被围观。就是这么回事。"有病吧！"那男生没有回头，声线矜持但笃定不移。我就是有病。卜梅埋头奋笔疾书。人群会在不管不顾中散去。

几乎倾家荡产的卜梅放学后改变了路线，没有去商场买礼物，直接进了公交车站。老妈生日替她献了爱心，也算延寿吧。这样想着，她踏上公交车。这一踏，却不小心迈入了派出所。

事情的开头总有一个缘由，就像一根抽丝的线头可以毁掉整条丝袜，修电路时把火线和零线一起剪断，整栋楼的人就会记恨你一辈子。但是卜梅没有抓住这个线头，她被响彻城市上空的警笛声镇住了，目光随着缥缈的声音渐行渐远，几辆庞大的救火车声势浩大地奔向神圣的救赎之地。当她回过神来，车厢里早已一片鸡飞蛋打的场面。

"偷老娘东西啊，老娘今天就看看谁敢下车。"卜梅使劲把头塞进人头攒动的空隙中，只见一个身着黑色连衣裙，身形消瘦的女人奋力搡了面前的人，给自己挪了空一屁股坐下去，那一瞬间卜梅瞥见了她的白色内裤，在肉色丝袜里若隐若现。

"你一女的嘴巴放干净点。"一男的喊道。

"我偏骂！老娘容易吗？我儿子要死了！要死了！"她开始干号起来，厚嘴唇翻起，像两瓣干瘪的花生壳。

车上开始骚动，离下一站越来越近。"你想干吗？"又一人喊道。

她扯直脖子："我儿子要死了，你们都是贼！"

"抓不到贼，你们都是贼！你们都给我赔！"她一面说一面恶狠狠瞪着身旁一中年男子，"你说是不是你！我就看你贼兮兮地蹭我。你赌光钱就来偷老娘的是吧！"说着扑腾起来就朝那男人身上扑去。男人一时不防，被她推了个趔趄，撞到身边一妙龄女子。妙龄女子的细高跟鞋一歪，差点跪下来，她也没顾上抓着扶手，急匆匆翻翻身上的小包后才站起来。

"我刚才都听到了，别想赖，我告诉你。刚才那个人问你在哪赌是不是？像你们这种赌钱的没一个好人！你来偷老娘！我儿子要真死了，你也得跟着死！"女人丝毫不给人插嘴的机会。

"神经病。我没偷你东西。"

女人不管，上去就扒他衣服。

"都下车。一个都别跑。进派出所！"车厢遥远的驾驶位上，司机一句低吼惊醒了所有人。

卜梅双手趴在车窗向外望，鼻尖触在玻璃上冰凉凉的，四周蒙起了一片温暖的小水珠。她随即笑了。透过一片薄薄的雾气，眼前的派出所大院，像爸爸的面孔那样熟悉。而她的爸爸卜萧，身着制服，领着一干人守在门口。地上一根烟头，刚刚被丢掉，星火寂寥地闪了两下，灭了。

三、卜　萧

我再次踏上这片土地，在八个小时之后。

八个小时前，当我赶到这片湖边时，只有船夫、两个路人和几个警察，其中包括一个女法医。

破渔船孤零零地漂在湖面上，天空早已破晓，远处白茫茫一片，只觉得格外的亮，却不见日光。

我顺着草席外露出的一只惨白的腿向上望去，那张脸像一块泡了很久的土豆，五官凹进去，就差发芽了。再熟悉不过了。郝建。

我转过身去，蹲下，胃里翻滚，才想起早上没来得及吃东西，胃里的东西昨晚早吐光了。结果心脏也开始翻滚，脑袋也在翻滚，我用双手拼命压住自己的头，努力不让自己滚进湖里。我感到自己像大厨勺中的菜，被不停地颠来颠去。实际上我只是将自己抱成一团，瑟瑟发抖。我想吐，却什么也没有，只好挤出胆汁和眼泪。混乱之中我隐约听见船夫提起他的报酬。警察让他不用担心。

就那么一瞬间，我想把昨天晚上掐灭的半支烟找回来，重新点燃。

一个警察走过来拍拍我，递给我一张纸巾："应该是意外溺死的。"

后来天彻底亮了，远方没有那么白了。围观的人渐渐多起来。不过八个小时，这里又是一片宁静祥和，什么都不曾发生过。

我站在这片土地上，身旁无人。湖面不动声色，我的脑子里全是早晨那个总是微笑的男人的脸。他当时挤进人群，指着我可怜的朋友微笑道："就是他。他跳舞很好。很有激情。啪。啪。啪。"

随即，他被一个身着护士装的女人拉走了。我想追他，被拦住。

"他是疯子。别睬他。"他们说。

现在，没有疯子，没有尸体，什么都没有。我注意到脚边有一小簇雏菊，又白又小，几片瓣儿小心翼翼托着嫩黄的花蕊，活脱脱几只刚刚破壳而出的小鸡。我把它们摘下来握在手心，往前走去，忽而发现前方的天空印染着一片暧昧而壮烈的红晕，而自己就被这突如其来的光笼罩在中央。我似乎能感受到自己赤红的面庞，如同受了某种希望的召唤而奔涌向上的血液一般。

我差一点就被一种莫名的感动击中了。我甚至忘记了一切怖惧与不安。一切都在飞舞，在我发现对面白色建筑上的巨型屏幕之前，布满红色荧光的背景上闪着几个大字：圣心医院欢迎您。

空气中湿乎乎的热浪再次侵袭而来，我握着花的手又捏紧了，好像要跟热气对抗似的，额角却已蒙上一层细细的水汽。我朝医院走去。太阳早已慵懒地回家，天色一点儿也没有暗下去的意思，水泥路面扑腾起团团薄雾，水汽、灰尘以及巨大的空白在我面前挤来挤去。我眨眨眼睛。医院门口突然闪出一抹青绿，像只刚从泥土中蹦出来的小蚱蜢，我忽然如梦初醒，胸腔中满是潮湿的青苔，蝉又开始无休无止、不知疲倦地扰民。然而那青色的裙裾如此似曾相识，我的大脑在一秒钟之内努力地加快运转，终于确信自己早该摆脱了宿醉。

"爸爸？"

我一抬头，遇上卜梅惊喜的目光。

四、漩　涡

卜梅不再担心妈妈，没有礼物和老爸这个大忙人的生日她好像早已习惯。几年前的这一天我们都在哪儿呢？卜梅一点儿也想不起来。她从卧室里探出半个头，又被妈妈抄起遥控器拍了回去。

"今天就放会儿假嘛！"

"不行，今天是我生日又不是你生日。"妈妈慢条斯理地说，"我今天给你买了条新裙子呢，是想鼓励你学习。你别得寸进尺啊。"

"给我买什么都这么说，当我是小狗啊。"

"狗也懂得感恩啊。"

卜梅撇撇嘴，她知道老妈和学生斗智斗勇二十年，死缠烂打的也不差她一个，前人尚不见埋骨处，何况今日，于是彻底死心，拖着脚步离开。

电视的声音离卜梅越来越远，微弱的声线如同太阳下的雨丝，静悄悄地沉浮。卜梅浮在一页铅字上，渐生困意，仿佛自己已随空气中的字句一起漂浮。傍晚……火灾……居民区……煤气……伤亡……医院……播音员的声音犹如干燥剂，把周围一切令人浮想联翩的东西都吸干，救火车霸道的汽笛声隐约挑逗着卜梅混沌的神经末梢，一只蜗牛触探另一只蜗牛，触角又立刻缩回去。一些无关紧要的片段浮出许多脸，看不清眉目的人群，义愤填膺的，麻木不仁的，幸灾乐祸的，不知哪儿来的水渐渐没过他们的头顶，许多气泡像打嗝一样翻滚着。一只鱼突然跃出水面，掉在地上。它扭动着，噼里啪啦，尾巴有节奏地敲打着地面。狂欢。美好的夜晚看见没有。它竟然对梦中的卜梅开口说话。梦中有卜梅吗？鱼鳞在阳光下褪色，不再闪闪发光，由黑变紫，一大片一大片淤青。它在萎缩。它一动不动。最后地上只剩下一只烤干的茄子。

"砰！"卜梅惊得一抖，抬起埋进胳膊的头，发现妈妈在翻书柜。

"你见我的档案夹了吗？蓝色的。"

"没有。"

"帮我找找，几天前还看见了。"

"怎么了？"

妈妈胡乱翻检的手忽然停下，垂着，许多纸张似飞蛾的尸体散落在地。"刚听新闻说有栋楼起火了，我们班有个小孩就住在里面。"

卜梅一愣，赶紧蹲下去收拾遗漏的文件："什么时候的事？"

"今天下午五六点吧。"

卜梅猛然想起下午在公交车上看到的救火车，心里一阵发寒。

"他没事儿吧?"

"不知道,说是小孩一人在家忘关煤气灶。"

蓦地,妈妈的动作缓下来。她从文件夹里抽出一张纸,上面有一个小男孩的一寸照片。联系人一栏上只填了父亲:郝建。

"好像就是他家。"妈妈开始拨号码,但一直无法接通,于是她急匆匆地出去了。

卜梅捡起那张纸看了半天。一张纸,一张照片,几十个字,轻飘飘的,落在地上一点声音也没有。

卜梅打开电视,地方台正循环播放这场形势险峻的火灾,记者的语气让人以为天就快塌下来了。卜梅把声音开得很大,然后走上阳台,趴在栏杆上数起星星。星星很少,或者说肉眼能看见的星星很少。数着唱着,唱着数着,夜渐渐深了。屋里的电视机早已换了节目,一群聒噪的人在舞台上蹦来蹦去,像一群长着好皮囊的小丑。

这时,屋里传来开门声。妈妈架着烂醉如泥的爸爸,费了好大劲才把他弄到沙发上。

"给你爸拿条毯子盖上。"

卜梅问:"那小男孩怎么样?"

"不知道,没联系上他爸。明天再看吧。"

卜梅抱着毯子给爸爸盖上。他在熟睡中翻了个身。卜梅蹲下来,仔细端详他,红扑扑的嘴唇竟像孩子一样任性地嘟着,果真自己与他有七分相似。一个长着皱纹的小孩。卜梅双手插着口袋,觉得很有趣,有一种跟人吵架占了上风的快感。于是关掉电视,走进卧室。

五、尾 声

"爸爸,你怎么来这儿了?"女儿显然对于我们的偶遇十分欣喜。

我突然觉得真相有些对不起这样灿烂的笑容。但我从不说谎。

"我来看一个朋友的小孩。病得挺严重。你怎么也跑这儿来了。"

"我同学也生病了。昨天给她募捐来着。今天来看看她。"

她突然凑到我身边，抚弄着我手里的雏菊："好可爱呀。你买给那个生病的孩子的吗？"

我盯着这一束白色的小花，良久，说道："是啊。你拿着吧。"

女儿欢喜地接过花儿。我说："我们一起去看看那个小弟弟吧。"

走到病房前，护士告知正在治疗中，让我们稍等片刻。

于是我们出了医院。女儿拉着我去逛附近的花店。店里的香味劣质如假酒，刺得我脑袋生疼。我撇下女儿，坐在门前的台阶上发呆，丝毫没有察觉向我走近的脚步声。一个戴着黑框眼镜的胖子拎拎裤管，一屁股坐在我身旁。他从口袋掏出一包烟，抽出一根伸到我面前。我摆摆手，摸出自己的烟，点上。

他开始自报家门。"我是《河城晚报》的记者。专跑社会民生类的。"

我不置可否，他继续说："我见过你，今天早上在昆湖那边。那时候你看起来不太好。"

我打量了他一眼，不记得见过这个人，于是拍拍屁股，走掉了。

"我觉得肯定没那么简单。听说他欠了不少赌债哪！喂！"那人在后面追着我喊，不过以他的体型估计是追不上我了。

我不关心他欠了多少赌债，也不愿别人去关心。我只记得这家医院里有个小男孩在等着我。

对面一家小饭馆正在给大鱼开膛破肚，他们熟练地从乳白的鱼腹中掏出一堆血糊糊的东西，鱼尾在滑溜溜的橡皮手套中象征性地摆了两下，淡若晚霞的水沿着鱼尾一滴一滴在水泥路上汇成了细小的支流。我正看得出神，眼前猝然被一个盛着水的透明塑料袋挡住，里面游着三条花里胡哨的金鱼。

"怎么样，好看吗？"女儿得意地问。

我点点头："怎么想起来买这个？"

"刚才我看那卖花的鱼缸里只有一条鱼，就问她为什么。她说金鱼呢，是养单不养双。我猜因为金鱼只有七秒记忆，它来回游一次就什么都不记得了，本来无知无畏也挺开心。结果身边多了一条鱼，它就不知道自己是谁，最后被自己烦死了。可是我很想知道如果有三条鱼呢，它们会不会活得很好。"

女儿说起来居然一脸认真。我都开始忍不住想要相信鱼只有七秒记忆这种狗屁理论了。

女儿把它们举过头顶，正对着天空："它们是不是很漂亮。"

我沿着女儿的手臂望过去，才发现如血的晚霞真的在空中蔓延开来，连绵如山峦，柔软似水墨，起伏有致，滔滔不绝。

真美。我由衷地赞叹。

远处传来跌宕飘摇的歌声。清风笑，竟惹寂寥，豪情还剩了一襟晚照。

半空中，那三条金鱼在被晚霞染红的水中错落有致地游着。

七秒之后，它们将互不相识。

桔 梗 花 开

◇韦伍云

一

重来我亦为行人，
长忘曾经过此门。
去岁相思见在身，
那年春，除却花开不是真。

看着电脑屏幕上精致的诗，游悠微微怔忪，不自觉看向阳台。阳台上种满了她最喜欢的花——桔梗。桔梗环绕着阳台，一层一层，包围着中央的大圆梨木茶几。五月的初夏时节，桔梗在微热的风中含苞待放，叶子葱绿一片。

拢了拢长发，她站起身来，走到阳台，拿花洒给桔梗浇水。"还有一个月，我们的武馆就要开业，爱心资助项目也即将运行，真好。"想着，她就忍不住笑了。

二

第一次见米砾，是在去年。2012年，玛雅文明中的"世界末日"到来的一年。

时值五月，游悠即将研究生毕业，作为大学教授的父母希望她当老师，但她不喜欢。有人说，写作是暗无天日的自杀。她却不管不顾，偏要走这条路，到一家杂志社应聘，当了游记专栏的作家。还从家里搬出来，租了现在的房子，美其名曰：有利于创作灵感的迸发。

5月13号晚上，游悠漫无目的地在华灯灿烂的步行街逛，想起母亲她就觉得一阵烦躁。本来好好的母亲节，买了礼物回家，要给母亲一个惊喜，谁知母亲不分青红皂白一阵唠叨，"自己一个月才多少工资，就知道乱花钱，当初让你当老师你就是不听话……都26岁了还没交男朋友，看看……"一顿晚饭就在不愉快的气氛里，以游悠一句"妈，我吃饱了，今晚有朋友约，你们早点休息，我走了啊"草草结束，游母连一句挽留的话都来不及说。

"算了，不想了，越想越烦。"游悠一个深呼吸，抬头猛然看到一家装潢颇具个性的酒吧。乳白和昏黄交融的灯光的映照下，是黑色仿竹子的墙和门，巨大招牌是黑色的金属条交叉错杂成的几何形，深深浅浅的黑色中间是酒吧白色的名字——不见不散。"不见不散？有点儿意思。"带着探究的意味，她走了进去。这家酒吧不同于其他那些刺目的彩灯乱闪、嘈杂的音乐震天、都市里的人群借着黑暗疯狂扭动身躯的光怪陆离的酒吧，它甚至算得上井井有条。半明半暗的黄白灯光下，三三两两的人围坐在同样黑色的仿竹制桌子旁，喝酒，猜拳，吃东西，谈笑风生，认真聆听音乐……一个身着简约得体的制服的服务员面带微笑走过来，引路，落座。"小姐，请问需要点什么？""一杯'自由古巴'，谢谢。"游悠报以微笑回答。抬头，看到离桌子不远的斜对面有一个不大的舞台，一个乐队正在投入地演奏弹唱，主唱是个梳着马尾的年轻女孩儿，唱着她没听过的老旧的歌曲，整个乐队稍显杂乱却又异常和谐。她不自觉享受其中。一曲完毕，换了吉他手，弹唱继续。一只骨节分明的手端着一杯棕色鸡尾酒放在她面前的桌子上，是"自由古巴"。游悠抬头道谢，却在看清那人的脸时愣住了，"你不是那个吉他手么?"她好奇地看着他。他笑了一下,"店里的吉他手临时有事耽误了,我暂代。"游悠了然地点头。他微微一笑,走开了。

去"不见不散"几次后,游悠从服务员的口中知道了那个给她端酒的吉他手叫米砾,是酒吧的老板。但游悠去的几次里,跟米砾的所有对话也无非是他阴阳怪气地说:"大作家游悠光临,小店蓬荜生辉啊。"游悠不客气地回嘴:"是吗?那灯光怎么这么暗。"更多时候只是笑着示意一下。

真正跟米砾熟识是在三个月后,因为她的表妹。

三

我不是愤青,但还是为我们所经历的青春而感到悲哀,为这青春中的太过俗气市侩的低级喜忧而感到悲哀,为这青春无一例外指向仕途经济的终点而感到悲哀。我们只能以极端的方式,来昭告自己的存在。

——夏茗悠

才上了个厕所回来,课桌上就突然出现了一打白花花的试卷,汪洋筱琳无奈地看着试卷,突然觉得再也不能愉快地备战高考了。同桌叉腰瞪眼,抖动着手里的几张试卷,大喊着:"汪洋!这是谋杀,'红果果'(赤裸裸)的谋杀!不读书了!削发为尼!我要去寒山寺当尼姑,谁都别想阻止我!"汪洋筱琳拍掉她乱舞的手,坏笑着说:"窗儿都没有,寒山寺只招研究生以上学历的美女,就你,脸蛋大似盆,身高1.59米,体重250斤,学历高中没毕业,给尼姑洗缁衣人家都不要!""搞什么,好歹我也是生活在五星红旗下的社会主义大好青年好吧?祖国的花朵!未来的栋梁!好吧,不跟你扯,我要向着大学勇敢前进,向着大学勇敢前啊前进!"同桌愤愤地说完就埋头奋笔疾书,只剩下笔尖与试卷摩擦的"刷刷"声。看了看同桌专注的侧脸,她也坐下来认真写试卷。这样的场景在备战高考的日子里三天一演，无非是"不想读书了""打工去"之类的说说而已的短命宣言，宣泄着内心莫名的躁动的压力。

周考、月考、模拟考轮番碾压，死了又重生，重生后又阵亡，翻来覆去，把心力练得就算这次考了第一而下次考倒数第一也绝不会无法接受。每天在题海里奋战，在昏黄的台灯下夜读。边哭边全力以赴的日子里，坚持下去的唯一信念就是——努力才能考上好的大学，考上大学就好了。说得跟渡天劫似的，好像渡过高考这个天劫就柳暗花明了一样。

她每天认真听课、认真写试卷、认真画画，就觉得离自己所爱的学校——北京林业大学，更近了一步。北京林业大学的风景园林专业是全国第一，她喜欢风景和建筑。但她爸妈常唠叨："你给我非考复旦的医学院不可，以后当医生多好。"

4月30号，艳阳天。汪洋筱琳穿越过中午放学后拥挤的人潮，回到寝室，拿起手机，八个未接电话，来电显示——妈妈。心里一下莫名烦躁起来，把手机关机。父母密切关注她的一举一动，仿佛看护一个重病患者，担心她一个不小心就会误入歧途、前途葬送。汪妈每天一个电话，念叨着"要好好备考""坚持就是胜利""一定不能松懈""一定不能分心""多吃点，学习费脑""你给我非考复旦不可"之类的话，还特别叮嘱不能在这个时候谈恋爱，不要出去玩，大学有大把的时间玩如何如何，再就是从她无心的一句话里找不对劲的地方，然后大作文章要去学校查探。

"做我女朋友吧。"他说。汪洋筱琳接过18年来收到的第一枝玫瑰花，看着在夕阳下，对面的男生被镀了一层金色的和自己一样青春的脸庞，染成金色的绒绒的小胡子，心想，"真是幼稚又无聊。"然后光速般开始了第一次恋爱。这在自由复习备战高考的五月是不合时宜的，就像游向一个漩涡，最后粉身碎骨的一定是自己，她知道。

"汪洋筱琳你疯了，这种时候你来搞什么初恋，还想读书么你?""不想读书了。"她满不在乎地回答。

就像飞蛾扑火，饮鸩止渴，忽视父母念叨，忽视老师对知识点的反复强调。自以为可以放弃一切，自以为视死如归，无所畏惧，什么都不在乎，自以为遇见了对的人。

每天的事就是偷偷跑出去跟同样偷偷跑出来的男朋友约会，不上自习，不看书，不复习。两个人一起玩耍一起疯。

高考就像盛夏的雨，说来就来了。

6月6号，看考场。汪洋筱琳起了个大早，难掩心中的万千思绪。临走前，表姐送了她一束桔梗花，深深的蓝紫色。"桔梗的花语是，青春无悔和无望的爱。"她淡淡地看着汪洋筱琳说道。汪洋筱琳知道她的意思。表姐是她从小到大除了父母外最亲近的人，人如其名——游悠，总是淡淡的，一副悠然自得、自在快活的样子，温和与犀利在她身上融合得无比恰当，毕业后从事了自己喜欢的工作，很让人羡慕。

第二天，她强装平静地笑着跟送考老师说再见，端坐在教室里等待考试。恐惧和空虚一直如影随形，好像扼着她的喉咙，快窒息。答题铃声响起，她哆哆嗦嗦地开始答题，写到说明文阅读时却再也进行不下去，思维混乱到没办法理清文章的脉络、找出题目选项与原文的出入。终于写到阅读理解题，却在写到第15题时发现写错了答题卡，把14题的答案写在了15题的位置上，匆匆再改。这时她已经脸色苍白而汗涔涔了，许许多多人和事不合时宜地出现在脑海里，把思绪搅得更乱，父母的关心与期望、老师的教诲和鼓励、同学朋友间的加油打气、以前无数个惨白台灯下的夜晚……"啪"的一声，笔掉地上了。监考老师弯腰把笔捡起来，微笑着拍了拍她的背。她的心突然静了下来，说不清是视死如归还是什么，思维顺畅地写作文，在停止答题的铃声响起时写完最后一个句号。整个人快虚脱了。茫然地走出考场，送考老师笑着迎上来，"回去好好休息，精力充沛地考下午的数学。"她对老师笑了一下，挥挥手道再见。下午考完数学，她反锁了寝室卫生间的门，咬牙痛哭。

6月8号，听天由命地完成了文科综合和外语的考试。考完外语，她很平静地从考场中走出来，黄昏的阳光甚至可以说是刺眼的。一瞬间，曾经预想的激情和放肆离得很远，她觉得自己18年的生命在阳光下被轻易地洞穿，当她想着一切都结束了的时候，心里竟然感到了那么一丝的难过。周围人流汹涌，兴奋与沮丧如寒暖流交织着从校园地面流过，看着周围同学的面孔，斑斓的表情，她想起了他们还有自己在橙黄色台灯下度过的无数疲惫的夜晚，落地窗外漆黑的天壁挂着寂寞的星星。

被黑色流云覆盖的悲伤物象，不紧不慢地叙述着一场青春的散场。

四

盛夏七月末，天气格外热。晚上的风也是暖暖而黏腻腻的。游悠在阳台上喝茶，看着盛放的桔梗花，松软的蓝紫色仿佛流入心里。"近花外楼柳下舟词一首花满袖，那女儿家心事让两眉羞……"手机突然响起来。"喂，姐，我是筱琳，我跟同学在'不见不散'，一男的非要找茬，我一个人搞不定，你快来。"她急忙挂掉电话，匆匆赶去。

"拽什么拽，我就觉得你们西大不好怎么了！想打架奉陪到底！"游悠一进门就听到表妹筱琳的喊声，旁边桌的一个男生正想回嘴。她走过去，看着那男生，平静地说："如果你觉得你能打得过一个跆拳道蓝带加一个黑带的，就继续吵。说西大不好怎么了？你是掉了肉还是缺胳膊少腿？我本科加硕士西大的，都没说什么，你这么义愤填膺我还以为西大是你家的。"说完盯着他看了三秒，转身拉筱琳坐下。那男生说不出话来。另外一个男生朝他摆摆手，说："向前，哥们儿出来玩儿就大方点，又不是什么大事儿。"说完转头看向游悠，"学姐真抱歉，今天我生日……"话没说完就愣住了，"游悠姐！"

游悠也愣住了，"何许？你怎么在这儿？"问完才反应过来自己是废话。

"我表妹最近刚高考完，心情不太好，你们也经历过，理解万岁啊！"

"哎哟！哪能呀，我们向前就随便开开玩笑的是吧？我也不敢生杂志社里当红作家的气呀，让我妈知道了她非煮了我不可。"名为何许的男生笑着说。

"怎么了？大家有什么好好说啊。"游悠听声音就知道是老板米砾。

"没事了，都是西大的学弟学妹。不过，你来得真及时啊，酒吧差点被'整容'。"她不客气地回道。

"啊？真是巧啊，我去年刚拿到西大的本科生毕业证书，自学考试的。缘分啊！要什么尽管点，今晚我请客啊。"

"哇！"

……

半个月后，游悠跟着杂志社出游回来，再马不停蹄地写稿作策划，疲惫不堪。完成任务的最后一天，周末，何许打来电话："当家的，爬山，去不？我叫了向前和米砾哥，你来的话把筱琳学妹带着吧。""也好，让筱琳散散心。"她想。第二天爬山时，米砾听完那天晚上向前和筱琳的冲突的详细版后，偏要跟游悠两姐妹比试跆拳道，结果在游悠和表妹的联手攻打下败得惨烈。何许和向前毫不客气地嘲笑他打不过女生……

整个暑假就这么在他们三天两头的小聚中度过了。

我们在尘世里孤身一人，但并不孤独无依。依赖那些依赖我们的人，信任那些信任我们的人，帮助那些给予我们帮助的人。那些让我们或感动泪流或气恨咬牙切齿的时光，是我们人生中的精致素描。

五

温情永远只藏在更大的冷漠之中，薄如纸的世事人情。

人情冷暖让汪洋筱琳觉得身心疲惫。她知道，自己在高考这一关失败了，败得一塌糊涂，而失败者没有说话的权利。想起自己最初的梦想，想起自己曾经那么努力，忍不住泪流满面。

拿着手机，她茫然地走在步行街街头，惨白的手机屏幕上，是录取通知的短信。抬头，不经意看到一家酒吧——"不见不散"，是她喜欢的黑色调，最重要的是，名字深深地刺痛了她的眼睛。不见不散，如何能不见不散呢？电影开场，爱情散场。我们都毕业了，这一站结束了，大家都奔向各自曾经孜孜不倦追求的那个远方，不回头。就要分散各个城市了啊。曾经的朋友，曾经的同桌。

她转身跑回家。给补习班的老师打电话，报名，想要挽回一切。

几天后，老师打电话来，"汪洋筱琳吗？你明天来学校报到吧，报到完就上课。"

晚上她打电话给好朋友水水。

"我报了补习班了，准备念高四。"她说。

"你最后肯定不会去的。而我，是真的要复读。"水水说。

"为什么？你不是考得挺好的吗？被哪个大学录取了？"她觉得很不可思议。

"吉林大学。"

"全国排名第十三的吉林大学，你还要复读！"

"没办法，我爸要我复读。"

"你爸真是搞笑，难道除了清华、北大、复旦，其他大学都不是好大学啊。他凭什么要主宰你的人生，凭什么替你选择，水水你不要总是向他们屈服好不好。"

"没办法，我爸要求的。"

汪洋筱琳突然觉得好苍白无力，好想放声哭喊。

第二天，好朋友水水按老爸的意愿读高四了，而她自己，如水水所说，没去报到。因为没有勇气。

"不见不散"里，大家喝庆功酒，但对汪洋筱琳来说却是莫大的难过。"筱琳你怎么了，闷闷不乐的，来来来，给小爷笑一个。"同桌挑起她的下巴玩笑着说。她挤出一个比哭还难看的笑。"筱琳你还是哭吧，笑得那么恐怖我还以为世界末日真的到了。""哎呀好啦，在西大也不错嘛，离家近，周末都可以回家，多好。"汪洋筱琳淡淡道："我们几个平时成绩不错的，除了我谁去破西大？""什么意思啊你，西大是'211'！"隔壁一个男生站起来大声说道。那么久以来压抑的情绪突然在汪洋筱琳的胸腔爆发了，她"噌"的一下站起来，"怎么？想打架啊?"

五分钟后汪洋筱琳的表姐赶到，遏止了动手的苗头。汪洋筱琳才知道，跟自己吵架的那个男生的哥们儿，居然是表姐所在杂志社社长的儿子，还是西大的准大三学生，也就是表姐的学弟自己的学长了，而叫作米砾的酒吧老板居然是表姐的朋友，也是西大的！好吧，好混乱啊，但感觉还不错。

跟学长们的相识相熟让她对西大的抵触淡了不少，不同的路上，或许会有意外惊喜。

9月7号，汪洋筱琳拎着行李去学校报到。表姐和米砾都去送她。表姐送了她一束盛放的桔梗花，她觉得自己突然爱上那深深的蓝紫色。

用微笑，代替眼泪，用爱画出另一个起点。

用温暖的双臂，做堡垒，让黑夜不漆黑。

用汗水盖新花园，我依旧天真无邪。

那美丽的新叶，长出花蕊，才体会，世界多美。

点蜡烛，许个愿，爱从今天起飞。

说好要敞开心去面对。

把过去的回忆，留给昨天，今天起，要梦更甜。

六

磨难很偏爱某些人，一度将其连根拔起，从惊慌失措到心力交瘁。命运很眷顾某些人，光鲜亮丽，一路顺风。等等。

费尽周折才悟出这样的青春要诀——人类是自恋的，每个人潜意识中都最爱自己。周遭的不同风景，酝酿出我们不同的性格。其实谁都弄不清楚自己的人格中容纳了多少未知的素质——秘密的素质，不到特定的环境它不会苏醒。我们可以分裂出无数面镜子，让别人看见我们，就像看见自己。爱别人，就像爱我们自己。

筱琳、向前和何许都忙着开学的事，游悠跟杂志团队出去采风了。米砾每天白天百无聊赖地在吧台玩杯子。他发现自己最近厌食得厉害，还常常腹痛。应该是平时经营酒吧太累，抽烟喝酒以及熬夜太多吧，他想，也没怎么在意。一个在减肥的员工还开他玩笑，说老板不减肥自然瘦了。

9月最后一天，米砾在吧台看杂志。一个黑影出现在他面前，抬头一看，是游悠。

"学姐来了啊，要不要来一杯'自由古巴'啊，不和家里闹独立了？"米砾坏笑着说。

"臭小子，皮痒了是吧？要不要给你松松筋骨啊。"

"学姐，你确定不跟筱琳联手能打得过我？"

"臭小子太记仇了啊。"游悠不客气地用力捶了他肩膀一下，他佯装痛得死去活来的样子哇哇大叫，却突然觉得腹部疼得不行。游悠半信半疑，"喂，不会这么娇弱吧，我打的是肩膀，你捂腹部干什么。""痛。"米砾疼得不想说话，额头渗出密密的汗珠顺着脸颊往下滴。游悠看情况不对，带他往最近的医院赶去。

检查完已经是一个小时后。医生说还不能确定病情，再观察一段时间，再做检查。"再观察，出事了你负责啊！"游悠气急。米砾正想安慰几句，游悠立马掏出手机打电话，他只好任由打完电话的游悠把自己拉走，"何许说市人民医院的花医生不错，我带你过去。"

人民医院。医生说："是早期胃癌。"米砾毫无意外地点头。却看到游悠一把拉过医生，大声问："医生你弄错了吧！""小姑娘你别急，早期胃癌是可以治疗的，建议用内镜黏膜切除术切掉癌变的部分。"

住院后，米砾没告诉父母，不想父母为自己担心。为此还被游悠骂了一顿，但每天照顾他给他送饭的也是游悠。酒吧基本上是何许和向前在帮忙。大家一起到医院，看到米砾精神不错，也就放心了。米砾开玩笑："何许和向前小小年纪又没经验，居然把酒吧经营得有模有样，商业天才啊。"何许笑得一脸痞气："之前追一个经济管理学院的女生时，串过几次课，偷偷学的。""行了吧你，人家女生当时都没搭理你，还跟人家一块儿上课呢，继续吹。"向前不客气地揭穿。"你是不是兄弟啊！给点面子会死啊。"

在大家的关心和陪伴下，12月，米砾的身体终于恢复得差不多了。

"我想把酒吧交给何许和向前管。"米砾对游悠说。

"为什么？"

"我想尝试新的东西。向前的父母是进城务工的工人，家里条件不太好，他本身也有上进心有能力，我想给他这个机会。"

"那跟何许有什么关系？"

"何许人脉广，看似大大咧咧但是心思比较细腻，点子也多。有他在就不会有什么大问题了。"

"啧啧，'色眼识人'哪，跟乐嘉似的，我真觉得你应该去当老师的。"游悠故作夸张地说。

"正有此意。"米砾笑着说。

"什么？你要当什么老师？"游悠一脸震惊的样子把米砾逗乐了。

"废话，当然是跆拳道啊。我想开一家武馆，招聘老师，面对所有跆拳道爱好者招生。还要成立一个贫困资助项目。以前，我对自己说，无论如何，要努力让自己的父母过得更好，现在心愿完成了；但我想帮助到更多有需要的人，减少一点像我这样因为家庭贫困而不得不中止学业的孩子……"

"算我一个！"游悠眼睛闪亮亮地看着他，说道。

"好，叫上向前、何许还有筱琳，我们一起商量。"

······

七

"来来来，祝我们的武馆越办越强！资助项目能帮助更多有需要的人！干杯！"一个庆祝会，众人吵吵嚷嚷，把游悠家的阳台挤得水泄不通。游悠看着大家开心而微微泛红的脸庞，将杯中的酒一干而尽。

阳台上种满了她最喜欢的花——桔梗。桔梗环绕着阳台，一层一层，包围着中央的大圆梨木茶几。六月的盛夏时节，桔梗在热风中盛放，泼泼洒洒，叶子葱绿一片。

拢了拢长发，她站起身来，走到阳台，拿起花洒给桔梗浇水。笑看着大家手舞足蹈。

最美的青春，不过是有几个一直陪伴身边的朋友。看蔚蓝的天空，有幸福的彩虹，是属于我们，一起编织的梦。青春的梦想，手中紧握，桔梗花开，我们的青春无悔！

清　梦

◇戴文琦

满堂花醉三千客，一剑霜寒十四州。

剑客静默地立着，苍白的肤色，苍白的衣衫，只有宛若鸦羽的墨发和别在腰间的奇古长剑，如同白纸上醒目的墨色。

细细密密的雨丝往下落，如雾如烟，笼着碧荷点点的池塘，使得这天地之间，蓦然只剩下了这一份无须言说的静谧。

不知过去了多久，绵密的雨丝终于断了。剑客亦且举步，冷峻的面容上淡淡地浮现出一丝冰寒。漆黑的眼睫向下一垂，不带波动的目光扫视窝在凉亭一角的女孩。

年龄幼小的女童睁大了眼睛，不知道害怕似的注视着剑客，突然天真无邪地嬉笑出声。

剑客便没再说话，转身走入了一片朦胧的江南烟雨，只留下轩傲孤寂的背影，还有淡淡残余在空气里的冷梅清香。

“……你是谁？你的木头小人儿可真好看，是你雕的吗？”

女孩儿像是长大了几岁，正一只手扒着亭子的栏杆，半边身子都探出去，乌溜溜的眼睛直盯着男子手里轻柔握着的木雕。

“哪里来的女娃？竟然对我家少爷无理！”

将马车停下来的大汉皱着眉头轻喝，明明满脸虬髯、面容凶恶的样子，语气却并不怎样严厉，明显只是口头上喝止罢了，丝毫没有真正着恼的意思，因此那女孩儿也不害怕，仍然雀跃地歪着脑袋，眼神明亮地看着，固执地等着一个答案。

那男人咳得很用力，苍白的颧骨上已经浮现一片病态的殷红，可是他握着木雕的手指却没有一丝颤抖，眼睛仿佛夏日里阳光下的海水，温柔而灵动。

女孩很有耐心地等着，眼神不错地看着男人终于止住了咳嗽，拔出酒囊大口喝了两口酒。

"是我雕的。"男人温和地说道。就连眼角的皱纹里都似乎带着一丝笑意。

女孩嘟了嘟嘴，犹有些婴儿肥的小脸上泛起一对小小的梨涡："我好喜欢它啊——送给我好吗？"

候在一边的虬髯大汉不由自主地板起了脸，刚往前踏出一步，就被男子抬了抬手制止。

他自顾自地在地上挖了个坑，将手里刚才还珍若至宝的木雕埋进了泥土，然后男子就这样痴痴地站在坑前，仿若在无声地悼念。

"喂。"可是女孩儿并不甘心就这样被拒绝，她娇蛮地拍了拍手下的栏杆，两只胳膊搭在上面，往外一探身，"那，那你留下来陪我吧？"她满是好奇地看着停在一边的马车，"你留下来陪我玩吧？我会很乖，很听话，陪你喝酒，听你聊天——"

男子愉悦地笑出了声。不远处一群飞下来觅食的白鹭被这笑声惊起，扑闪着翅膀，腾向澄澈万里的晴空。

千村万落如寒食，不见人烟空见花。

金兵南下，生民涂炭，山河破碎。铁蹄踏过之后，禾黍不生。

当年的女孩儿已经长成了一个少女，一身翠绿烟纱罗裳，梨木的发簪松松挽起乌丝。一张清秀的面庞上，只有那双漆黑灵动的瞳眸仍旧带着幼时的天真。

不远处传来笃笃的马蹄声。不过片刻之后，就有一匹小红马载着年轻的一男一女向这里奔来。

"店家，上一瓯凉茶——"

穿着短褂的青年刚说完这句话，一眼见着对方是个年岁不大的少女，登时讪讪地闭上了嘴。倒是那面容姣好的女子清清脆脆地开了口："这位妹妹，能不能打点水来喝？"

少女轻轻地点了点头，从凉亭内提来一把铜壶，沏了两杯荞麦茶递给两人。

这亭子里一时间也静默了下来，乌沉沉的夕阳衬着池塘里枯败的残荷，凭空笼上一份凄切。

穿着件嫩黄衣衫的女子眸光闪动，凝视着少女娴静淡漠的容颜，似是想问什么，终于还是没有开口，只是愤愤地咬了咬菱唇。

"……走吧，靖哥哥。"那女子站了起来，随男人翻身上了马。

亭子里突然响起了"叮"的一声，少女低头看去，惊讶地慢慢睁大了眼睛。

一柄七宝白玉簪，正静静地躺在木桌上。

"虽不是什么宝贵的物事，倒是也值两个钱……"女子珠玉相撞般清亮的声音从远处响起，"快去当些银两，逃命吧——"

这么久的时间以来，她已经见识过足够多的了。

她曾在月光皎洁的夜里，见过流云飞转的疏朗，轻嗅过清冽馥郁的花香；也曾在某一个天光灿烂的白日，亲眼见到了那柄恣意写着"踏月留香"的折扇，闻到了浪漫缱绻的郁金香的味道。她遇见过满腹经纶的雅俊书生，窥见过冰山上雪莲般的绝世剑客，替豪情万丈的侠客斟满酒杯，也为肩负重任的捕快提供夏日里难得的一份清凉……

铁马照山河，寒衣伴楚歌。书香涤月影，墨韵荡秋思。

十步杀一人，千里不留行。事了拂衣去，深藏身与名……

酒意阑珊君去矣，纵声踏歌化彩云。推枕惊觉一梦耳，耳畔尤泛梁父吟。

南柯黄粱梦终醒……

——梦终醒。

她闭了闭眼睛，又眷恋地睁开。

肆意恩仇，行歌朗朗，踏剑而行，笑傲江湖。

这世界变换了这么多，时间流逝得这么快，到头来，却只有烙印在骨头里的那一份傲气，是永远也不会曲折的。

梦已做完，指缝里疏浚的清风还在。

清

梦

落　谷

◇高博

　　缠绵几日的雨终于歇了下来。太阳还没出，天空上满布着深灰浅灰的阴云。蜘蛛躲在檐角，望着缀满水珠的晶莹的网不知所措。

　　"小姐，天晏了，该回去了，过会子太太又该要训斥我了。"

　　"知道了。"落谷站起身，捋了一下滑落脸颊的头发。"怕是走了好久吧，腿这样酸。"落谷有一搭没一搭地问了小青一句。

　　"可不是好久了呢，太阳都下山了。"小青说。

　　"天还一直阴着，哪来的太阳，你这妮子愈发笨了。"落谷笑笑。

　　"小姐惯会取笑我。"小青撇撇嘴又继续说道，"二小姐学钢琴，您又不学，大老远跑到这里来买什么琴谱，您图个什么？"

　　"你怎么就知道我不学？"落谷提着裙角小心翼翼地绕过一摊水。

　　"那您也跟着那个姓闵的老师不就行了，反正他教一个也是教，教两个也是教，您还比二小姐整大十岁，真学起来指定比她快。"

　　"不许告诉闵生！"落谷猛地侧过脸来严肃地看着小青说，忽地又仿佛意识到自己的举动太反常，低下头不再出声。

　　"那老师唤作闵生呀，来府里这么长时间都只知道姓闵而已。"小青用手遮着嘴轻轻笑了两声，"这名字听着跟戏班子里的角儿似的，不过倒也真像，细皮嫩肉的。"

"快走吧，越发说出好听的了，一会子看妈妈怎么好好训你一通。"落谷加紧几步走到前面，甩下小青，嘴角却忍不住扬起一弯月的弧度。

到晚上，浓云渐渐散去，露出月亮来。月亮那样大，像是没力气挂在天上，竟要掉下来似的。落谷拢了拢裙子坐到钢琴边，缓缓掀开键盘盖，把下午才买的乐谱摊开在琴架上，弹了起来。

是肖邦的《C小调夜曲》。

月光水汪汪流成一条河，粉红色的花瓣汇成倾盆的花雨纷纷扬扬飘落河中。掬起一捧来，微风拂动着便轻盈盈化作新娘的头纱。新娘披着头纱走进小小的教堂，哥特式的穹顶上布满钟乳石，钟乳石尖上的水珠滴落在大理石地面，回响轻微而又圣洁。

虽然是才有了自己的乐谱，可不知道已经悄悄练习了多少时日，她弹得实在好极了。

曲毕，但落谷也未起身，只是偏过脸去望了望月亮。阳台的落地窗没有关紧，隐隐透进一丝风来，漾起她白色纱质的裙袂。

"闵生。"

她心里响起一个小小短短的声音，像是被层层花瓣包裹在花蕊之中，却只是唤了一声他的名字。

一

闵生是音乐学院钢琴系的学生，被秦太太请来给秦家二小姐做钢琴老师。二小姐性子野，竟不像个女孩子。名字唤作静怡，却丝毫没有人如其名。终日里跟年纪相仿的男孩子们一起玩耍，和男孩子一样穿着暗黄色的齐膝背带裤，头发也短短的，别说是辫子，怕是连个小小的鬏儿都扎不起来。秦太太原是绸缎庄人家的女儿，虽也不算是出身什么大户豪门，倒也还知书达理，自然不喜欢二小姐这副模样，便托人寻了闵生来。"弹弹琴总归能收收性子。"秦太太这样盘算着。

第一天上课，闵生还没来。落谷拉静怡到自己房间，把她按

落
谷

到梳妆台前。

"人家老师第一次来，总要留个好印象才是。你瞧你这幅俊俏样子，姐姐帮你打理打理。"落谷看着镜子里的妹妹说。

"多麻烦，本来也不愿弹什么鬼钢琴，把他吓走才好哩。"说着静怡就要挣着跑出去。

"乱讲，弹钢琴有什么不好。老老实实坐着别动。"落谷又把她按回到座位上。"女孩子，头发这样短，索性剪个一字刘海儿，倒也显得乖巧些。"落谷仔仔细细打量了静怡半天，正拿起剪子来，忽然又想起些什么，转身走到衣柜前。"差点儿忘记了，前些天买了条天蓝色的连衣裙给你，裙边、袖口还有领子上都是纯白的蕾丝，很好看的。"落谷一边翻找着一边说。

"我才不要穿裙子哩！"静怡一溜烟跑了出去，跑到门口正撞到小青身上，抬起头冲小青做了个鬼脸，转瞬就没影了。

"二小姐总是这样冒冒失失的。"小青拍了拍衣服走进来。"太太唤小姐和二小姐一道下楼去，请来的那位老师已经在客厅了。"

"知道了。"落谷把手上的裙子叠了叠又放回衣柜里。"真是拿这丫头没法子。"说着便随小青下楼去。

走到楼梯拐角处，小青指了指说："就是他了。"落谷朝小青指的方向看去：闵生正坐在沙发上与秦太太交谈着。他还穿着学校的制服，是那种近乎于黑的藏青色。很沉闷的颜色，但看起来却不老气，反倒有一丝可爱的成熟。胸前还规规矩矩别着校徽。离得远，看不大清面孔，只觉得皮肤很白。"男孩子也能生得这样白。"落谷自言自语着。

"落谷！"秦太太摆手招呼着，"我约了孙太太去霞飞路严师傅那里裁旗袍，一会子你来招待闵先生，再仔细看着静怡。"说着又转过身来欠欠身子："真是不好意思闵先生，你不要介意才好。"闵生不自然地笑笑，连说："没事没事。"心想着还是第一次被人唤作先生呢。

"闵先生，这边来。"落谷引闵生到放置钢琴的窗边。

闵生跟着落谷走在后面。落谷黑缎一般的长发披在肩上，上身是淡湖蓝色喇叭袖的短褂，该是有高高的元宝领吧，要不颈子怎么挺得那样直。纯白色的百褶裙长过膝又未及脚踝，露出一小截细嫩的腿来。

　　"还是不要唤我先生了，直接叫名字吧，我叫闵生。"闵生的脸微微红了。

　　落谷回过头来对他笑笑："也好，本来看着咱们俩也差不多大的样子。"

　　"静怡，别乱动，坐好！"落谷冲她皱皱眉头。静怡撅撅嘴，极不情愿地正了正身子。

　　闵生看这情形，对落谷说："要不我先来弹一首曲子，让她听听看，说不定就有兴趣了呢，要不硬逼着她也没用。"闵生一边说着一边走到钢琴旁，拍拍静怡的肩膀，让她先下琴凳来。静怡一阵雀跃着跑开，跳到落谷身边，冲她吐吐舌头，很是得意的样子。

　　闵生坐下，双手在半空悬了一会儿，轻轻弹起来。

　　钢琴边高大的落地窗外是蓊郁的梧桐树。叶子很密，像是不能再绿了似的狂绿。阳光透过婆娑的树影照进来，闵生轮廓温柔的侧脸又多了一丝令人亲近的暖意，瞳仁的颜色也成了半透明的浅棕色。他的鼻梁很高，眉骨也是。他的手指修长，新抽芽的小小的竹节一般。多好看的一双手啊。落谷心里想着，仿佛有无数蹁跹飞舞的蝴蝶环绕在闵生身边一样，看着竟不真实起来。

　　一曲结束，落谷还呆呆站在那里不动，静怡拉拉她的衣襟："姐姐，老师弹完了，姐姐？"

　　"哦。"落谷这才缓过神来，"闵生你弹得真好。"落谷由衷称赞了一句。

　　"不不，是曲子写得好，很温柔但充满感情。"闵生说。

　　"是什么曲子？"

　　"《C小调夜曲》，肖邦的曲子。"

　　"《C小调夜曲》。"落谷兀自小声地重复了一句。

而这之后静怡果然如闵生所料，安安静静地坐下来开始学琴。一贯咋咋呼呼的二小姐，此时竟像出世未久的小鹿一样好奇而谨慎地按着琴键。小小的人儿怎么会被这支氤氲着爱情气息的曲子感动呢，不过也说不定。这就是音乐的魅力吧，一串音符小溪般流入心灵的湖泊，总会泛起涟漪。

到夜里，四下灯都熄了。落谷还没睡，披着白绸寝衣赤脚倚在窗边，手指在玻璃的水汽上随意地划着，划着划着便写出一个牵绕在心头的名字。

"好端端又下起雨来。"落谷站在教学楼门口不知所措。

"落谷没带伞吗？跟我们一道回吧。"身后走来的同学说。

是同班女伴的声音。落谷回头看，她们两个人也只一把伞而已，便笑笑说："不了，一会子家里来人接，你们先走吧。"

"那我们先走了，明天见。"两个女伴摆摆手。

"再见。"落谷依然微笑着。

等了许久，校门外的路灯渐次都亮了，雨才不情不愿地歇住。落谷踮着脚尖，轻轻地走。心想着左右已经晚了，索性慢慢回去，莫要让泥点子溅到身上才好。

才走出没多远，哪料到雨又下了起来，酣畅淋漓的愈来愈痛快。"哎呀！"落谷有些着急了，看到路旁有一爿馄饨摊，便慌慌忙忙地跑去。

"姑娘来碗馄饨？"老板招呼着。

落谷摇摇头："躲一下雨，谢谢您了。"说着从包里抽出手帕来，揩拭头发上的雨珠，又拂了拂衣裳和裙子。

"落谷，不妨事的，吃一碗再走吧，这雨不定下到什么时候呢。"

落谷正有些诧异地回头看，闵生已经走到她身旁来了。

"就当坐下来歇歇，天也晚了，过会子我送你回去。"闵生微

〔第二辑〕

笑着。

一阵风漾起落谷的裙袂，额前的刘海儿也被吹乱了。落谷手里紧紧攥着那条手帕，慢慢又松开，轻轻地抖了一下，点了点头。

"老板，两碗馄饨，再要一屉蟹粉小笼。"闵生说。

"好嘞，两位稍等。"

低着头沉默了许久，落谷小声问了一句："你怎么也在这里呀？"

"我也是路过进来躲雨的。"闵生说。

从檐角滑落的雨，落在地上，开出透明的花。

"您的馄饨和蟹粉小笼，慢用。"老板用托盘端着，碗里都冒着热乎乎的白气。

"尝尝看，这一家的东西做得很可口的，可别嫌弃这路边摊呀，来。"闵生说着夹起一个小笼包蘸蘸醋，放到落谷面前的碟子里。

"嗯。"落谷轻声应着，头埋得很低。

"我可是饿了，先吃喽。"闵生笑笑。

雨声清脆，小小的馄饨摊像一座小小的孤岛，在小小的灯下温暖地存在着。四方的桌子经年使用，木纹已磨得清晰油亮。长长的条凳，两个人就这样面对面坐着，落谷偷偷把脚往前伸了伸。

"你怎么不吃啊，一会子都凉了。"闵生把笼屉往落谷那边推了推。落谷急忙把脚收回来，略带羞赧地随便应了一声。

等雨歇下来，已是万家灯火，路上几乎都没有行人。灯火倒映在积水中，大地一片清澈的暖意。

"也真是巧，没想到还能在外面遇到你。"并肩走在路上，许久闵生才说话。

落谷走路很轻，低头说着："可不是，要不然每个星期你才来一回，静怡，静怡还总提起你呢。"

闵生挠挠头，有些不好意思。

"静怡学琴还乖吧？近来瞧她竟安静了许多。"落谷问。

"她一直很乖，也用功。"

"真是大变了样子。"落谷接着说，"你第一次来家里弹的曲子我还记得，那样好，像酒似的醉人，八成呀，是把静怡这块硬石头给泡软了。"

她鬓角的头发悄悄滑落。

连我也是。落谷心里想着，转过脸郑重地看了闵生一眼又水莲花般娇羞地低下头去。

夜总是迷人的，风吹皱地上浅浅的积水，也把人们的心吹得痒痒的，仿佛四周的浓浓的黑可以成为表达感情的伪装。四周寂静，仿佛听得到夜来香的呼吸。

闵生没有回话，只是脱下外套披在落谷肩上。

"夜里凉。"他说。

三

一连又下了好几天的雨，每天夜里落谷都伴着雨声悄悄练琴。她自己也说不上为什么要练，只是不知疲倦地一遍又一遍弹奏着，曲子自然是那支肖邦的《C小调夜曲》。

雨刚歇，落谷便拉着小青去买乐谱。她要有自己的谱子，仿佛那些连绵的不是五线谱，是一张网——她想网住什么。

明天闵生来，便弹给他听，他该会很惊喜吧。落谷坐在琴凳上看着月亮，月亮好像隐隐地变成了那轮廓温柔的脸。

第二天，惯例的上课时间之前，落谷坐在梳妆台前静静等着。镜子里的落谷的头发挽得一丝不苟，还束了一条蓝色缎子的发带。她的脸上有淡淡的红晕却不是胭脂。衣领高高的，领口处是一枚花样繁复的盘云结的纽扣。门铃一响，落谷便满心欢喜地跑出房间。

"秦太太您好，闵生都跟您说过了吧。"说话的是一个同样穿着藏青色制服的男生，由管家引着走进来，落谷却从未见过。

"说过了，说过了，真是优秀的孩子，弹钢琴都弹到德国去了。"秦太太眼睛笑得眯起来，仿佛是在夸奖自己的儿子一样。

"妈妈，闵生呢？"落谷扶在楼梯栏杆上的手抓得紧紧的。

"哦，他到那个德国，德国汉什么，汉什么。"秦太太努力回想着。

"汉诺威音乐学院。"那个男生提醒道。

"对对，汉诺威音乐学院，闵生到那里深造了。都说启蒙老师很重要，咱们静怡的启蒙老师真是找对了人。"秦太太的笑容始终未变。"以后就是这位先生来教静怡了，是闵生出国前推荐给我的，想来也不会错，对吧？"秦太太拍了拍那个男生的肩膀。

"我一定尽力。"那个男生拘谨地笑笑。

"落谷今天蛮标致嘛。"秦太太扭过脸打量了落谷一番皱了下眉又继续说道，"这条裙子不是你爸爸从永安百货买来，让你过些天参加你表姐婚礼穿的吗？怎么今天就穿上了。到底是爱美的年纪。"说完便又轻声笑了。

"他跟你说过什么吗？"落谷没有理会母亲，向那个男生问道。

"闵生吗？他告诉我这家人很好，二小姐也是个乖学生。"

"就，就没有别的了吗？"落谷的眼里的渴望像火柴的最后一星火焰努力燃烧着。

"没有了。"

那一星火焰熄灭了。

落谷解开发带，攥到手中，摇散了头发，微笑着说："那你可要像闵生一样好好教我们静怡呀。"

阳光穿过密密的梧桐树叶，在薄薄的纱帘上留下一个个小小的光斑，像是点点泪痕。

"小姐，太太唤您下楼吃饭呢。"小青走进来。

"嗯，你先过去，我就来。"落谷的双眼像是两方晶莹的湖，波光闪个不停。

好像什么都没有开始。

好像一切都已经结束。

夕晖点亮灯盏，夜，又匆匆而来。落谷拖着长长的曳地的睡袍，双臂抱在胸前，一步一步踩着冰凉的月光，到钢琴边坐下。

月光水汪汪流成一条河，粉红色的花瓣汇成倾盆的花雨纷纷扬扬飘落河中。掬起一捧来，微风拂动着便轻盈盈化作新娘的头纱。新娘披着头纱走进小小的教堂，哥特式的穹顶上布满钟乳石，钟乳石尖上的水珠滴落在大理石地面，回响轻微而又圣洁。只是，没有新郎。

"姐姐。"静怡不知什么时候站到了落谷身后。"姐姐，你怎么也会弹这支曲子呢？"静怡轻轻地问。

落谷把乐谱取下合上，抱在胸前，缓缓走到窗边，望着遥远的月亮回答说——

"这是个秘密。"

一　口　气

◇李芳芳

一

赵奶奶面无表情地躺在病床上，她的大女儿王萍站在她的床头，不时往门外看去。那里，赵奶奶的大儿子王国斌正围着医生询问病情，小儿子王国浩站在一旁低着头看着脚尖不停地吸烟。

脑梗死。

目前病情稳定，但还需留院观察几天，以防病情恶化。

这下，这院是一时半会出不了的了。于是一大家子人在病房里商量起各种事宜。

王萍首先发话："我自己都六十的人了，不可能天天寸步不离地服侍老娘，不然小馨谁管啊，但是我可以每天送饭给老娘吃，医院的伙食太差。"王萍说罢看着坐在一旁正在一根接着一根抽着烟的二弟，等着他发表意见。但是二弟只顾抽着自己的烟，专心看着烟头的红光一闪一闪变白变灰，头都没有抬。王萍于是将目光投向大弟，只见大弟正站在窗边不知道在看着什么、想些什么。

王萍等了半天二弟的烟也没有抽完，大弟的风景也没看够，心里嘀咕着也不知道他们有没有把她的话听进去，急脾气的她等不及了，帮他们安排起来。

"大弟你在S城教书，叫你每天回H城也不可能，你还有课要上。二弟你在B城的事又多，而且都要你亲自去处理。你们两个大男人又一辈子被人伺候惯了，叫你们服侍人也不可能。"王萍顿了下，看着不知道真的睡着还是假装睡着的赵奶奶，然后看向二弟，说："给老娘请个护工吧。"

两个弟弟没改变姿势，但都闷头"嗯"了一声。

赵奶奶假装舒适闭着的眼皮下的眼珠忍不住动了一下。

假寐的她空白的脑海里突然想到同病房隔壁床那个话多的胖女人。她每天都向赵奶奶炫耀自己的儿子女儿给自己买了什么，带来了什么好吃的。有次也不知道是真心还是假意地说什么自己都叫孩子们不要天天来医院，可他们非要下班后都来看看妈妈。每晚也是她的子女们轮流照顾她。

因为胖女人家的孩子们觉得，外人终究没家里人贴心。

赵奶奶一想到这，心里就酸酸的。她的儿女们这几次来除了照例问问"今天感觉怎样，有没有好一点"，其他什么贴心话都没有，更别提什么亲自为老娘擦洗身子，端屎端尿了。但是她的儿女们比胖女人家的有钱，有本事！凭这点就可以大大超过那个胖女人。

可是，为什么心里还是酸酸的。

二

这钱一到医院就像草纸一样，不经花。

在赵奶奶生病之初，王萍、王国斌、王国浩每人拿了两万。可现在才过去一个多月，原先的六万就只剩下不到两千了。这于王萍和王国浩并不是什么特别揪心的事，看病花钱，本就是这道理，不管花多少钱，能让老娘多活一天就是一天。

但是对于王国斌一家来说，看着这钱就像流水一样淌出去，老人的病却反而越来越严重，这心里就有点不是个滋味了。

王国斌想让自己的儿子去美国留学。可这病就是个无底洞。这无底洞正一点点地把他辛辛苦苦积攒的钱榨干吸尽！再这样下去，他儿子的出国计划就要泡汤了。他甚至看到了他儿子因为他这奄奄一息的老母亲不能出国最终落魄无为的颓废样子！

不可以！

他家耗不起。

他儿子耗不起！

照现在这种情况看，他老娘的病不会好的。她已经八十七岁了。可是他的儿子才二十一岁。

那怎么办？

怎么办！

……

养老院！

送养老院吧！

我们不是不给她看病，只是这病看不好的，现在就是在耗钱维持着生命而已！吃，吃不了；喝，喝不了。更别提下床去外面看看了。反正是在床上躺着，在哪不都是一样躺着。

我们送她去最好的养老院，让最好的护工去服侍她，让她安享晚年！现在在医院每天扎针对她也是种折磨。

可是，最好的养老院一个月也不便宜。

那怎么办？

那就去条件较好，收费合理的吧。

嗯。就这样。

没过几天，王国斌就在电话里把他这一想法告诉了他的大姐。王萍听了极力反对。这把还在生病中，不能正常进食，每天都要靠导管导入流食的老娘放在养老院里，不就是把她一个人丢在那里等死吗！这样的事怎么是做儿女的能够做出来的呢！

王萍把这件事告诉了还在 B 城工作的小弟。一向沉默寡言的弟弟听了这件事后猛地把电话给挂了。不一会儿赵奶奶的小媳妇就打电话给了王萍。王萍的账户上已经被汇了五万。

王国斌见在一向和老娘关系不好的大姐这儿反而碰了一鼻子灰，只好打电话给护工小高，让她帮忙探探老娘的口风。只要老娘答应了，管你们答不答应。小高接了电话，但是她打心眼里不想去问赵奶奶愿不愿去养老院。虽然她没什么文化，但她一颗心还是暖的。可她毕竟是他们花钱雇来的。拿人钱财，替人做事。

她打了盆水，准备给赵奶奶擦身子。她抬起赵奶奶的胳膊轻轻地给她擦着。一边擦，一边对赵奶奶说着她从别的护工那里听来的事。她说一病人家属嫌医院花销太大，准备把自己的母亲送到养老院去。说完小高看着赵奶奶的脸小声地问："要是奶奶你，你愿意吗？"

赵奶奶摇摇头。

小高苦笑着说："这孩子太没良心了。对吧？"

赵奶奶点了点头。眼眶却不知怎么红了。

第二天一大早，王国浩风尘仆仆地来到医院，他慢慢地走近老娘的病床，弯下腰，轻轻地在老娘耳边说道："老娘，我们哪儿也不去，就在医院好好养病啊。"

赵奶奶闭着的眼角缓缓流出一行泪。

又寒。又暖。

三

赵奶奶还记得那晚的风很急，那晚的雪下得很紧。她佝偻着腰，紧紧搂着怀里用自己半个月工资买的烟和酒，在雪夜里努力加紧步伐走着。她要托关系尽快把王国斌从下乡的农村调回城里来……

她还记得，那天她和孩子他爸老王商量好，一人养一个儿子。贪图享受的老王选择了已经在师范学校工作的王国浩，而她就只好一个人承担刚从农村调回城里正准备高考的王国斌的一切费用。

她也还记得几年前，她去王国斌那住过一阵。

有天她上完厕所正准备站起来时，腿发麻，一下子没站稳，一屁股坐到蹲便器里，屁股上沾满刚拉出来的大便。那时她自己都有点嫌弃自己。王国斌在听到动静后立马就来到厕所，把她扶起来，给她擦屁股，甚至打来热水亲自给她洗屁股。

可是现在，他竟然要把自己的老娘送到养老院去。这不就是等于要她自生自灭吗！

以前那个每周不管多忙都会在周六给她打电话问候最近情况的贴心的儿子到哪去了？以前那个每个月都会回来看望他老娘的孝顺的儿子到哪去了？以前那个总是耐心听着她向他抱怨在王萍那里受的气的温顺的大儿子到哪去了？

变了。

在钱面前。

病了！

钱！钱！钱！

我又不是没钱！我可以花我自己的钱！我有钱！

我要花我自己的钱。我要活下来。我要好好地活下来。我倒要看看这因为钱而病了的人还能再病成什么模样！

中午当王萍来给赵奶奶送燕窝时，赵奶奶一边艰难地吃着王萍喂到嘴边的燕窝，一边努力地说："钱……我的……存折……看病……"

王萍愣了一下，她想到了大弟弟的那个电话，于是听懂了赵奶奶的话。"老娘，你放心，我们不会不给你治的，我们就在医院安心养病。哪也不去！你自己的钱你收着。我们又不是没钱。"

赵奶奶推开王萍送到嘴边的燕窝，"钱……我的……不用国斌……"

当王国斌从大姐手里接过老娘的存折时，他愣了一下，但随即心里仿佛一颗大石头落地了。正好老娘住的那个房的物业费在催了。

四

王萍赶到医院时赵奶奶已经从急救室被送回病房。

看着病床上奄奄一息的老娘，王萍忍不住哭了起来。其实王萍早就做好了最糟糕的打算，在赵奶奶第一次被抢救时她就已经隐约知道在接下来的日子里，赵奶奶这院是轻易出不了的了。

但是人都是有侥幸心理的。

她在每次安慰她老娘说一切都会好起来时，其实心里真的会偷偷期盼着有奇迹出现。她也希望能让她老娘早一点离开这该死的医院，回到家中舒心养病。她不希望老娘最后的日子是在这个毫无生气的地方度过，在这个每天都会有人死去的恐怖的地方度过。

她要带自己的老娘回家。

"老娘，我们回家了。"王萍对意识已经模糊的赵奶奶说。赵奶奶哼了两声，本来无神的眼睛里闪过一丝光亮。

"小高，你帮忙通知下我大弟和二弟，叫他们赶快回来然后到二弟新买的房子那去。"王萍温柔地摸着赵奶奶的额头，将她额头前的碎发抚平，"我和老娘在家里等着他们回来。"

小高通知着王国斌和王国浩，王萍去办理出院手续。

到家了。

小高先下车将后备箱里的轮椅撑开，王萍下车后将赵奶奶从后座抱起来，就像对待一个孩子一样，准备将她轻轻地放到轮椅里。可王萍弯下的腰却在停了两秒后又再次直了起来。

"算了，小高，你把轮椅还是收起来放到后备箱里吧，我就这样抱着老娘回去。"

老娘什么时候这么轻了。

王萍就这样像儿时她生病时赵奶奶温柔地抱着她回家一样，今天她抱着赵奶奶回家。电梯里，封闭的空间。王萍看着在自己怀里熟睡的赵奶奶，是那般安详，那般宁静。

她突然不再难过，也不再害怕了。

其实死亡不过就是永远地沉睡。如果可以让老娘毫无痛苦地离开，又何必要勉强她痛苦地不死。在医院，那只是让她不死，却没让她真的活过。如此这般安详宁静地去了，也未尝不是件好事。

打开家门，满屋子的灰尘在阳光的照射下到处逃窜。自从赵奶奶住院后，这房也就王国斌每次从H城回来看赵奶奶时来住一晚。许久不打扫的房子，显得很没有人气。

还好，主卧还算干净。

王萍把赵奶奶轻轻地放到主卧的床上，给她盖上了被子。正当她准备去卫生间给赵奶奶拧条毛巾擦脸时，赵奶奶突然拉住了她的胳膊，艰难地说："他们……"

"你放心，安心睡一觉，睡醒了他们就回来了。睡吧，没事，我在的。"

赵奶奶点了点头，可是依旧不愿闭上眼睡觉。王萍见了，停了一会儿，喊来小高，叫小高帮忙拧条毛巾来，她自己就顺势坐在赵奶奶枕边，一边用手指帮赵奶奶梳理头发，一边轻拍她的胸口问赵奶奶要不要喝水。

赵奶奶摇了摇头，不一会就又闭上了眼睛，睡着了。

王国斌回来时是下午一点左右，他来到老娘床边轻声唤着，可是赵奶奶始终半睁着眼睛，眼神空洞。"哎，老娘的意识恐怕已经不行了。"王国斌对正在用棉棒润湿赵奶奶干裂的嘴唇的王萍说。

王萍没理他，继续着手头的事。

王国斌只好没趣地一个人走到阳台去抽烟。

不一会儿，王国浩也来了，一起来的还有王国浩的妻子和儿子。他们来不及换鞋，快步走到主卧，来到赵奶奶的床前。"娘，我们来了，我们来晚了。"王国浩近乎哽咽地说。

"二弟你别喊了，老娘听不到的。"在阳台抽烟的王国斌对王国浩说。这时赵奶奶慢慢地拉起王国浩的手，看着王国浩哼了哼，浑浊眼睛里流出两行泪来。

"老娘不哭，不哭。我们这不都在吗？我们都来陪你了。不难过，没事的，不怕。我们都在的。"王萍拿出床头的抽纸，一边给赵奶奶擦眼泪，一边安慰着赵奶奶。可自己的声音却不禁颤抖起来。

后来，王萍的孩子们也都来了。

以前赵奶奶和保姆两人一起住时空荡荡的房子此刻突然变得拥挤起来。到处都是人，到处都有人。真皮沙发上坐满了人。红木麻将椅子上坐满了人。就连红木餐桌那儿也坐满了人。

赵奶奶平常顽皮闹腾的重孙女们此刻也像感受到了什么，都变得乖巧安静起来。

大家都在等待着什么。大家又似乎都在抵触着什么。

空气仿佛凝滞了。灰尘却依旧在阳光下四处逃窜着。没有人说话，只有小馨同母异父的弟弟偶尔向自己的妈妈要水喝。除了王萍和她两个弟弟在主卧里伺候着赵奶奶，其他人全在外面的客厅和餐厅里坐着等着。他们有的低头看着自己的鞋子，仿佛鞋子下自己多长了一根脚趾。有的抠着自己的手指甲，从左手的大拇指一直到右手的小拇指。还有的撕着手上的倒刺儿，撕完一个继续去另外九个手指找倒刺儿。

每个人都想离开这氛围压抑的房子。但每个人又都不敢离开。一个人忍不住叹了一口气，另一个人就接着叹了另一口气。有人无聊地打了声哈欠，其他人忍不住都张开了嘴，但很快又都用手掩住了。

主卧里，王国斌在抽完第四根烟后酝酿了好久，走到卫生间对正在洗毛巾的王萍说："大姐，我们把老娘寿衣穿上吧，不然等她去了，身子冷了就不好穿了。"

"呸！你就那么希望老娘死啊！你书读多了脑子迂掉了吧！"王萍直接把手里的毛巾朝王国斌的脸上扔去。王国斌被大姐这样一骂心里一阵火正要腾起，刚想发作，突然听到一直守在赵奶奶身边的王国浩大声喊道："大家快来！老娘好像有话要说！"王萍听了一把推开挡在卫生间门口的王国斌，快步朝卧室走去。王国斌也慢慢跟了上来。

在客厅候着的小辈们听到声响也都挤进了主卧。大家都在等着赵奶奶开口。

等着。

等着。

只见赵奶奶慢慢张开了嘴，大家的心也随之提了起来，在赵奶奶张着的嘴中大家看到赵奶奶的舌头微微动了动，她应该终于要说什么临终遗言了。

但只见赵奶奶深吸了一口气，胸腔随之起伏，然后又重重地将这口气叹出。

这口气仿佛叹了近一个世纪，仿佛从她被生下时的第一声啼哭，叹到她结婚生子，再叹到孩子们长大成家她最终一人孤独终老，最后叹向了远方。

当小辈们还在感叹赵奶奶这口气叹得真长时，只见趴在赵奶奶枕边的王萍突然扑在赵奶奶身上痛苦地号哭了起来。

"娘啊！"

赵奶奶就这样走了。

蜘　　蛛

◇刘慧慧

　　林冰直挺挺地躺在她卧室的床上，盯着屋顶华丽巨大的吊灯。这吊灯与这房间本是不搭的，然而在林冰爸爸林志全的坚持下，还是装上了。因为太亮，林冰平时也不怎么开，而现在，这灯开着，而且已经开了两天了。灯光通过有着尖锐棱角的水晶，折射出耀眼的光芒，明晃晃的刺眼。

　　林冰把手搭在胃上，那里凹陷着，也是，都将近两天没有吃饭了。林冰笑了笑，有点干裂的唇上划出一个几不可见的弧度。她想，我这是自虐呢，还是体验饥饿游戏呢……家里冰箱里能直接吃的东西没有了，只有一些放了很久的蔬菜。手上不是没有钱，只是当她在星期五晚上，从学校回家后，便感到一种深深的疲倦。对着一屋子的清冷，她抛下书包，就重重地躺在了床上。

　　这样不进食，也不喝水，饥饿感像海潮般袭来又退去，然后以更大的力度涌来。她在疲倦中睡了过去，又在饥饿袭来时醒来。

　　如果他们回来，发现一具饿死的尸体，该是什么样的表情？新闻上会不会出现"15岁女孩饿死家中"的惊悚标题？想到这里，她不禁觉得有些有趣，像一个恶作剧成功的顽童，笑出了声，只不过那声音有些沙哑。

　　"丁零零——"电话突然响了起来，林冰慢慢爬起来，感到眼前发黑，一阵眩晕，又躺了回去。铃声仍然急促地响着，林冰又慢慢地扶着床坐了起来，移向大厅。

"冰冰啊，怎么这么久不接电话？"

"刚刚在卫生间。"

"咦，你嗓子怎么了？这么哑，是不是感冒了？"

"没事，待会喝点水就好了。"

"那你多喝点水，注意别感冒。冰冰啊，妈妈这几天要出差，你中午和晚上放学到奶奶家吃饭，早饭你就在外面买吧。对了，你零花钱够么？"

"嗯，够，我知道了。"

"宝贝，妈妈回来给你带礼物啊，我赶晚上的飞机，就这样说了，拜拜。"

电话挂断，林冰看了眼电话上的时间，星期六，16时12分，没想到在床上躺了这么久。她回到卧室，倚着床坐了一会，突然发现墙上有一个很小很小的蜘蛛，在慢慢地爬着。在卧室里出现蜘蛛，实在是一件稀罕的事情。林冰突然起了玩心，她五指弯曲，指尖触墙，建立起一座"囚笼"，把小蜘蛛囚禁在中间。蜘蛛爬行，而林冰的手也随之移动，让蜘蛛始终在"囚笼"的中央，无法逃离。林冰的脸上漾着笑意。而蜘蛛似乎突然间发了怒，速度猛然加快，爬上了林冰的手指。林冰一惊，手一甩，将蜘蛛甩到了地下，随即用脚碾死了它。

惊意未却，因为饥饿，又或许因为突然而至的恶心感，林冰不想再在家里待着，拉开抽屉，从钱包中随意拿出几张，带上钥匙就出了门。

一座城市，无论是多么的时尚繁华，但她也总是有着低俗的、脏乱的角落，就如阳光永远也照不进阴影。林冰家在高档小区，但在不远的地方，就有一条小巷。巷子口，有一家小店，掉漆的牌子上，"烟酒"两个红色大字爬满了灰尘，里面卖着各种小零食。巷子里一边已经摆了不少的小摊，有卖馄饨水饺的，有卖炒饭烧烤的，还有卖麻辣烫的……另一边是一些小的店面，林冰走进了一家"兰州牛肉拉面"。店里的师傅拉着面，把面条摔在板上，颇具节奏感。似乎等了很久，一碗面才送上来，热气腾腾的。桌上摆着醋和辣椒，林冰加了不少辣椒进去，虽然她不怎么能吃辣，一吃辣就掉眼泪。接着，她也不顾烫，就吸溜吸溜地吃起来。吃的时候，真是涕泗横流，吃完，眼睛也是一片红色，但是，她的心情却莫名地好了些。

跨出拉面店，林冰继续向小巷里走，小巷的深处有一家门是开着的，还没进门，就能听到一阵噼里啪啦的声音，这是一家小网吧，是一家"未成年人可进"的"黑网吧"，林冰曾经跟着同学来过。家里不是没有电脑，但是在网吧里，此起彼伏的键盘敲击声，别人的说话声甚至骂人声，烟味、泡面味各种交杂的味道，似乎更能让她觉得……怎么说呢，是安心吧。在这里，处在人群中，在一个空间，可以听到别人的说话声，看到别人的举动，却不用在意，不用担心别人伤害自己，也不用担心伤害别人，就像是道路两旁的行道树，彼此陪伴，却不会接触。

进了网吧，交了十元钱后，林冰随意拉个椅子坐下。网吧里光线昏暗，这天人不多，稀稀拉拉地坐着，电脑屏幕的光映照在人的脸上，诡异而冰冷。手指在键盘上飞动，嘴中偶尔吐出只言片语，但脸上却都没有笑容。墙壁的颜色似乎有些泛黄，上面留着或清晰或模糊的鞋印。随意一瞥，屋角似乎张着一面脆弱的蜘蛛网。

林冰打开电脑，登上了QQ。QQ刚打开，头像就开始闪动，是一个才认识了不久的网友。在QQ上，林冰从不主动加别人为好友，也不会拒绝别人加她为好友。对于网络，她也总有一种莫名的防备心理，她很少在网上提到自己的个人信息，学校、班级甚至居住城市都不会告诉别人。无聊的时候，她会找别人天南地北地聊些话，别人找她聊天，她也应着，还会时不时地说些俏皮话。

头像继续闪动，林冰知道对方是个男生，19岁，江苏人，现在已经在工作了。而她只告诉过对方自己的性别和年龄，其他的一概不说，而这样的"神秘"似乎更惹得对方追问不休，热情不减。

"美女，你住在哪个城市啊？这个都不能说么？"

"巴黎。"

"巴黎？"

"哈哈，这会是我以后生活的城市。"

"……"

不再理会对方，她就下线了，感觉QQ似乎也越来越没有意思了。

在网吧里待了不到一个小时，林冰出来了。网吧对面是个台球室，说是台球室，不过摆着几张台球桌。上面用黑色的布支起来，成了棚顶，雨天漏水，雪天倒台，不过它就一直这样顽强地存在着，雨雪过后照样开张。

林冰去那里看过别人打台球，那个别人，是林斌。是的，就是林斌，一个同年级不同班的男生。林冰知道他，还是在学校的楼梯上。一天放学，她正准备回家，却听见背后一声叫喊"林冰！"她回头向声源处看去，却是一张陌生的面孔。正疑惑间，从另一层楼梯上下来了一个男生，和之前喊话的人一起走了。虽然只是一个名字，但是留了心，又是一个年级，见面的次数似乎也就多了起来，林冰后来才知道此"斌"非彼"冰"。或许是因为名字的相似，林冰分了一点心思关注这个原本陌生的异性。

林冰今年初三，学习成绩一直在班里中上，恰是班级中老师不怎么关注的一分子。她的成绩一直没有太大的波动，极其偶尔的突飞猛进或一落千丈引来父母和老师的注意后，又很快地归于平静。省重点高中扩招已经持续了三年，她这样的成绩上省重点基本是没有问题的，所以父母也是不想给她什么压力，一直让她保持状态，继续努力。

而初三日趋紧张的日子里，似乎总能听到那个熟悉的名字。"林斌又跟人打架了……""林斌被老师罚站呢……""你看，那是林斌的女朋友……"有关他的似乎总是一些不符合"校规校纪"的消息，林冰也是听过即过。直到"林斌退学了"那个消息传来时，她才感到一阵愕然："退学？为什么？"学生中间议论纷

蜘
蛛

纷，后来比较靠谱的消息是：学校为了升学率，劝退了个别极能拉低平均分的学生，而林斌就在其中。是这样么？林冰讶异之前她的完全不知情，后来才发现她只是没有关注，原来在此之前，已经有几个学生陆续地从学校"消失"了。对此，林冰感到突然而至的孤单和愤怒，不是为了所谓的公平正义，只是觉得一种在心里存在过的淡淡的痕迹突然被擦除，这痕迹她不喜欢也不讨厌，消失了却不是滋味。

如今，看到台球桌，林冰又想起他来。那次，林冰又是从网吧里出来，正好看到林斌在这里打球，他的姿势动作让林冰觉得多了几分帅气，驻足片刻后才离开。

林冰发了会儿呆，正准备走，眼神无意地扫过那几根支柱和"帐篷"，却发现拐角处又支着一张"大网"，一点小小的黑色盘踞在网中间。

这是要下雨了么？她想。随即向家走去。

火　车

◇钱圆

　　刚在座位上坐定，脚还未来得及收进来，突然一个老人就迎面倒在了齐的身上，可能是被车厢过道来往的拥挤人群绊倒的。老人慌忙站起来，连声地跟齐赔着不是。齐斜眼瞥了老人一眼：花白的头发，手上还拎着装满东西的蛇皮袋，脚边还有几大袋的东西。齐什么都没说，把头转向了窗外，看着外面送行的人群。

　　老人费劲地想要将携带的东西送到行李架上，吃力，但没有成功。齐冷眼看着，懒得动。对面一个学生模样的年轻人立马站了起来，接过老人的东西，送上了行李架。

　　火车终于开动了。后面两个女生在讨论着她们接下来的行程，齐想着，要不是爸爸打电话非要他回去，他现在肯定跟老婆儿子在前往云南的火车上了。

　　也不知道老头好好儿的，为什么突然非要他回去一趟。老人一个人在乡下生活得挺好的，逢年过节的，他便带上全家去看看他。妻子虽然没抱怨过农村的不方便，但他能看得出她的不情愿，所以平时很少回去。老人也说知道他工作忙，便让他不用回来。这倒是头一次。

　　刚刚被绊倒的老人就在齐的邻座，跟对面的小伙子絮絮叨叨地聊着，老人是去看在另一座城市工作的儿子一家。

　　"他们工作忙，没时间回来，我一个老太婆，在家也是闲着，就去看看他们，都大半年没看到了，怪想的。"声音倒是夹杂着些许的欢喜。

"奶奶，您今年多大岁数了？"对面的小伙子问道。

窗外的树在飞一般地倒退着，铁路的轨迹模糊成一条线。赶上"五一"，车厢里到处都是人，嗑瓜子声、闲谈声、游戏声，夹杂着，氤氲着……

"七十好几了，不过我身体倒是还可以，在乡下，我还能自己种种菜啊什么的，这不，这次过去，给他们带了点新鲜的蔬菜和我自己养的鸡鸭啊，你别看城里什么都能买到，可是却没我的这些好吃呢。"

"……"

突然，老人的声音不见了，齐转过头。身边竟然坐着一位中年妇女！

对面也不是刚刚的小伙子了。再看看自己，手里竟然抱着曾经上大学时背过的蓝色书包。齐的脑子有点乱，不知道发生了什么。

手机响了。来电显示"爸爸"，带着疑惑按下了接听键。"齐啊，你上车了吗？"是爸爸的声音。"嗯。""路上注意安全啊，到站了，我就在那接你。"

齐觉得这样的对话这样的场景，莫名的熟悉。是的，这是快毕业那年，第一次去父亲打工的城市。父母在外面好几年，齐不愿意去他们那里，住的地方又小又乱，好不容易赶个假期什么的，齐更喜欢跟朋友跑跑各地的旅游景点。他仿佛还记得当母亲知道他要来的时候，话语里的那份高兴和激动。那年父亲好像46岁。

齐摇摇头，再次打量周围的时候，身边坐着的又变成了自己的父亲，头靠在靠背上，脑袋一左一右地摇晃着打着盹，冒出的胡楂里也有了刺眼的白色，粗糙的手上是一道道深深的划痕。这就是自己的父亲吗？有多久没有好好看过他了？齐低头看到父亲打着石膏的腿，便想起了，这是那年父亲在工地上受了伤，齐送他回老家的时候。就在受伤的前几天，父亲还往他的卡里打了一笔钱，那是他跟母亲的所有积蓄，因为儿子在城里要安个新家。

那年父亲好像52岁。

火车"轰隆隆"地向前开，齐不知道它要把他带到哪里。想停，停不下来，想叫，叫不出来。

齐不知道到底发生了什么，像是火车把他送到了过去，又像是记忆催着他回头。齐只能跟着它走。

手臂被坚硬的盒子硌得疼。一看，白色布裹着的四方盒。齐知道了，那里面是母亲。久远的情感，被遗忘的伤痛一涌而来，刺得齐的鼻子一阵阵地发酸。"孩子啊，你跟我一样了，你也是个没妈的人了。"是父亲苍凉的声音。又是这辆火车吗？是它正把母亲从遥远的他乡送往她日思夜想的故土。齐不敢转头，不想被父亲看到自己满脸的泪痕，也不想看到父亲茫然无措的眼神。"我老了，以后啊，哪也不去了，就在家陪着你妈，前几年啊，她就想回去了，我怎么就不答应呢？"父亲悔恨的声音刺得齐心头一阵阵的疼痛。齐该恨父亲吗？恨他对他说的一个个谎言吗？"你妈没事，就是有点感冒，医生说挂几天水就好了。""你别担心啊，好不容易放几天假，你带着孩子们出去玩玩，你妈都好了。""工作不容易，别请假了，你妈有我呢，她也没多大病，这大老远的，你就别来了。"……

"以后，听谁整天叨叨我呢……"父亲的喃喃自语，齐抱紧了那四角世界。父亲那年好像64岁。

"爸，爸……"不知道是谁在疾呼，齐环顾四周，车厢里空荡荡的，一个人都没有。

"爸，爸……"一声接一声，直直地撞击着齐的耳膜。这声音，像自己的，又像儿子的。

火车继续往前。齐慌忙站起来，前面一节车厢走来一个人，"爸！"对，那是父亲。"儿子？"转眼间，齐看到的人又变成了自己的儿子，齐跌跌撞撞地向前赶着，对面的人，又分明和自己长着同一张脸！这，这到底是怎么回事？

"爸……儿子……"那人没有任何的回答，面带微笑，朝齐继续走来。三个人的脸，在齐的面前不断地交换着，爸爸，儿

火
车

子，自己……

火车行驶得越来越快。齐终于在两节车厢的连接处站稳。对面的人，也站定。齐还是分不清到底是谁，同样的还是三张脸。齐闭上眼睛，摇摇头，风呼呼地在耳边肆虐，抽得脸生疼。车厢的门竟然是开的！睁开眼，齐看清了，站在自己面前的，是父亲。

"爸。"父亲没有回答他，只是看着他笑。

父亲突然面向敞开的火车门。火车在疾驰，风在狂啸，父亲的脸越来越模糊，像是要渐渐融在这风中。

恐惧，一股剧烈的恐惧紧紧攥着齐的喉咙，使他发不出半点声音。他想要把父亲往里面拉一点，可是他的身体完全不受控制，只能站着、看着……

齐的瞳孔在急速地变大。瞳孔里，瘦弱的父亲，抬起脚，缩小，再缩小，最后，只剩下，沿途的绿树。耳中，是火车压过铁轨的声音。父亲今年好像75岁。

疼痛，在弥漫。

有人在拍打齐的手臂，转过头，是刚上车的老人，"年轻人，这是怎么了，满头大汗的，快醒醒吧，火车要到站了。"

耳边是火车进站的鸣笛声，原来，是场梦。

齐站起来，伸手，帮老人将行李拿了下来。走向车门。

文苑初鸣集（第二辑）

世 有 名 花

◇邹景

我叫叶融，就读于上海的一所知名高校。当然，在这个物欲横流的金碧辉煌的年代，说到"知名"二字，其一是因为它确实为社会主义新中国培养了大批的优秀建设者；其二嘛，自然是为了上海这个看似轻巧浮华的城市。在高考填报志愿的时候，父母眼中一向沉默乖巧的我，第一次做了真真正正意义上能够改变命运轨迹的事——放弃了免费师范生的名额，毅然决然地踏进了这片安宁繁华的土壤。

这也确实是我第一次违逆父母的意愿。我的父母才是真真正正面朝黄土背朝天的农民，不不不，你莫要执着于我的那个"真真正正"，太多太多的"朴素"被时代洪流所搁浅，而我淳朴善良的父母才是一辈子被固定在农田里自食其力，不需要闪光灯也不需要歌颂赞扬的平凡人物。也许就是这样，他们也的确对得起农民的身份——粮食的年年丰收以及甘于平凡的想法。所以，他们送我上学，教育我诚实善良，望女成凤，天生的朴素善良的性格让他们单纯地希望我能成为像县城里的女教师那样的人。如非命运偏颇，断然是不希望我踏足大城市的繁华世界。他们遗憾无法给我涉足上层社会的条件，又不舍得把我困于三寸方田。

对于我毅然修改了的志愿，父亲的唯一表现也就是在我鲜红喜庆的录取通知前微微叹了一口气，不，甚至可以说是半口。那个夕阳无语的夏日黄昏，父亲一如往常地坐在家中的土坯房前，黝黑的皮肤油光生亮，那样平静地，一如既往地拿着烟杆。几乎在每一个无雨的黄昏，你若上我家做客，这都是千年不变的画面。其实只有我，能有些异样的感觉。我发现那天的落霞特别艳丽，半边天的火烧云，村中所有孩子的录取通知书都到了，爸爸的眼睛不像往常光看着我家的麦田，更多的是看着远方的半边天。我的爸爸一生朴素低调，唯独在得知我的高考分数后，他像是一只孤雁，发出了在人世间第一声清鸣——一反常态的欣喜。哪怕多年后，我站在上海高层楼顶的巨幅玻璃窗前，悠闲地抿着香醇的咖啡，望着下面马路上川流不息的人群，我都仿佛都能嗅到那天父亲手里烟草的干涩气味。当我看着那些年轻的少女如履薄冰地踏入社会，带着少女的天真和惊喜握着自己不知道几份微薄薪水才换来的名牌包包、手机，精巧细致的小高跟鞋和轻盈雅致的香水，我却会不由自主想到那个连买一双五块钱的拖鞋都要一想再想的父亲在高考查分热线上贡献的昂贵话费。每一个来我家的客人——甚至是借锄头的七十岁的李大爷，他都要眉飞色舞地炫耀一番我的成绩。但凡对方有少许停顿，他就如同偏执委屈的任性孩子，一次又一次拖着人家听那个查分热线里标准而冰冷的女音。

我确定，那是我那和土地打了一辈子交道的父亲第一次打这么多电话。那一个夏天，那像是打开了他人生的话匣，尽管主题只有一个，他却不厌其烦。

他的眼睛——分明是望着村口的——那辆绿色的自行车。当他颤颤巍巍接过通知书时，那种表情和动作，其实是非常滑稽的。像极了拙劣的演员，他伸出的双手在碰到那个大红色信封的一瞬间，又迅速地缩了回来在衣服上蹭了又蹭，直到自己的汗衫已经皱得好像再也洗不平整了一样，终于，他接过它。在看见"上海"两字的时候，他猛地回头看着站在他身旁一语不发的我。他"嘿嘿"一笑，越过我进屋拿了一包烟出来——我认得那烟，上回我家分地找村支书帮忙他就是送的这个。

我是叶融，对，我身上流淌的是农民的血，我身上留有庄稼泥土的气息，我从来不曾忘记我身处劣势，正如我也从来不曾埋怨过这一切。给我这一切的父母和温暖的土地，我都心存感激。

其实最感激的是，我庆幸自己是女人。我宁愿相信有一天这世界上的股票崩盘，也不相信咖啡红酒会过时。虽然我身处劣势，但我目标清晰，至少我知道，我要过什么样的日子，不抛弃不放弃，我只是想让这个社会看看，我可以凭着自己走到哪里。

我赤手空拳，具有不怕牺牲的革命精神，我是女人，哪怕我不承认女人是弱势群体，但是这个世界上还有更强势的存在。你又误解我了？我不会不择手段，但是任何有利的环境条件，我都不会允许自己放弃。我并非急于逃离这个破败的小镇，我只是不允许我自己在此终老，日复一日地看天边夕阳，把我的梦想放在别人的期许里。我羡慕高楼大厦，羡慕光鲜亮丽，所以我攀爬，所以我坚持，所以我忍耐。

而那个对我望女成凤的父亲，在最后一寸余晖中，未叹完的半口气，像是一支利箭，深深地插在我斑驳淋漓的血肉之躯。爸爸，请你相信我，我会证明自己。哪怕我带着青草香气，并不代表我这辈子都要与土地长相厮守。你失去的梦想，我要让它流光溢彩。

我终于是抓住了命运的最后一根稻草。乘着火车随着人流迈进了上海。

对于这个忙碌充实的城市，我不过是一个背井离乡的大学生，一无所知，前途迷茫，身无长物，貌不惊人。

上海的教育环境显然超过了我的想象力，四个人一个寝室的安排，独立卫浴甚至每个寝室都配备了空调和暖气。这在我的前十几年的生命中几乎不敢想象。我想我以后的家若也是这样便已经足够。

而我的室友么，其实都是不错的。优异的成绩，非富即贵的家世，姣好的容貌。校园里有形形色色的学生，学霸式的人物，长期霸占着图书馆的位置恨不得把椅子坐穿，青春靓丽的男女潇洒优雅，因为青春而容光焕发，我混迹在这些人之中偷偷打量，不敢随意散漫，微微的不自然。我告诉自己尝试着心如止水，不过还好，我心中有着明确的目标。我没有像高三时候那样继续以往的鸵鸟式的埋头读书，因为我觉得，在这个可以俯仰一世的城市，生存的能力和学习的能力显然更为重要。

开学一个月的时候，我妈给我打了一个电话。电话里，我妈用蹩脚的普通话一直在说，有事和家里说啊，娘有钱，娘有私房钱。我想到了临走时娘往我包裹里塞的鸭蛋和米酒，想到山风中娘微微嚅动的嘴唇，她伸出手象征性地为我拾掇领子，皲裂的双手粗糙的质感，那双手还递过来被汗水打湿的一卷零钱。

直至今日，那卷参差不齐的零钱还安静地躺在我的抽屉里，无论是在那个生我养我的破落山村，还是挥金如土的浮华上海，我始终怀着敬畏之情，深深感激。

期末回去的那一天，我说娘，让我抱抱你。这样的温暖有些猝不及防，让我老实巴交的妈妈一下子有些手足无措。她小心翼翼地问我："娃儿，怎么了，被人欺负了？"

不知道怎么的，眼泪突然就失去防备。我抱紧了我年过半百奔波劳碌的妈妈，和世界上所有的女儿一样，骄傲地说："娘，谢谢你！"

谢谢周围给我的所有认知，让我知道山上有树，花开百种，让我触摸到诱人的香甜，懂得拥有的美好，告诉我糖是甜的，眼泪是涩的，哭是难过，笑是快乐。是你让我，成为一个和他们都一样的人。可以安身立命有土而栖。可以纵情欢唱，可以大声哭泣。可以骄傲浅笑，可以荒凉叹息。如果这一切都因你而存在，我又如何赠送给你最好的礼物。我有没有说过，你是我的幸运。我也可以做你的眼睛，带你看遍名山大川，路过空谷深渊，访过古寺钟楼，游遍名舫画船。我也可以，让你知道，我爱你，纵不及你之于我，也可比山阔大，比海辽远。我没有更好的礼物送给你了。但我可以保证，我的这一生，为自己而活。可以保证，长长久久活下去，为你养老送终。可以保证，不依附不攀折不委屈。可以保证，妈妈要活着有家，死了有坟，清醒有笑，沉默留香。这份礼物，可愿意？可欢喜？可珍贵？

世有名花如许，应自解语。不如我送你一支笔，你手机相机没电的时候，看到所有的美景，都画在我眼睛里。

"游子疲惫当归乡，最念老屋居高堂。"

话

剧

HUA
JU

这 一 夜

◇曹凡

时　间

当代。一夜，直到次日天亮。

地　点

某一城市。

人　物

育晶——二十多岁的年轻女人。

立仪——育晶的朋友，女。

弟弟——立仪的小狗，金色寻回犬。

沈思——年轻男人，大学教授。

黑衣人——不明身份，一身黑衣。

司机，救护人员，路人（路人甲、乙、丙、丁、戊等）。

第一幕

〔舞台较暗，在夜晚的街道上，仅有一两盏路灯的昏黄。

〔育晶缓缓踱步，寂寞懒散，其处灯光由较暗转亮些，育晶踱至道旁一屋门处，"咚咚"敲了两下。

育　　晶　立仪，可要放弟弟出来走走？

〔门开了个缝，一只小狗扑了出来，屋内立即传来许多人的嘈杂声、欢笑声，又一个年轻女子笑着探出头来。

立　仪　（在门缝中笑着）麻烦你啦！

育　晶　三十分钟就回来。

〔灯光转至舞台中央的马路，路边有一长椅。

〔育晶抱着小狗在路上缓缓走着，抬起头看看夜空，叹了口气，又走了几步，坐在长椅上，小狗蹲在一旁。

育　晶　（低头，目光转向小狗，轻声）有一首老歌，叫《蓝月》，你还小，大概没有听过，歌词说，蓝月亮，你看我孑然一身，心中没有梦，身边没有人。（沉默）

〔小狗"呜呜"低叫。

育　晶　那是说我呢，父母去世后就只剩我一人，日出而作，日落而息，永远一个样……又不像你主人（微笑看着小狗），自得其乐。

〔小狗突然跳下长凳，冲了出去。

育　晶　（朝着小狗）哎！等等。（追着小狗到路中央）

〔尖锐的刹车声。

〔育晶和狗倒在地上。车开走声。

育　晶　（受惊吓状，皱眉回头）怎么开车的，不长眼睛啊？（摸到蹭破皮的手肘）嘶……（检查小狗）弟弟你没事吧？

〔小狗汪汪吠叫。育晶放心舒口气，起身。

〔育晶回到立仪门前，敲门无人应。

育　晶　算了，今晚你就到我那过夜吧！

〔暗转。

第二幕

〔在育晶家门口，育晶抱着小狗取钥匙开门。背后站着一个年轻男子。

沈　思　育晶，你回来了，去遛狗了？立仪真懒，还有什么事情叫我们做？

〔育晶转头，无比诧异。

沈　思　（亲昵地握起育晶的手，并接过小狗）弟弟，来，我有好东西喂你。

育　晶　你是谁？

沈　思　呵，问答游戏？我是谁？我是沈家大儿子沈思，就职科技大学生物化学系，上月升了副教授，将与王育晶小姐订婚。

育　晶　什么？

沈　思　育晶，我正式向你求婚！（从身后的篮子里取出花束和钻戒，深情恳切）育晶，请答应我的恳求，我愿意爱护你一生。

育　晶　（发呆，恍惚）我不认识你。

沈　思　（微笑）我们有一生时间可以互相了解。

育　晶　（犹豫，心里想）为什么要想那么多呢？这不正是我一直在等待的良辰美景吗？为什么还要犹豫呢？（满足地笑）

〔育晶开门，沈思跟着进去。

〔育晶把小狗放到沙发上，沈思早已打开带来的香槟和鱼子酱，舀了一勺，送到她口中。育晶迟钝一瞬，吃下。沈思打开CD（放出的是《Strangers in the night》），拉起育晶起舞。

沈　思　明年我们就结婚，和时间竞赛，我们要生三男一女，置大屋添旅游车，你不要再工作了，在家照顾孩子，或者，给他们找个保姆？

育　晶　不要找保姆，孩子那么小，我会在家带他们。（忽然轻摇头，诧异，心想）不是吧，和一个第一次见面的人，都谈到结婚生孩子了？

〔沈思的手机声响起。

沈　思　什么事？哦，我马上来。（歉意地，对育晶）对不

这
一
夜

起，育晶，今晚实验室由我当值。

育　　晶　你要走？（心想）是梦该醒了吗？

沈　　思　我到实验室看看，马上回来，等我。

〔育晶点点头。沈思紧紧拥抱了育晶一下，然后关门离开。

〔育晶推开另一扇漆黑、无灯光照射的卧房门。

〔房里挂着一件婚纱，灯光暗处理，在育晶开门瞬间，被一束暗光扫过。伴有"倏——"的音效。

〔育晶吓了一跳，急忙开灯，灯光照亮，看见是一件婚纱。

育　　晶　（困惑，然后自言自语）去问立仪，立仪一定知道。

〔育晶刚要开门时，响起敲门声。

〔敲门声效略带紧张和惶恐。诡异的声效响起。

〔灯光变暗。

育　　晶　（拉开门，张望）谁？

〔暗角落不远处站着一个高大的黑衣人，带着黑色宽边帽子，脸大半被遮住。

育　　晶　（颤抖）你是谁？

黑 衣 人　王育晶，跟我走。

〔育晶瞪大眼睛，退后三步。

黑 衣 人　王育晶，跟我走。

〔小狗见了他，想扑过去，被育晶用力拉住。

育　　晶　（恍然大悟，之后浑身颤抖）不，我不会跟你走，我等男朋友回来，我们快要结婚了，你别来破坏好事。

黑 衣 人　（凝视着育晶）王育晶，跟我走，迟了就来不及了。

〔育晶把小狗紧紧抱在怀里，鼓起勇气，用力关上门。她躲入卧房里，双手发抖，落下泪来。

育　　晶　（惊恐，回头，四周看，自语）不，不，我不会跟你走。（她放下小狗，轻轻走近那件婚纱，伸手过去怜惜地抚摸。

〔暗转。

第三幕

〔在立仪门口。育晶慌忙地用力敲立仪的大门。

育　晶　开门。我是育晶，有急事！
　　　　〔立仪睡眼惺忪地开门。

育　晶　（径直走进屋里）立仪，你看得见我吗？
立　仪　（诧异）育晶，你说什么？
育　晶　（脸青）立仪，我怀疑我遇上车祸，已经死了。
立　仪　（先吓了一跳，随即大笑起来，斟一小杯咖啡递给育
　　　　晶）坐下慢慢谈。
育　晶　（坐下）立仪，我看见死神来接我，他叫我跟他走。
立　仪　（看着她）是吗？那么，你为什么还在这里？育晶，
　　　　我知道你紧张，女生在结婚前夕总有说不出的感慨。
育　晶　（发呆）你怎么知道阿思向我求婚？
立　仪　（扬扬手）你的礼服挂在房内已有好几个星期了。
育　晶　（用手掩脸）那黑衣人——
立　仪　哈哈，一定是万圣节快到，有人同你开玩笑，下次他
　　　　再来，给他一把糖。
　　　　〔育晶破涕为笑。
立　仪　（拍着育晶的肩膀）有什么事过来找我，别疑神疑鬼。
　　　　〔育晶沉默。
立　仪　弟弟呢？
育　晶　在我那，睡着了，明天送回来。
立　仪　行，早点回去睡吧！
　　　　〔立仪和育晶起身，育晶出门，又回到自己的寓所。
　　　　〔小狗在沙发上熟睡，发出呼噜声。
　　　　〔育晶轻轻套上钻戒，踏实地笑。接着环顾房间四
　　　　周，捧着枕头，憧憬状。

这
一
夜

育　晶　（心里突然一想）那黑衣人呢？他到底是谁？

〔门外有声响，由远及近。育晶吓得跳了起来。

育　晶　（手脚颤抖，眼神慌张，自语）黑衣人？……黑衣人！他又来了！

沈　思　（在门外喊）育晶，是我回来了。

〔育晶舒了长长的一口气，定了定神，跑去打开门。

沈　思　（拥抱着育晶）看到你真好。

育　晶　（欢乐、激动地）我也是！

沈　思　那些大学生还像小孩，动不动就找长辈，和我们那一代根本不能比，呵呵，我的口气像是老人家：一代不如一代。

〔育晶把头靠在沈思胸前。

沈　思　你脸色怎么这么苍白？

育　晶　阿思，有一个神秘的黑衣人来敲门，他知道我的名字，还叫我跟他走。

沈　思　（一愣）什么时候？

育　晶　大约半小时以前。

沈　思　人呢？

育　晶　我关上门，他走了。

沈　思　以后开门小心。

育　晶　（点点头）阿思，黑衣代表什么？

沈　思　照老人家的说法，黑衣不太吉祥。

育　晶　我害怕。

沈　思　育晶，有我保护你。

育　晶　你会陪着我？

沈　思　直到白头。

〔育晶笑了。

育　晶　那结婚后我们住哪？

沈　思　住大学教师宿舍呀，一百多平方米，可以看到海。去年已经申请马上就能拿到钥匙。

〔育晶低下头。

沈　　思　育晶，可以借你地方梳洗吗，我想洗个澡。

育　　晶　（抬起头）你可有替换衣服？

沈　　思　我记得有干净衣服在你的抽屉里。

育　　晶　那你去吧。

〔育晶用手大力揉脸。困惑、犹疑。

〔浴室传来"哗哗"水声。

〔"育晶……"黑衣人游丝般的声音响起，育晶吓一跳，双手颤抖，蹙起眉头。

〔诡异的声效渐起。

〔"育晶，再不跟我走就来不及了。"黑衣人的声音再次响起。

〔小狗骤然醒来，汪汪吠叫。

这
一
夜

育　　晶　（把小狗抱在怀里，紧张）你也听到他的声音了？

〔"育晶，开门！"黑衣人的话继续传来。

〔灯光变暗。

〔育晶深吸几口气，放胆打开大门。黑衣人站在门外。

〔育晶震惊。

育　　晶　（佯装提起勇气）我不怕你，你快走，你认错人了。

黑 衣 人　（低声）王育晶，这不是你的生命，跟我走，你有你的命运。

育　　晶　你是死神吧，我还年轻，我不走。

黑 衣 人　王育晶，你必须走。

育　　晶　（颤抖）不，不，不！（厉声）我的未婚夫就在屋内，他会保护我，请你不要再开玩笑。

〔小狗朝黑衣人扑过去，被育晶拉住。育晶关上门，蹲在地上哭。

沈　　思　（披着浴衣，擦着头发）什么事？我听见狗叫。

育　　晶　（勉强定定神）没事。

沈　　思　（坐在沙发上）你抖得像一片落叶。来，来坐我身边。

〔育晶坐过去，沈思握住她的手，用力搓暖。

沈　　思　你好像魂不附体。

育　　晶　阿思，我真的有种灵魂出窍的感觉。

沈　　思　（轻抚她的面孔）每次考完试，我也有这样的感受，
　　　　　　不过，过一会儿又会镇定下来。

育　　晶　今晚不要走。

沈　　思　我会永远在你身边。

　　　　　〔育晶不安地轻泣。

沈　　思　可是想念父母？

　　　　　〔育晶点头。小狗呜呜作声。

育　　晶　弟弟整晚不安分，不知道为什么。

沈　　思　也许是想回家。

育　　晶　天快亮了，明天送它回去。（叹气）父母辞世后，我
　　　　　　觉得身体里某一部分也跟着他们走了，再也找不
　　　　　　回来。

沈　　思　当你有了自己的家庭，会渐渐淡忘的。

育　　晶　沈思，那黑衣人又来了。

沈　　思　什么？

育　　晶　刚才他第二次出现，一直叫我走。

　　　　　〔沈思站起来，握住拳头。

育　　晶　沈思，可要通知警方？

沈　　思　太过分了。

育　　晶　不知道是谁恶作剧，真会被他吓破胆。

　　　　　〔沈思沉默。

育　　晶　明早我们就到警局去报案！明早……（轻声）什么时
　　　　　　候了？

沈　　思　（坐下）天快亮了。

育　　晶　天亮了我们就出去。（在沈思的臂弯中睡着）

　　　　　〔小狗哼叫声，走来走去声。

　　　　　〔暗转。

第四幕

〔在育晶家的沙发上。

沈　　思　（忽然推育晶）育晶，醒醒，该上路了。

育　　晶　（睁开眼睛，微笑）什么叫上路？

〔沈思语塞，披上一件大衣。

育　　晶　你去什么地方？

沈　　思　和你一起出发。

育　　晶　啊，我知道了，是去看新房吗？

沈　　思　（如释重负）我怎么没想到，对，没错，就是参观
　　　　　新房。

育　　晶　那我也梳洗一下。

〔育晶梳洗好，到窗前看了看。

育　　晶　咦，这一夜好长，天还没亮。

〔沈思已打开了门。黑衣人站在育晶和沈思两人面前。

〔灯光变暗。诡异的声效渐起，伴着具有紧张崇高意
　味的旋律，灯光急促地摇晃。

黑 衣 人　（伸出了手）育晶我来接手。

育　　晶　（躲到沈思背后，睁大了眼睛）就是他，他总是不放
　　　　　过我！

〔黑衣人凝视沈思，坚决而凌厉。

沈　　思　（镇定）育晶，清楚告诉他，你不会跟他走。

育　　晶　（肯定）我不会跟你走，这里有沈思保护我。

〔黑衣人忽然轻轻地叹息。

〔突然，小狗弟弟朝黑衣人飞扑过去。育晶没抓住
　它，黑人抱住小狗。

育　　晶　弟弟！

沈　　思　（拉住育晶）随它去。

〔黑衣人看了育晶一眼，带着小狗，轻轻离去。

这
一
夜

〔沈思松一口气。

育　　晶　他还会再来吗？

沈　　思　（摇头，深思）三次机会他不会再出现。

育　　晶　哦……那我们走吧。

沈　　思　你说得对。

育　　晶　我们往哪个方向？

沈　　思　跟我走。

　　　　　〔沈思带着育晶到之前她与小狗散步的那条马路上，街
　　　　　灯下，路人、救护人员、司机等围住一处，议论纷纷。
　　　　　〔育晶好奇，握着沈思的手走近。

路 人 甲　是车祸！听司机说，小狗与人突然冲出来，躲都来不
　　　　　及，撞了个正着。

路 人 乙　（跟身边的人说道）所有司机都那样推卸责任！
　　　　　〔司机坐在路边，头埋在手中，无比彷徨。救护人员
　　　　　正在抢救一只金色寻回犬，和弟弟一模一样。育晶看
　　　　　到小狗时一怔。

救护人员　小家伙，努力一点，快呼吸。

路 人 丙　（叫嚷道）哪里还救得回来！
　　　　　〔小狗忽然呜咽一声。

众　　人　（讶异）呀，活了，活了！

立　　仪　（赶忙跑来，大声）弟弟！

育　　晶　（看到立仪）立仪，立仪！
　　　　　〔立仪却听不见。立仪看到弟弟后，即扑到担架上，
　　　　　哭泣。

路 人 丙　唉，可惜呀，那个女人已经不行了。

育　　晶　（惊觉）女人，谁？
　　　　　〔育晶又走近一步。
　　　　　〔救护人员起身准备把担架上的人抬走。担架上的人
　　　　　身上遮着白布，看不出长相。

路 人 戊　那么年轻，叫人难过啊。

路 人 甲　生死天注定。

　　　　　〔育晶猛然抬起头。

　　　　　〔立仪一直拉着担架边不愿走，哭着叫众人走开，并
　　　　　伸手掀开了白布。担架上的人穿着和育晶一样的衣
　　　　　服，正是王育晶，只是脸部惨白。

　　　　　〔在白布掀开后，即响起强调性的声效。

　　　　　〔育晶看到，恍然大悟的样子，惶然地向四周望了
　　　　　望。育晶继而目光闪烁，转过头去看着沈思。

沈　　思　（仍然握着育晶的手，微微笑）走吧。

　　　　　〔育晶点点头，跟着沈思缓缓离开。

　　　　　〔忽然一下，灯暗。育晶、沈思下。

　　　　　〔天蒙蒙亮。舞台灯光渐亮。

路 人 戊　（问立仪）你是她邻居？

立　　仪　（眼睛红肿）是，她帮我带狗出来散步，谁知道发生
　　　　　意外。

路 人 戊　她可有亲人？

立　　仪　她就一个人，父母生病早就去世了，又没有兄弟姐
　　　　　妹。（再次哭泣）

　　　　　〔路人戊恻然。

路 人 丁　她很安静，很少跟我们聊天，看上去是个好女孩。

　　　　　〔围观者渐渐散去。

　　　　　〔画外音：

（老太太）　传说一个人离开这世界之前，愿望会在梦中实现，不
　　　　　知道她有什么盼望。

（路人乙）　那么年轻，恐怕是希望功成名就吧。

　　　　　〔太阳升起。舞台全亮。

（全剧终）

按：本话剧改编自亦舒的短篇小说《这一夜》。

侠 之 大 者

◇章润发

第一幕 挑 衅

人 物

墨　章——孟尝君门客。

程　云——孟尝君门客，墨章之友。

孟尝君——战国名公子。

黑衣人。

陆剑鸣——孟尝君首席门客。

〔墨章背手独立于台上，舞台设有几案、席垫若干，案上呈着名种酒水美食。

〔墨章一袭白衣，面带忧色，踱步，频频叹气。

程　云　（款步于其后，上）今日主人家有喜事，墨大哥为何在此叹气？

墨　章　（回首一视）主人拜官相国，大宴宾客，本是大喜之事，可我却悲从中来，不可断绝。

程　云　（不解）所为何事？

墨　章　三年前，我投孟尝君，孟尝君待我甚厚，我常想着能报答公子的恩情，（看着程云）可三年过去了，我却寸功未建。（背着程云，继续踱步）人在江湖，为一

"名"字而已！今见冯谖建奇功，我心中焦虑，故为
此态。

程　　云　（解颐）您多虑了。墨大哥侠肝义胆，只是没有遇到
好的机会罢了，你我共事公子，终会有大显身手的
时候！

〔孟尝君及其他门客上。未见其人，先闻孟尝君哈哈
大笑数声，走上，自坐于上席。

墨　　章　（向程云）快先入座。

程　　云　请！

墨　　章　请！

〔墨章、程云及众宾客坐毕。

孟尝君　（华髻美服，面带喜色，起身高举酒杯）鄙人不才，
幸得诸位辅佐，又得冯谖屡献良策，为某凿毕"三
窟"，而今某可高枕无忧了！（大笑）

众门客　（齐声）贺喜主人！

陆剑鸣　（双手举杯而贺）主人天命所归，吾等投主人门下，
亦是顺应天命而已！请允许我饮下这杯酒，为主人道
喜！（一饮而尽）

孟尝君　好！好！剑鸣好酒量！来人，奏乐，让某与诸位侠士
饮个痛快！

〔若干名乐师上，音乐响起未多时，一黑衣人上。

黑衣人　〔蒙面，以剑击匣，歌曰：
礼乐坏兮，诸侯起。纲常乱兮，小人行。小人行兮，
侠客隐，哀兮悲兮！今之为侠者殆矣！（歌毕，叫
骂）你们这帮酒囊饭袋，还敢妄自称为"侠"！

陆剑鸣　（怒而起）汝是何人？敢在这里出言不逊！

黑衣人　（拔剑，指向众人）我手中宝剑正待饮血，来吧，谁
敢与我一战！

〔众人亦纷纷拔剑，双方互指，场面嘈杂；墨章按住
欲站起的程云，仍自斟自饮。

孟尝君　（略显慌乱）这位先生，鄙人生平可有得罪先生之处？若有得罪，还望见谅（鞠躬），这杯酒敬先生（饮），望先生息怒。

黑衣人　（双手握剑柄，还礼）在下此番前来，与公子无关。素闻孟公子待客有方，天下英雄云集响应，今日在下乃知，您真可算得上天下之贤公子。可是，您看看您手下所养的这些食客，有哪个配得上"侠"的名号？留之无用，且待在下尽戮之！（再次剑指众人）

陆剑鸣　（勃然大怒，掷杯于地）你这小贼！蒙上面就以为自己是大侠了？还敢口出狂言！看我来教训教训你！（踏上几案跃起）

〔两人交战不几个回合，黑衣人引剑一挥，陆剑鸣手中剑被击飞，接着黑衣人将剑架于陆剑鸣颈上。剑落地发出刺耳的响声，其余宾客大惊。

陆剑鸣　（自言自语）什么？剑气强盛到如此地步！怎么会……怎么会……（对黑衣人）大侠切莫动手，有话好说，冤家宜解不宜结，咱们今天算是不打不相识，我们交个朋友，怎样？

黑衣人　（吐唾沫）你也配？（大叫）在场的人听好，我现在就站在这里，让你们朝着我的心口刺一剑，我若动一动，人头送你们下酒。然而若我不死，来年今日，须让我还他一剑！可有人敢？

孟尝君　（无奈，频抖双袖）何必至此，君岂不知万事和为贵？

黑衣人　（无视劝解，声若炸雷）谁敢刺我？

〔众门客知其武功高强，皆畏缩不敢前。

黑衣人　（声亦雄壮且拖长）：谁——来——刺——我！

墨　　章　（趁此时机，飞身而起）我敢刺你！（长剑刺穿黑衣人胸口）

〔全场一片沉默，墨章后退几步。

黑衣人　（自视心口，鲜血汩汩而流，大笑）哈哈哈哈，好，好！（将剑拔出，置于地上）你是谁？

墨　　章　（凛然）敢杀你者！

黑 衣 人　来年今日，云蒙山上，也受我一剑！你可敢答应？

墨　　章　有何不敢！来年今天，我便让你回刺一剑！

黑 衣 人　〔歌：

　　　　　　日东升兮云蒙里，山气佳兮有客来，侠之渺兮轻生
　　　　　　死，侠之大兮忧黎元。

　　　　　　〔歌毕，退。

孟 尝 君　（惊魂甫定）先生是谁？某见先生胆略非凡，不知先
　　　　　　生何日来我门下？

墨　　章　（作揖）鄙人名曰墨章，三年前投公子门下。公子所
　　　　　　赐酒食，与公子所食无异，尝思答报，只待今日之机
　　　　　　遇而已。

孟 尝 君　（挽扶）先生不必拘礼，今日若非先生出手，我等早
　　　　　　已名誉扫地，从今往后先生便是我门下首席！切莫推
　　　　　　辞，切莫推辞！

墨　　章　（俯首再拜）恐在下难以胜任！

陆 剑 鸣　（不悦）公子岂能以小人一行而忘我之功劳？方才剑
　　　　　　刺之事，吾亦敢为之，只是被他抢去先机！

孟 尝 君　（语气鄙夷，甩袖）相鼠有皮，君岂能不识时务？先
　　　　　　生从今以后就请自便，鄙人府上不再欢迎先生。

陆 剑 鸣　（摊手）公子，这……

孟 尝 君　（语墨章）墨章先生不要再推辞了，首席之位，非您
　　　　　　莫属！

墨　　章　（深深揖拜）恭敬不如从命！

第二幕　送　行

人　物

墨章，程云，孟尝君，门客甲，门客乙。

〔急景流年如箭，一年俨然已过。

〔台上设一几案，墨章、程云，屋内对坐饮酒。

〔墨章举杯，欲饮又停。

程　云　（亦放下酒杯）墨大哥怎么了？

墨　章　（迟疑片刻）自打我剑刺那黑衣人之后，受到了公子更加优越的待遇。转眼一年将过，今日，我便该起程履行我的诺言了。眼下的生活虽然很欢乐，可对我来说却像天上的浮云，缥缈似幻。

程　云　您现在有何顾虑？

墨　章　我在想，去年那个黑衣人，有不死之法，而我肉体凡胎，如何能承受住他一剑？这些欢乐，暗藏着挥之不去死亡气息。（饮酒）

程　云　大丈夫固有一死，死有盘古辟天地而死，亦有苟且如蝼蚁而死。先生此去，是为侠义之精神而死，我等在此望尘莫及，您又有什么好留恋的呢？

墨　章　（饮尽杯中酒）此番言语，甚得我心。为侠者看重的只是一个"名"字，我怎能忘却初心？

〔孟尝君及两名门侍从。

孟尝君　（作揖）先生近日可好啊？

〔墨章与程云起立，作揖。

墨　章　多谢公子惦念，墨章近日无恙。

孟尝君　（挽墨章手）去年先生于危难之时，出手相助，不顾自己性命，与那黑衣人许下约定，离约定的期限已不足一月，云蒙山路途遥远，今日先生便可动身。"侠"之大名，先生今日方可成全，此后，先生事迹必定传为佳话。

墨　章　在下并未忘记约期，只是近日来一直在准备。

孟尝君　那，准备得如何？

墨　章　公子请看，在下身上是天蚕丝锦袍，品质上乘，结实耐磨。

孟尝君　好！

墨　　章　头上是溪风松云冠，轻巧灵便，美观大方。

孟尝君　好！

墨　　章　足上是御风履，合脚舒适，日行千里。

孟尝君　好！

墨　　章　手中是三尺龙泉剑，削铁如泥，吹毛断发。

孟尝君　好！好！好！（拍手三次）这下一应俱全，只待为先
　　　　　生欢奏凯歌！

墨　　章　并非俱全，仍缺一物。

孟尝君　（疑惑）所缺何物？我立刻派人为先生配上！是缺一
　　　　　条镶玉腰带吗？

墨　　章　（摇头）非也。

孟尝君　是路上缺少美味佳肴吗？我这有当地最好的厨子，可
　　　　　一同前往。

墨　　章　非也，此去云蒙山，在下可餐风饮露。

孟尝君　是缺少美人同行吗？三千美姬，凭君挑选！

墨　　章　在下岂是在乎美色之人？亦非也。

孟尝君　（稍稍不悦）先生到底所缺何物？难道这一年来鄙人
　　　　　有招待不周之处？

墨　　章　公子，在下心中有一个疑惑。

孟尝君　是何疑惑？

墨　　章　我想问公子，怎样才能称作"侠"？
　　　　　〔孟尝君，回头望各门客。

门客甲　侠嘛，乃是声张正义者！

门客乙　侠乃是不畏死生者！

程　　云　墨大哥还记得慕克白吗？

墨　　章　怎能忘记侠中之祖慕大侠？我这一身白衣就是向他
　　　　　致敬。

程　　云　慕大侠自然是顶天立地的大侠，可是您不能忍受那黑

衣人抹黑孟公子的名节，拔剑相助，此为声张正义；您刺了黑衣人之后，果断答应对方来年后回刺一剑的要求，此为不畏身死！慕大侠的英名也不过从此二事中来，先生您便是当之无愧的"侠"啊！

〔墨章沉吟片刻。

孟尝君 先生休要顾虑，难道先生想背弃约定？来人！伺候墨大侠休息！

墨　　章 （举手示意）不必了，我已经决定。准备出发！

孟尝君 先生果然深明大义！（吩咐下属）快召集众人，为先生送行！

第三幕　云蒙山庄

人　物

墨章，仆人，庄主（隐士），庄主夫人。

〔台上庄主坐着喝茶，一仆人立于其旁，室内陈设典雅清幽。

〔墨章背着行囊，腰间佩剑，于舞台侧上。

墨　　章 我这几日长途跋涉，翻山越岭，终于到了云蒙山下，原来这里有一座山庄，（抬头看，读道）"云蒙山庄"。离决战的日子还有几天，先在这里借宿吧。

〔敲门，片刻等候。

墨　　章 莫非无人居住？（再敲）

〔山庄内传来人声："来了！来了！"开门者一小厮。

仆　　人 您是何人啊？

墨　　章 （作揖）我乃孟尝君门下宾客，从齐国远道而来，想在这里借宿几晚。

仆　　人 （鞠躬）原来是孟尝君门下的大侠，您随我来。请！

墨　　章 有劳！

〔仆人将墨章带入山庄内，一衣着华丽的人在正厅内喝茶。

仆　　人　庄主，这便是门外的客人，是孟尝君的门客，从齐国来，想在这借宿几晚。

墨　　章　（作揖）在下墨章，庄主有礼了！

庄　　主　（起身回礼）原来是孟尝君的人，先生客气了！我云蒙山庄很久没有客人来了，先生想住多久便住多久（对仆人）看茶。

　　　　　〔仆人退。

　　　　　（对墨章）先生请坐。

墨　　章　谢庄主。（入座）

庄　　主　先生下榻自然是鄙庄的荣幸。（颔首捋须）只是，我有一事相求。

墨　　章　（恭敬）庄主但说无妨。

庄　　主　这云蒙山里奇珍野兽甚多，先生武功盖世，作为住宿的交换，为我入山猎一回野味，你可答应？

墨　　章　庄主要求，在下乐意为之。

庄　　主　哈哈，好，一言为定！

墨　　章　一言为定！

　　　　　〔庄主夫人年轻貌美，莲步上。

庄主夫人　（望墨章）夫君，听说有贵客远来，便是这位吗？

墨　　章　（惊艳，起身作揖）夫人有礼，正是在下。

庄主夫人　（娇声）先生此番为何而来？

庄　　主　妇人家管这些事情作甚！

墨　　章　庄主不必责难，在下此来只是为了一个约定。

庄主夫人　哦？约定？

墨　　章　是的，约定。（踱步）一年前，我家主人孟尝君新拜齐国相国，大宴宾客，席间酒乐方兴，忽闯入一名黑衣人，痛骂孟尝君门下食客，皆是酒囊饭袋，没有真正的侠士。孟公子门客陆剑鸣不敌，那厮叫嚣道：何人敢朝我胸口刺一剑，来年今日，我还他一剑。这不光是对我们这些侠士的侮辱，也是对孟公子的大不敬，我见周围的人都畏缩，怒上心头，提剑便刺！（作剑刺状）

庄主夫人　（娇嗔）啊！

庄　　主　（听得入神）而后呢？

墨　　章　（平复情绪）那个黑衣人果然没死，自己用手缓缓将剑拔出（作拔剑状），于是我们相约，来年在下云蒙山上受他一剑。

庄　　主　那您岂不是来送死？

墨　　章　为侠者，轻死生。况且，我也不是来送死的，我来云蒙山，是维护孟尝君公子名声，也让天下人看看，我墨章并非不守信誉之徒。

庄主夫人　（倾慕）先生好气概，妾身平生最钦佩先生这样的侠客。

庄　　主　（看看天）时候不早了，墨章先生请一同用膳吧。

墨　　章　我初来造访，岂敢与庄主同桌用膳！

庄主夫人　这云蒙山庄里，平日里没的几人，先生来此，便是贵客中的贵客。

庄　　主　所言甚是，先生不必拘礼了。山野小庄，招呼不周，还请见谅。

墨　　章　（答礼）那有劳庄主了。

第四幕　侠　情

人　物

墨章，庄主夫人，庄主。

〔墨章一人于台上，厢房，床榻整洁，地上摆放着刚打的猎物。

墨　　章　（自言自语）三日后便是约定的日子，（望着远方）苍山云雾缭绕，美不胜收，恐怕以后难以再见到。公子，程云，我这算是成全侠义精神了吗？

〔庄主夫人从后上，悄悄走近墨章，被墨章发觉。

墨　　章　（惊讶）夫人何时前来？庄主在外打猎，我们于此见面恐怕不合规矩吧！

庄主夫人　（身态妖娆）规矩？这云蒙山庄日日冷清，好生寂寞，不由人心急似火。妾身年华正好，花容月貌；先生气宇轩昂，雄姿英发；前番听得先生仗剑为主，妾身早已倾慕。你我何不趁此美景良辰，把这良缘成就？（欲入墨章怀）

〔墨章大惊，急忙推开。

墨　　章　望夫人自重！速速离开，否则莫怪在下无礼！

庄主夫人　（微嗔）好生不识抬举！（下）

〔片刻，庄主上。

庄　　主　墨章先生，野味可曾猎到？

〔墨章将猎物交付于庄主，后用剑割下冠上飘带，系于猎物之上。

庄　　主　（疑惑）先生为何如此？

墨　　章　（低头）墨章有负庄主之处，然实难以言之，望庄主莫要相问。

庄　　主　我信先生的为人，请先生安寝，在下告退。

墨　　章　庄主请。

〔庄主下，墨章就寝。

〔画外音：墨章一夜辗转，转眼又是天明。

墨　　章　（伸懒腰）离约定的日子还有两天，心中顾虑仍然未消。（叹气）今日不妨与庄主聊聊，解我心头之惑。

〔方欲出门，庄主夫人手中持一银丝甲上。

墨　　章　（退后）夫人为何今日又来？

庄主夫人　（柔声细语）我来送先生一件宝物，顺道见一见我的俊郎。

墨　　章　（凛然）夫人乃有夫之妇，为何如此不知检点？我是不会要夫人的东西的！

庄主夫人　（笑）此物非比寻常，将它穿在身上，可刀枪不入。

墨　　章　（一个激灵）刀枪不入？

庄主夫人　这是我夫君的宝物，快收下吧。

墨　　章　（回过神来）不，我不能收下。

庄主夫人　你明日若不穿此宝甲，必死无疑！受人一剑，哪有不作些准备的道理？

墨　　章　夫人言之有理。（心虚）那我便收下此物，其余的事，不许再提。

庄主夫人　（媚态）先生……

墨　　章　（正色）请夫人慢走。

庄主夫人　（色厉）哼，那妾身告辞了！

〔庄主夫人下。墨章将银丝甲收起。

〔片刻后，庄主上。

庄　　主　先生今日可好啊！

〔庄主径直入座，墨章亦坐。

墨　　章　庄主，在下心中有一个疑惑，想请教庄主。

庄　　主　（端起茶杯，吹着）直说无妨。

墨　　章　请问庄主，什么是"侠"？

庄　　主　（放下杯子）我想先问问先生是怎么看待的呢？

墨　　章　我说不清楚，我起初以为，一个侠士，就是要为主而尽忠，为名而忘乎生死。而在下从公子处离开，往云蒙山来的这段路上，见到好些不平事，我心中气不过，便做了些小事。先是教训了见死不救的十几名路人，又清扫了奸商的老窝，接着在下教训了欺骗无知百姓钱财的神棍，惩治了一个贪污腐败的官吏，就在来到山庄之前，我又将我全部的钱财赠送给了一户穷苦的人家。我开始模糊了对侠义精神的理解，我仿佛觉得以前自己的想法过于狭隘，并不是真正的侠义精神。

庄　　主　（笑）哈哈，先生此番乃顿悟也。吾闻侠之小者，重名轻生；侠之大者，为国为民！真正的侠义精神，便是先生这一路上的所作所为啊！

墨　　章　（大悟）谢庄主指点，如此一来，明日在下死而无憾矣！

庄　　主　（叹息）若不是先生为成全大名，我这小庄上倒是有一件宝物，可保先生性命。

墨　　章　（支吾）这……庄主不必费心。

庄　　主　（起身）那好，我这便告辞！

墨　　章　（起身）庄主慢走！

第五幕　受　剑

人　物

墨章，黑衣人。

〔台上几处枯树、杂草、乱石，黑衣蒙面人与墨章在台上对视。

黑衣人　足下果然不是无信之人，佩服。

墨　　章　闲话莫要多说，请动手吧。（墨章衣服增厚，显然是穿了银丝甲）

黑衣人　小心！

〔黑衣人拔剑便刺，墨章心急，躲闪。

黑衣人　（大怒）足下无胆甚矣！为何躲我之剑？

墨　　章　只因您出剑太快，本能闪躲之，并非心生惧怕。请您再刺，我必定不会躲开。

〔黑衣人又刺，虚晃一剑，故意没刺中墨章，墨章纹丝不动。

黑衣人　好胆识！

墨　　章　（疑惑）为何不刺中？

黑衣人　只是试探罢了，这下便动真格！

〔黑衣人再刺，正中墨章心口。

墨　　章　（大叫）啊！

〔墨章看了看自己的心口。

墨　　章　银丝甲已破，血流不多，可幸好只伤了皮肉。（单膝跪地，呼吸急促）

〔黑衣人解开面巾，置于地上，墨章抬头看。

墨　　章　（吃惊，手指黑衣人）什么？庄主……是你！

庄　　主　哈哈，不错，是我。

墨　　章　原来这一切都是你安排好的，为何还不杀我？

庄　　主　先生稍安，听我细道来。你说得没错，这一切都是我安排好的，但我不仅不会杀你。而且还要帮助你。

墨　　章　（捂住伤口，坐于地上）愿闻其详。

庄　　主　我所做的一切，都是为了寻找侠义精神的传人。当年，慕克白侠肝义胆，行走江湖之际，路见不平，拔刀相助，以拯救天下苍生为己任，誓死反对不义之战争，终也因反对不义之战而被奸人杀害。当时的武林中人，皆敬重慕大侠，与慕大侠同心系天下，侠义精神蔚然成风。可是现在，侠义精神变质、没落，武林中那些自称大侠的人，都是一些浪得虚名之徒。早在当年，慕大侠就预料到，乱世之中，侠义精神必定遭难，奸人当道，侠士受阻，故嘱托我在礼崩乐坏之时，找到他的传人，将侠义精神发扬光大！吾听闻，齐国孟尝君手下云集天下能人，便想前去试探一番，看看有没有人可以继承慕克白大侠的名剑。一年前的今天，我隐藏身份，前去挑衅，想不到苍天有眼，让我发现了先生您！

墨　　章　我当日为何刺你不死？

庄	主	看看您身上的银丝甲便知道了。
墨	章	（惊）你知道我穿了银丝甲？
庄	主	是的，就连我夫人向你诉情衷，也是我安排好的，如果你当时有不轨的举动，我便会立刻砍下你的头颅。我知道，你穿这银丝甲，并非贪生怕死，只是你已经明白真正的侠义精神，不是随意挥霍自己的性命。我刺你的第一剑，你躲开了，亦如是。那第二剑，我是有意刺偏，这是对你为我打猎的奖励，哈哈。那第三剑，是惩罚你没有交出这件银丝甲，即使今日你没有任何防备，我也不会伤你性命。去年今日，我便是凭着这银丝甲的魔力受了你一刺。可我手中之剑，（抬手）便是慕克白之名剑，锋利无比，就算你穿上银丝甲也没有作用。不过，这把剑现在属于你了。（双手奉上）
墨	章	（心有余悸）原来如此！——那您到底是谁？
庄	主	云蒙山人慕英明。哈哈哈哈！（离开）
墨	章	侠士别走！我还有很多疑惑需要您解答！
庄	主	救赎之道，自在心中！天下就交给先生了！哈哈，哈哈！ 〔歌曰： 有良田兮山之下，余耕田兮妻织布，思天下兮明见章，欢乐甚兮归去来！ 〔庄主下。
墨	章	侠之大者，为国为民……侠之大者，为国为民。哈哈，哈哈！

（全剧终）

按：本话剧改编自《高文爵士和绿衣骑士》。

侠之大者

散

文

SAN
WEN

海 棠 蹴 灰

◇丁玲

　　落在丛里的鸽子逐着花香，待到人影将近才仓促腾起，窸窸窣窣，惊起一地细软花瓣。海棠春睡，被搅了梦境。

一

　　五岁时候，大别山麓，婆婆的老屋堂前也植了一株这般海棠。被层叠青山拥在怀里，春雨过后的老屋滴出门前一汪翡翠湖水。那时候不记花名，桃红花苞像个初出闺阁的少女羞羞答答，绯红了颜色。陆陆续续地展了眉眼，直到一夜惊雷，一场春霖。雨打花，深闭门。我在每值春归的海棠梦里睡了三两年。

　　春天家里来了客，婆婆公公忙着招呼，顾不得我。我绕到竹坞里玩耍，被竹叶撕破了手指，惶恐中流了血止不住。那时候以为流血是要死掉的，一个人惊惶又郁郁地跑到河边坐下来，把手浸在河水里。脑袋里断片似的零零散散想起点什么，要为自己盘算着以后。想着妈妈什么时候来接我回城里的家，万一等她回来找不到我了要怎么办。也不能和爸爸一起去公园水边钓石板沟沟里的黄鳝了，不能再被他载在自行车上去很远的地方。婆婆和公公还在屋里和旁的人欢谈，要是告诉他们，怕是比我还要紧张吧……手从水里捞起的时候已经凉得尝不到疼了，冲洗掉了血渍，从伤口边缘又隐隐约约洇出来。

　　恐惧被一点一点折磨殆尽。后来被接回家去还隐隐担心，伤

095

口没有完全愈合，因为总是藏着没有被大人发现。我拿给爸爸看，已经有淤血了。记得当时爸爸一脸满不在乎的表情说没事儿，然后给贴了创可贴，才真的放下心来。

那样小的时候大概尚不知道何谓死亡，不知道为什么就已经开始恐惧。只知道一次村里老人仙逝做法事，总听得锣鼓声喧就偷偷跑去看，有纸扎的红绿小人，大人嘴里念念有词。回来就开始发烧，梦到的也都是红红绿绿的小人熙熙攘攘在眼前晃荡。那应该就是小时对死亡最初的感知，让人精神产生莫名的恐慌，身体也会不适，大概就是有所意识又不明不白才会害怕吧。

后来渐渐长成，看的书多了，知道的事情多了，每一种情绪都被定义好，那种深深刻在心里的感受却越来越稀少。小时的那一点脆弱心肠早已经被世事熬成粥，淡淡，淡淡的觉察不出得失的喜悲。

二

金陵四月不雨。我紧紧牵着他的手在暮色笼罩的人群中溯流而上。看不着绿色剪纹的碧梧，看不着丹红砖墙青黛瓦的民国小筑。看不着一张张模糊而重叠的脸面映在水天的喜怒哀乐。

我侧过脸，看不清他的表情，只瞥见失焦的幻境在他身后迅疾退去。酸楚在心里氤氲一路蔓延至眼眶，终于在人群中缺出一口。

一对身着珠灰色旧衣的夫妇像是被盛在一只泡泡里落在眼前。灰旧到挤不出一滴春色。脸色和绞着银丝的头发也融进去。衣服却整洁得捋不开一片褶皱。

男人在吹笙。

女人静默坐在他身边一动不动。

连皱纹都生怕被风吹动一丝惹眼，神情哀漠。

脚边摊着一个布袋，零零星星散着些硬币。

缺口的边缘在缓缓流动，终于被泱泱之众隐没。明明是一众一众地并肩前行，却感受到前所未有的孤独，前所未有的孤独隐没众生。

往来下了火车，看到这世间的城市都长了一张面庞，熟悉又陌生。往来行走在夜光里，夜光里都是车和人。

在印象里，它们蜷缩，蜷缩成一个细微的剪影。

十年前的春日，爸爸骑自行车载我去大湖。春天，春光苑，书市。惬意的人在惬意的日光里悠游。夏天竹架上的丝瓜吃不完。下雨，我撑着伞穿过街巷去找寻旧时的玩伴，路上遇见邻人放养的大白鹅，有一只很犟，伸直了脖子向我奔过来将我逐回。等到秋天丝瓜瓢被风吹得镂空挂在枯藤上。藤子被摘下，扔在土里也变成了土。后来下雪天，妈妈在厨房里准备食料，爸爸唤她，等她回头拍下一张照片。照片里妈妈还是短发，很有精神的样子，那一回眸的惊喜藏不住溢出眼底。

那时候，我每天早晨醒来第一件事是奔向鱼缸喂食小金鱼。

那时候，兔子啃了爸爸的栀子花树。叶子和树皮，喂饱的兔子枕着冬天被阳光烫过的泥土入梦。

那时候，人还没有这样多，雾还没有这样大。

我走在路上，还能找见回到你身边的方向。

三

高三年级，沉在纸堆里过去了一秋又一冬。

窗外槐树迟迟不肯发新芽，我坐在落地窗前总是偷着时间往下细看。

下课铃响。他唱《春天里》：

"如果有一天我老无所依
请把我留在在那时光里
如果有一天我悄然离去

请把我埋在这春天里"

有点跑调的音，歌声肆无忌惮地在闹哄哄的人群里穿梭。

整个楼层只有我们一个班全无高考紧张沉寂的气氛，班主任终于在某个吵闹的下午摔门而去。

那年春天樱花开得特别好。入学时候校长介绍校史，他说这株樱花树是我们学校的报喜树，花开得好，高考成绩就好。想来玩笑话，被传了一季一季，转眼流年翻转也还乐此不疲。

后来围坐在一起聊天，班主任说她怎么也没想到当初班里最安静的女生怎么会和那个最闹腾的人走到了一起。她还叹气，往后你们回来的人恐怕就越来越少了……

再没有当初的矜庄。我还记得那个下午铃声响起之后很久，他睡眼惺忪又仓皇失措地出现在教室门口。后来才知道，他趴在花树下的石桌上睡着了。

毕业，旅行，重逢。

夏天最热的天到来之前，他在酝酿着的暑气里牵住我的手。他唱水木年华的《一生有你》：

"因为梦见你离开
我从哭泣中醒来"

"等到老去那一天
你是否还在我身边"

没有白衣飘飘，从字纸的硝烟里抽身出来，绸缪顾盼，偕坐思量。是一场珍重了两年的感情，选择在彼此相安的时候开始。

"多少人曾在你生命中来了又还
可知一生有你我都陪在你身边"

我没有辜负。没有辜负这如花美眷似水流年，凭这韶光里人影匆匆风尘仆仆，提起一些往事和故人，提起又放下，放下又惦记。四散在此岸彼岸的如风少年，忙碌着毫无交集的前程，一千个日子里有一刹那回到故地，树影还如往日罩住我们的私语。

　　便是回不去了从前，假意或真心，也爱你衰老容颜上的皱纹。

　　我还记得那一日天光明灭。我站在一株海棠树五米开外。

　　一阵大风起落，一树细小的花瓣被吹成风的形状，向我扑面而来，陆陆续续在我脚边，有些向着更远的方向。有些来不及抵达我的心里，摄起裙裾在草间继续奔走，须臾，终究沾了些尘土，磕磕绊绊在途中疲惫躺下。

一 束 阳 光

◇张振

阳光不仅给予我肉体上的热量，而且更为重要的是，它穿越悠悠的孤寂之路，挣脱引力设置的诱惑漩涡，掠过死亡占领的深渊，收集四季的美丽预言，带来黑夜走后留下的遗产，兑现自然许下的光明信诺，进入内心晦暗处，不断温暖着我，给予我新的感动，并让我在这感动中不停地认识自己，发现自己。这就是我对阳光情有独钟的原因。不过，我从不妄想太阳把它的所有的光辉都给我，我只要一束阳光就心满意足了，仅此而已。

即使是一束阳光，它的作用又岂能忽视？宏伟的生命天堂在里面建筑，一束阳光可以成为万物苏醒的契机：当经历漫漫大雪煎熬的小草重新亲吻东风时；当燕子在空中自由飞翔，呼朋唤友时；当奄奄一息的病树再次睁开它那渴望生机的眼睛时，谁都不能否认这是黎明时第一束阳光带来的恩惠。在它的恩惠下，芭蕉褪去昨日的忧愁，向着阳光绽放那迷人的笑容；青翠的垂柳抖掉昨日的负累，对着粼粼碧波轻轻地梳理柔软的秀发。我常常在这个时候闭上眼睛深深地呼吸，会嗅到沁人心脾的芳香。这种芳香有着晶莹的露珠带来的湿润，更有着周围各种各样的花儿所散发的童话气息。我也能亲切地聆听不远处小树林里传来的如鸣佩环的清脆鸟鸣声。这里虽没有如《命运交响曲》一样的高亢的氛围却有着《欢乐颂》般的和谐，这种和谐的因素，让我多虑而又烦躁的心得到无限的安慰。

一束阳光，它给我的感受之所以是如此的深刻，是因为我在克服自身的空虚这个心理弱点之后对其产生前所未有的依赖感。没错，以前我确实是一个容易感到空虚的人，我不知道原因，但空虚已将我的天空涂抹成乌色的：我的目光所到之处无论是走过漫漫冬夜刚刚到来的春天还是在秋天中写满无数诗句的雏菊；无论是在墙角斗雪的梅花还是在清风中跳着青春舞蹈的蝴蝶，它们都被蒙上沉重的哀伤。我已经无法用影子来形容它与我的关系，空虚已经完全融入我的感觉里面，让我的内心感到阵阵不安与憔悴，甚至，我怀疑自己是不是受到了神的诅咒，灵魂被空虚套上枷锁，让我的精神不再自由。直到两件事的发生我才迫使自己发生转变。

一件事是我看到普罗米修斯的故事的时候。

被钉在高加索山上的盗火者普罗米修斯，受到宙斯的惩罚，每天都被恶鹰啄食肝脏，肝脏被鹰吃完以后，肝脏再生，然后再被鹰啄食，从而陷入永无止境的痛苦之中。但是，普罗米修斯并没有就因此忧虑满腹，他仍然能够做到"不降其志，不辱其身"。坚持着自己最初的选择。不可一世的宙斯始终无法让普罗米修斯屈服。

我当时一直在想是什么原因让普罗米修斯如此的坚定，与此同时，我心里那种对阳光的复杂的感觉涌现出来。我冥思苦想以后突然间明白：他的心里存在着灿烂的阳光。进一步细思从他的身上得到的启示，审视我的复杂的感觉后，我找到了阳光的真正含义：希望。正是因为他的内心充满希望，从而痛苦成为了享受，煎熬成为了坚定的等待，所有的无奈成为了永恒的责任。

我不得不承认，普罗米修斯确实是希腊神话中一位伟大的神。反观自己，终于认识到自己时时出现的空虚是因为内心缺乏希望，然后，消极的因素就开始侵蚀我的精神和灵魂，像一群野兽闯入一个安静的草原，而这些让我的世界到处充满了阴霾与焦虑。从这种顿悟开始，阳光成为了我生命意识中的忠诚导师。

另一件让我难以忘怀的事是我在高考前经历的一件事。

我在上高三的时候，遇到了一个连续阴雨的天气。淅淅沥沥的雨下个不停，雨珠落在地上的声音就像死亡的音符撞击在我的心弦上。我看到绿叶被风雨折磨得死去活来，娇嫩的红花在污泥里消殒，天空中没有喜鹊矫健的身影时，心里颇为不适，变得冷郁，我迫切想得到阳光的温馨。等到烦心的乌云终于消散了，阳光在我的眼睛里重新荡漾时，我迫不及待地走出房门，拥抱这些阳光。

在走的路上，我碰巧遇到了一位熟悉的老人在路上愉快地行走。不对，我不应当说是"碰巧"而是应该说是"经常"。在我印象中我每一次在早晨去学校的路上的我都能见到他。在柔和的阳光下，他挑着砖头在路上慢慢地却又坚定地行走。要知道他已经八十多岁了。在日暮之年，他依然坚持锻炼身体，不仅如此，他笔耕不辍，并获得了"鲁迅文学奖"。他取得的成就确实是一般人不能比的，但如果只是这样还不足以让我产生深深的敬佩。他让我产生深深敬佩的原因是他面对人生不幸的勇气。我的数学老师在班里曾讲过这位老人在经历自己最爱的学生被自己的孙子杀死的事件之后并没有悲观，消极厌世，怨天尤人，陷入绝望的泥沼中。即使他在悲剧发生后的好几个月内没出过家门一步，但是最终他还是走出了生命中最令人恐惧的阴影，向着太阳前进。每一天他挑着砖头与阳光一起散步，和行人亲切地交谈，享受着经过人生沧桑后的宁静平和的生活，让生命回到原始淳朴的状态。

当生命被自我重新理解认可后，我无法彻底弄清楚这位老人有什么独特的感受，因为我没同他说过一句话，现在回想一下，自己也不清楚是怎么回事，为什么不跟他讲话呢？可当我看到阳光洒落在他的身上时，仿佛是一首音乐轻轻奏响，心里涌出阵阵感动：无论在什么情况下，阳光都在从遥远的地方不辞劳苦地刺穿层层云雾来到人间，带给世界无尽的生机。

这两件事让我不再自私地认为只有我一个人对阳光有特殊的情结，还有很多人像这位老人一样对阳光是如此的热爱，尤其是处在这样或那样的痛苦彷徨中的人。从这里也再次确认，阳光确实不仅仅是物理学阐述的物质，而是成为了一种精神象征，亦即希望。

希望惠及万物，一切地位平等，时时给予人强大的激励力量。它是空白宣纸上的一抹浓墨，是无边海洋里的一座岛屿，是夜空中的璀璨明星，是生命存在的理由，是人生发展的动力，也是对前进者爱的象征，对探索者真诚的支持。无论你是蜷居在棚户房里，还是在职场心力交瘁；无论你是在十字路口徘徊，还是在四处漂泊；无论你是在黑暗中恐惧，还是在寒夜中颤抖，它都能给予你无限的热情，无限的慰藉。它总在启迪我们坚定地开辟出新的人生之路，勇敢地面对生活中的困难和挫折，满怀信心地创造出精彩的未来。

当我彻底地明白这点后，我不再像以前那样脆弱不堪，而是学会了坚强，学会了珍惜，所以，即使是一束阳光对我来讲也是魅力无穷的乐章！

花 满 枝 丫

◇周文超

文苑初鸣集（第二辑）

恋上一朵花，等于爱上一种人。花色纷繁，一如人心的诡谲，花香弥漫，一如人性的本善。所以任凭世事变幻，沧海桑田，旧事如藤，纠缠牵绕，依旧会开出繁花满枝丫。

人面不知何处去，桃花依旧笑春风

"桃之夭夭，灼灼其华。之子于归，宜其室家。"桃花最早由广袤的大地进入刀刻的竹帛是在《诗经·周南·桃夭》中，从此后桃花便花影灼灼地在中国诗坛上芬芳了千年。

桃花来的时候，总要有整个春天陪着。"竹外桃花三两枝，春江水暖鸭先知"，这是早春的桃花；"人间四月芳菲尽，山寺桃花始盛开"，晚开的桃花一样让人欣喜；至于雨后的桃花，"盈盈荷瓣风前落，片片桃花雨后香"，更让人怜惜。桃花美，春天美，美得让人心驰神往，于是偏爱菊的五柳先生有了"世外桃源"。不知先生为何不选菊花而偏写桃花，黄巢的《菊花》里有句"他年我若为青帝，报与桃花一处开"，不知是否与陶先生心灵相通呢？且看那"中无杂树，芳草鲜美，落英缤纷"的桃花源，桃花朵朵盛开，谁能想到在曲径通幽处有一个绝妙的仙境，那是一个"阡陌相通，鸡犬相闻"的世界。千百年来，桃花仍在，文章依然，一个空灵的隐者在悠闲吟诵，一篇不朽的《桃花源记》。优美的语言，奇特的构思，美好而乌托邦式的理想，感染了一代又一代中国文人。记得三千多年前，有三位意气相投的兄弟，在桃园中歃血结盟，起誓同生死，谱写了一曲荡气回肠的壮歌。桃花有幸，后生有幸，在桃花盛开处见证这样一场豪气干云的结拜。昔日的桃园情谊历经千年时光，依旧是当初如稠的绵绵深情，不减分毫，反倒是平添了几分岁月的悠长韵味……

桃花盛开的地方是历史的舞台，在这里上演过许多故事：李隆基沾得满身的桃红香气，却无奈断送了半个唐朝；"林花谢了春红，太匆匆。无奈朝来寒雨晚来风"，李后主写过艳如桃李的文章，却换来后人"奈何生在帝王家"的感叹。不说千古兴亡故事，桃花的枝丫间也衍生出一幕幕动人的故事："桃花潭水深千尺，不及汪伦送我情"，桃花潭默记了汪伦的深情，李白的妙喻，踏歌的行板还未停歇，不老的友情依旧存在。当然桃花也曾经历过不幸，物是人非最是伤人："去年今日此门中，人面桃花相映红。人面不知何处去，桃花依旧笑春风。"桃花的确在笑，笑诗人的痴，笑世事的无常。金庸老先生《射雕英雄传》中写过桃花岛，那黄药师当真不同，用桃花布阵，与桃花为伴，常年孤居海岛，大有隐士之风，令人好生羡慕。子瞻有句诗"小舟从此逝，江海寄余生"，倘若真的能够寻得一方世外桃源，与志气相投之人比邻而居，也是人生一桩幸事。在桃花盛开的灿烂中度日，在桃花静谧的开合里酣眠，细嗅历史的余香，轻枕一抹桃红，此乃人生真境界。

红衣褪尽芳心老，曾记花开不记年

十余载寒窗，一低眉便是满目的疮痍，一提笔便是一纸的泥泞，青葱岁月，望过了海棠，嗅过了木兰，再回首，恍然间，想要寻找内心的宁静，不带一丝的涟漪，我想了它，一朵白莲。

夏日悠悠，若是有幸目触一池的清荷，定会感到这夏日也有清凉可爱之处。周邦彦在《苏幕遮》中写过："叶上初阳干宿雨，水面清圆，一一风荷举。"国学大师王国维在《人间词话》

中评道："此真能得荷之神理者。"先不说神理如何，但就字句的圆润，就足以流传千古。至于神韵，却是只可意会，不可言传的东西。可是把这三句译成白话文："清晨的阳光投射到荷花的叶子上，昨夜花叶上积累的水珠很快就溜掉了。清澈的水面上，粉红的荷花在风中轻轻颤动，一样举起了晶莹剔透的绿盖。远远望去，仿佛一群身着红裳绿裙踏歌起舞的江南女子。"词人睹荷生情，将荷花写得如此逼真形象，玲珑可爱，令人心生敬佩。柳永也曾写过关于荷的妙句："三秋桂子，十里荷花。"（《望海潮》），用夸张的手法高度凝练地将西湖最美甚至是杭州最美的风景勾勒出来，具有震撼人心的效果。如果说桂花是秋季杭州醉人的景色，那么十里荷花就是西湖夏季独压群芳的靓丽景致。周敦颐的《爱莲说》传颂了千年，莲花"出淤泥而不染，濯清涟而不妖"的品行更是被历代文人推崇。早在乐府诗歌中就有借莲铭心咏怀的，其中有首《江南》可谓绝妙。"江南可采莲，莲叶何田田。鱼戏莲叶间。鱼戏莲叶东，鱼戏莲叶西，鱼戏莲叶南，鱼戏莲叶北。"这是一首浅显简单的诗歌，却也是一首流传千古的名作。全诗中只有"莲"和"鱼"两个意象，可是却有丰富的隐喻意。"莲"是"怜"，"怜"就是爱的意思，古语中"可怜"就是可爱的意思，于今天的用法有所不同。"低头弄莲子，莲子清如水"，莲子如何清如水呢？"莲"是"怜"，也就是爱，而"子"是你的意思，所以"莲子"即是爱你，对你的感情清纯如水。有首名为《莲的心事》歌曲就用了这种手法，"我是你五百年前失落的莲子，每一年为你花开一次，多少人赞美过莲的矜持，谁能看懂莲的心事……"低沉悠扬的曲调，诉说如莲之人心中的悠悠情思。

贺铸在《踏莎行》中写过"断无蜂蝶慕幽香，红衣脱尽芳心苦。"莲花褪尽红衣，只剩下一颗已老的芳心，但是莲花不说无人欣赏的愁苦，只是默记往昔的美好年华，曾记花开不记年。后人在月色下的荷塘美景，仍可以领略文人清者自清的傲气；在"嗒嗒"的马蹄声中，看那如莲花般开落的容颜。看莲，涌动怜惜的感情，珍惜生命中细小的美好。

宁可枝头抱香死，何曾吹落北风中

夏日莲花的香气随着天空愈发高远而愈发清淡，红减翠重，众芳荒芜，眼看着，秋就慢慢近了。柳永一句"多情自古伤离别，更那堪，冷落清秋节"就道尽秋的清寂冷落。所以说菊花是有灵性的，施施然地来陪着秋。有了菊的点缀，秋的肃杀里多了一点明亮的色彩，这黄黄紫紫的明媚，惹得无数文人为之倾倒。

陶渊明的一句"采菊东篱下，悠然见南山"，不知温暖了多少滚滚红尘中潮湿的心灵。那东篱边悄然开着的几簇菊花也成了中国诗坛上一抹永恒的风景。李易安受其影响，也写过"东篱把酒黄昏后，有暗香盈袖"的名句，后世的周敦颐在《爱莲说》中写过"菊，花之隐逸者也"。我想，众芳荒芜，大概只有菊花，才有这份淡雅与禅心，与世无争，把世事都看淡了，才能放下，正所谓"不畏风霜向晚欺，独开众卉已凋时"。唐代的元稹在《菊花》一诗中写"不是花中偏爱菊，此花开尽更无花"，道出了菊花开在深秋晚阳里，不怕孤独和寂寥，独对青霜与寒夜。宋代女词人朱淑真也写过"宁可枝头抱香死，不随黄叶舞秋风"（《菊花》）的诗句，一位弱女子能有这样的傲骨着实令人钦佩，菊花虽看似柔弱，但却韧性十足，有"宁为玉碎，不为瓦全"的品行。黄巢在《不第后赋菊》写过"冲天香阵透长安，满城尽带黄金甲"，这是黄巢一生中流传最广的一首诗，当时他正率领起义军围困长安，诗兴大发，借菊花喻指势不可挡的起义力量，全诗不见一个"菊"字，却给人一种磅礴气势，试想若是满城菊花该是怎样的盛况啊！

菊花不与人争，独自静寂中开放，让岁月成就自己的芬芳，她把自己看淡，让时间成就自己的厚重。她生不逢时，凌霜而来，"独行独卧还独醉"，可是她不悲戚，静静开着。世间姹紫嫣红，只是隐于花丛，待到众芳凋零时，唯她丛中笑。

疏影横斜水清浅，暗香浮动月黄昏

一直以来，我都认为红梅傲雪是冬日里最美的景，梅花映着雪花，直直让人觉得铮铮铁骨也不过如此。中国文人历来将松竹梅誉为"岁寒三友"，极为推崇，它们身上坚忍不拔的精神正是我们中华民族孜孜以求的精神品质。

自小便学过王安石的《咏梅》，"墙角数枝梅，凌寒独自开。遥知不是雪，为有暗香来。"短短二十字，写得情趣盎然，不愧为一代文豪。此诗妙用了林和靖的《山园小梅》中"疏影横斜水清浅，暗香浮动月黄昏"两句，却能推陈出新。王安石笔下的梅花洁白如雪，长在墙角却不自卑，远远散发着幽香。他用雪来喻指梅花的冰清玉洁，又用"暗香"点出梅胜于雪，强调坚强高洁的人具有强大的人格魅力。诗人在政治上的改革遭遇挫折，其孤独的心境与梅花有共通之处，所以能写出这样清新质朴、不事雕琢的好诗来抒发心志。而《山园小梅》的作者林和靖则是一位真正意义上的隐士，以梅为妻，以鹤为子，将隐士做得地道，做得漂亮。梅花成了他的人生伴侣，也成了他幽独清高、自甘淡薄的人格写照。此后，一抹淡淡的梅香便一直萦绕在骚人墨客的鼻间，袅袅不散。江西诗派黄庭坚也曾写过梅花："天涯也有江南信，梅破知春近。夜阑风细得香迟，不到晓来开遍、向南枝。"当日益年长的诗人在远离故乡千里之遥的宜州看到江南常见的梅花时，心中有按捺不住的激动，明朝醒来，推窗一看，满目的桃花在向阳的枝头怒放，心中殆尽的诗情酒兴被唤醒，眼中的梅花也成了诗人对故乡的怀想。写过"夜阑卧听风吹雨，铁马冰河入梦来"的陆放翁也曾以梅喻怀，写下"零落成泥碾作尘，只有香如故"。梅花即使独自傲雪而开，纵然零落成泥，但幽香始终如故，一如诗人的人生信仰。后世的毛泽东"读陆游咏梅词，反其意而用之"，写梅花"已是悬崖百丈冰，犹有花枝俏"和"待到山花烂漫时，她在丛中笑"，既写出了梅花具有铮铮铁骨，又道出了梅花甘愿隐于花丛的情操，使人读后为梅花明媚开朗、至刚无欲的品行所折服。

有朝一日，大雪天，小火炉，与三两好友围炉夜话，待到第二日，天气初霁，一起踏雪寻梅，寻那一抹暗香，真乃平生一大快事。

《葬花吟》中有一句诗："花谢花飞花满天。红消香断有谁怜。"表明花的心事人恐不知，祈愿天下人都可以是惜花之人，懂得花的心思，懂得珍惜世间细小的美好。

愿守吾心到白首，无悔此生换来生。与花相携，不悲戚，不骄躁，纵使时光局限，江湖险阻，也共赏清风明月，不诉平生离殇。

鸟 儿 又 叫

◇常肖肖

　　深深庭院，满树硕果，满室阴凉，如当年一样的景，却少了人闲坐树下悠然欣赏。枝头鸟又鸣，却没人能再用心地讲那些古老的故事。美丽又悠长的传说，你说得很动听很有韵味……

　　记得那年树很大，我很小，你很老；那年梨子压弯枝，我幼稚幻想童话，你安坐树下；那年叶唱得沙沙，我天真得无瑕，你慈祥和蔼，眯着漂亮的眼睛和我说笑话；那年鸟儿叫得欢快，我用小手在你的大手上写写画画，你耳目聪敏牙口还很好；那年左有邻右有舍，后边住着的谁头发还有黑色，你还能在我眼前时时晃动；那年院里的樱桃树还在风里摇摇曳曳，屋后的一片林还未荒凉到我不敢踏进去半步，你还能给我说各种鸟儿的声音……

　　流年易抛，世事变迁。梨花每年按时开谢，梨树枝繁叶茂年年硕果累累。而光阴变化，我逐渐长大，琐事繁杂，便无暇陪你聊闲天，叙闲话，无暇逗你乐，无暇给你端饭，给你洗脸。你说小人儿竟也开始忙了。是啊！小人儿忙着到城里追赶青春，忙着去实现自己的、父母的心愿和一众亲朋好友的期待，忙着追求更好的生活。

　　旧时光里若隐若现你闲坐树下的场景。你说想亲眼看到你爱的孙子孙女都能长大有出息，有一天能功成名就荣归故里承欢你膝下。你热切渴望时间过得慢点再慢点，能放慢你生命的速度，拓展生命的长度。你的脸上满是欢喜与期待，眼睛里闪耀着看到美好未来的光芒。你抬头看天空的眼神都带着深深的渴望……

命运这个话题具有经久不衰的魅力，而命运也是最让人无奈、最无从把握的。你的一生或多或少也有宿命在作祟，你的生活有多艰苦，我不能说完完全全了如指掌，但从我亲眼见到，亲身感受，以及父母谈及的关于你的事件里，我还是知道了你有多不容易。早些年丧夫，饥荒又残忍地夺去了你三个孩子的性命，这些生命难以承受之重，你一一经历，且坚强地挺了过来。你用双手撑起了余下的五个孩子的天，尽管你给不了他们完整的爱完整的家，但你尽了最大的力让他们都能拥有别人拥有的。你给他们都成了家，你帮他们抚养孩子，在外人看来，你活得很累很苦，而你却浑然不觉，笑容总是甜且温暖，想必心里也是滋润的吧！你年轻时也是个美人，有双眼皮的大眼睛，有那个年代人人称赞的三寸小脚，你的双眼看尽繁华，阅透人世沧桑，双脚踏遍坎坷艰难，走尽起伏波澜。

年老时的一场病夺去了你的自理能力。当时我七岁，还未踏入学堂，离开的想法还未萌芽，你儿孙满堂环环绕绕，满额头皱纹，稀疏的发，脸上的笑还不曾褪去年轻时灿烂的色彩吧！就算命运待你很薄，你仍然敢于抗争，坚强不屈。瘫痪十几年也不曾丧失过生的欲望，你总说好死不如赖活着，你怀着希望看每天的阳光，你喜欢坐在院里梨树下，夏天看着一树绿叶，秋天张望满枝果实，你总是坐着坐着坐着……因为那场病，你再不能行走，你守着一棵树，守成宝贝，守成明天……

我离开家的那年，你如往年一样，明朗健康，笑容照旧让我满足和依恋，可你愈是笑着我愈是难过。那年我走，从来都是我一个人走，没有人送没有人接，我一个人已成习惯，每次走总是怀着深深的不舍，坚定的决心，狠狠地走。我把"学不成名誓不还"当作誓言，我鼓励自己你期待看到我的努力。我单纯地以为你永远不会老去，愚蠢地想着时光不会在你身上刻下任何痕迹。我加快速度奔走，在每个周末逃掉所谓的自习，骑着我专属的自行车从一二十里远的县城匆忙赶回家，我想看到你，无论春夏秋冬，无论风霜雨雪，无论天色早晚……

可是后来我越来越忙了，忙着完成学业，忙着奋战高考，每个星期回家早已成了过去的童话，我改掉了两年间养成的每周回家的习惯。那时我没有手机，和家里通话全靠家属院东边小卖部里的公用电话，所以每星期回家变成每星期一个电话。家里爸妈很忙，时常无人接听，我总是在晚上十点后才敢拨通家里的号码，我害怕白天电话没人接起，害怕空空的忙音让我慌乱不堪，胡思乱想。那段时间电话成了我唯一的问候工具，而那时候的你耳朵已经不好使了，所有关于你的消息都是从父母口中得到的。每次问起你父母总会说你"还是那样"，一句"还是那样"，仿佛是我惶恐年纪里的定心丸，好似生活继续的助推剂。因为有你我更有勇气，答应过你绝不辜负你，你想让我像大哥一样有出息，你说那样的我就能幸福，就能不再受苦受累。而今多想亲口告诉你，我已经凭着毅力离你希冀的目标越来越近。

记忆里你走的那段时间，身在学校并不知情的我心却很慌很乱，每个梦都与你相关。我始终相信心灵相通，相信预感，于是打电话询问情况，父母依然是那句"还是那样"。我理解并感谢父母善意的谎言，而现实终究要呈现，我也必然要接受真相的考验。临近年关我终于放假，下了车迫不及待奔回家，在踏进家门的前一秒听到你走了很久的噩耗。就算我早有预料，早就做好防备，在风雨来临的那一刻还是被击得趔趄了几步！在你生前我总说你该走了，你活着太受罪，也总说我不会想你，不会再为你流泪。而听到消息的那一刻茫茫的心痛感突袭而来，当头棒喝也不过如此，空空荡荡一无所有。

时至今日我仍然没有胆量问清楚你去世的确切日期，没见到最后一面算是最大的遗憾，我尽量避免在父母面前旧事重提，于我们而言你的离开犹如锥心之痛，或许需要多年时光才能渐渐消磨掉思念。

在这个燥热的夏季，又听到布谷和很多鸟的叫声，那个坐在树下讲神话的"美人"，雕刻了我最美最真的童年时光。如今相隔两个世界的我们，盈盈一水，终无见期。

再见了我爱的声音。

再见了我爱的"美人"。

浮生一场自渡

◇程韵蕾

在我的印象里，母亲算得上是虔诚的佛教徒，每年腊月回到家乡的时候总会带我去附近山上烧香拜佛。那座寺庙并不是很大，香火却很旺盛，即便山路崎岖难行，每逢初一、十五还是会见到很多人携着香烛气喘吁吁地顺着小路往上爬。

那年我和母亲上山的时候，站在大殿之前，香雾缭绕，觉得意料之外的热闹。还愿的老太太瘪着嘴一边倒香油给寺里的沙弥一边和旁人诉说自己去年许的愿望；求签的胖子紧紧地闭着眼睛在签筒里摸着签，嘴里还念念有词；身着袈裟的大和尚缓缓敲响沉重的大钟……我走进大殿去寻母亲，却惊愕地见到西方佛祖与财神贴身而立。听到我的嗤笑，母亲也叹了一口气，说是这些神像还是这些年才塑的。我知道母亲在叹息什么，这座寺庙得以建成是因为在寺后的山洞里发现岩壁上刻有佛像，人们便以为是佛祖显灵才建造了这座寺庙。现在寺庙倒是香火旺盛，那山洞里面却不似大殿这般热闹。

冬岁草木摇落，山洞里光影明灭，影影绰绰几盏灯散落着晕黄的光，有着禅意的安静和孤绝，甚至能够听见岩间渗水滴落的声音。其间深黄的岩壁上有一个趺坐的身影，眉眼早已模糊，看不清母亲口中的宝相庄严。也不知道是谁有这等心境，于高山之上寻一处山洞刻出这一佛像，伸手触摸过去，仿若与刻它的人在时间的长川中渔歌互答，在岁月的宴席上传杯共盏。两舟一错桨处，舡筹一交递时，年华岁月已成空无。

那时候我已经很长时间不知自得是为何物，上课运笔如飞地记下老师讲的每一个可能考到的知识点；课下忙着各种证书或者学分的事情，踌躇以后是考研还是找工作。回想到当初希望读中文的理由是"能够光明正大地看自己想看的书"，不由得一声苦笑，现在是没有谁再来管我该看什么书了，我却被自己禁锢了。

天下熙熙，皆为利来；天下攘攘，皆为利往。在那个冬日与热闹毗邻的山洞中，我觉得自己身处洪流，恍若不系之舟，有一刹那的清醒，同时又为这清醒痛苦着。

早些时候曾读过沈复的《浮生六记》，沈三白和芸娘是真正的红尘人，虽然苦于生命里的种种劫难，却懂得如何"苦中作乐"。昔一粥而聚，今一粥而散，芸娘虽是红颜，毕竟命薄，后来成为中国读书人心中最可爱的女子。佛家云，人生有八苦：生、老、病、死、怨憎会、爱别离、求不得及五取蕴。芸娘具有当时女子所没有的襟怀才识，但也止步在人生婆娑里，伤于求不得。沈三白不一样，芸娘死后，沈三白渐入佳境，悟得"五百年谪在红尘，略成游戏；三千里击开沧海，便是逍遥。"有过执着才能放下执着，有过牵挂才能真的没有挂碍，而有过迷途才能寻知归路。

始于闺房记乐，终于养生记道，《浮生六记》是沈三白的了悟，更是他的浮生自渡。

朔风野大，天地洪荒，那么，我的流沙河又要怎么渡呢？

所谓百年，有人说过那是一千二百番的盈月，是三万六千五百回的破晓以及八次的岁星周期罢了。倘若我偶一驻足观棋，恐早已柯烂斧锈，沧桑几度。那些盈月和破晓，我还要将多少光阴付与庸庸碌碌，还要辜负多少月明？青衫磊落的柳三变愿意忍将浮名，换了浅斟低唱，唱过长亭外古道边的李叔同搁得下佳人心、尝得起交集的悲欣。但不管是狂还是忘，都不是渡我的舟。

涉世如涉水，当知深浅，不论是藐视这个世界还是无视这个世界，都不能从其中寸寸抽离。或许早就该如此，人情虽自有反复，我却可诗酒猖狂，逢时遇景，闲来静处，拾翠寻芳，看花枝堆锦绣，听鸟语弄笙簧。真的好人生不是"行到水穷处，坐看云起时"，而是"和有情人，做快乐事"。

　　很长时间之后的今天，我还不知道自己为什么会在那个空旷的山洞里突然想起沈三白，这个往日里被我认为既不伟岸又不豪迈的男子，就那样走进了我的脑海，他眉眼清晰，我认定，他的行来只为这一场点化，看我如何渡河，如何渡那生生世世，夜夜朝朝。

另 一 种 绚 烂

◇皇甫一秀

撕下最后一页炫目的阳光，日子便跳到了秋天。

薄雾的清晨，路过空荡荡的操场，看见操场外那一排排不知名的树，在水蓝蓝的天空下默默地站立着。好像只是一瞬息的忽视，它们已长成一树树明黄，已是片片飘飞似蝶儿的叶。

不禁惊诧，是在哪一寸的光阴里，这一切就都猝然改变了？从郁郁的浓荫到此刻近乎挥霍的绚烂，如此仓促。但似乎，又是我错过了它们，错过了它们变化的时刻。

我仰望着一棵棵燃烧起来的树，它们的表皮灰暗而粗犷，树干高大挺拔，灿烂如火的树叶在枝间绽放，它们把手臂伸向无尽的苍穹，把根茎深扎进大地深处。它们用树独有的一成不变的姿态站立着，孤傲地从高处俯瞰着这个霓虹闪烁，繁花似锦，又苍凉如梦的人间。在无数个晨光熹微的清晨，若干个繁星闪烁的夜晚，它们温柔地注视着校园里的莘莘学子抱了满怀的书本，行色匆匆地进出教学楼。或许，有哪个在课堂上溜神的孩子，坐在教室最边上的角落，偷偷地从教室的窗口望出去，望见它们为了迎接秋天的到来而使尽浑身解数，挥洒出在寒冷的冬日来临前自己最后的激情。

不禁回想起席慕蓉的一首小诗："如何让你遇见我/在我最美丽的时刻/为这/我已在佛前/求了五百年/求它让我们结一段尘缘/佛于是把我化作一棵树/长在你必经的路旁。"人与树，在这样温和的秋天，默默相伴，仿佛共同演奏一曲清水漫过月色般的钢琴曲。

每逢闲暇时刻，我最爱看它们衬在水蓝色的背景下宁静而安详的样子，阳光穿透层层枝叶，明亮，温暖，仿佛一伸手就能握住它。轻抚过那一树树的灿烂，掌纹与年轮相触，闭上眼，用心去感受它们对生命的礼赞，那随风颤抖的叶儿或许就是它们在等待有缘人时释放出的热情。深呼吸，空气中渐渐弥漫开的秋天特有的气味从鼻腔直达心脾，带着肃杀的意味，却轻快而温馨。淡褐色的叶子，散落了一地，因为干枯失去水分而变得脆薄易碎。轻轻地踩在上面，发出一声声轻微的脆响，低头，脚下已是碎片无数。忽然觉得行走在这样铺满落叶的路上是一种残忍，已经失去生命力的它们，却因为像我一样的人们从它们身上踏过而无法保存它们最后的完整面貌。

然而，事实却是我竟喜欢上了那一种脆声，好像是生命里少有的清脆呼喊，只属于孩子的呼喊，单纯而无杂质。于是，从很小的时候开始，我便常常走在这样的路上，总是在走过之后，不忘回过头，看看自己身后碎了一地的叶子。

一串银铃般的笑声从不远处飘来，将我的思绪拉回现实，循声望去，一个扎着俏皮的冲天辫，穿着红色外套的小女孩，一蹦一跳地在铺满落叶的路上走着，手中握着满满的，比她手掌大几倍的叶子。她带着一脸无邪的天真喜悦，继续向前，想要拾起更多的落叶，全然不顾自己小小的手心里已无法容纳更多的金黄。

我想那落在地上的，已成枯叶蝶的叶子是有生命的，它清晰的枝蔓间有血脉在流淌。它们安静地躺在地上，会不会想到将有一个可爱小女孩的来临？会不会和那个小女孩一样感到惊喜，它们有没有分享到她的那份快乐？叶子，是不会飞翔的翅膀。穿红衣的小天使，仿佛从天而降，叶子们会相信，她是上帝派来的使者。

记得德富芦花在《自然与人生》中写晚秋初冬时的场景："庭中红叶、门前银杏不时飞舞着，白天看起来像掠过书窗的鸟影；晚间扑打着屋檐，虽是晴夜，却使人想起雨景。"作家的笔下，落叶也可以如此的富有诗意。它们化作漫天飞舞的蝶，微笑着诉说最深奥却也是最浅显的道理，落下的这一刻，便是美丽，便是永生，无需感伤。生命如是，看似淡定恒久，实则短暂无常。

想到史铁生，一个在对未来充满无限期待的年纪就永远坐在轮椅里的人，他不能再次跳跃，再次奔跑，甚至无法行走，他眼睁睁地看着命运如此残忍而决绝地重重倒下，一如无法再次生长，随风而落的秋叶。在他生命的最后一段日子里，险恶的疾病令他的肉体受尽折磨。然而，在偶然清醒的时刻，他没有忘记对生命的思考和对人间温情的感恩。罗曼·罗兰在《米开朗琪罗》里说道："世界上只有一种真正的英雄主义：便是注视世界的真面目——并且爱世界。"史铁生写下一本本书，书中的一字字都是他灵魂深处最纯澈的感悟，而这些给他带来的成就，正是他在璀璨的人生末端展现出的另一种光芒。史铁生用文字记录下自己灵魂的里程，这种文字不是笔写在纸上，而是用手刻在心里，时间不会将它遗忘，反而愈久弥新。

生命，也许就是这样一次不可思议，难以捉摸的旅程，我们手握着一张单程票，无法回头，也从不知道下一站的风景。也许，是风和日丽的一马平川，也许，是雷电交加的荒山野岭。遇到怎样的路，便会有怎样的经历。有时，是信步徜徉，闲看云卷云舒；有时，是艰难跋涉，迎击风起浪涌。而史铁生则是以平和而又坚毅的姿态走完了全程。生命，大概从来不是肉体的简单活动，而是灵魂的觉醒和成长。不然，人，又何以为人，不过是一具行尸走肉罢了。活着，不是简单的呼吸和心跳，活着，便该有所知觉，有所思考。在生命有限的时间中，勇敢地独行，让曾经许下的誓言化作坚定地站在路边的树，尽情地释放出自己的光与热，在死亡来临前拒绝一切随波逐流，让时间明白，我们的信仰与执着根深蒂固。

当世界最终从繁华转向平静，当时光的灰影在墙上一寸寸拉长，我们无须落泪。因为，树没有悲伤，即使是在告别的时刻。人与树，都是与大地相连的生命，哪怕是在生命的最后一刻，都在演绎另一种绚烂。

花开花落故人心

◇李娟娟

　　春乍起，吹皱花津汪汪湖水，吹醒赭麓茵茵海棠，吹绿湖畔依依杨柳，吹红路旁朵朵玉兰，吹响教室琅琅书声，冬去春来，绿肥红瘦。即便早已领略过二十个交替轮回春天的美，可她的每一次到来都让自己有些措手不及；还没来得及脱去厚重的棉衣却又在绿了江南岸的春风中聆听着燕语呢喃。

　　春天里，我们用憧憬和悸动去迎接春天的到来，去感受花团锦簇的奔放，草长莺飞的自由；春天，多么美丽的字眼，而美好的东西却又总经不住时间的考验。随着时间的推移，我们会看到遍地凋残凄凉落红，也许不会像红楼里的林妹妹葬花落泪；但春天似乎就是在用花开花落来拨弄着离人的心弦，同时也在阐述着一个概念——时间。

　　时间是一个神奇的细胞，无数个这样的细胞组成了我们生命，而我们也总是在这些细胞的消失中与青春渐行渐远。时间它总是这样的淘气，还没有等我们缅怀就又消失不见，都没有给我们重新审视自己的机会就又匆匆而过了。我们都阻挡不了时间的飞逝。由时间细胞组成的生命又怎能经得起它的飞速与无情呢？

　　心情总可以改变自己的眼睛。面对一系列问题自己有过抱怨，有过失望，不理解为什么总比别人差一截，不理解为什么总要经历太多曲折！那时的世界总是灰蒙蒙的一片！三月的阳春里，似乎没有莺飞草长，空旷的天空，形单影只的小鸟拉长沙哑的声调，想去划破长空的寂静。外面那几棵常青树依然是青翠的格调，一直都是，无论春秋，毫无新意，这又是一份怎样的无奈，真是可怜！眼睛总会改变自己的心情。生活其实并没有抛弃谁，只是我们在打量它时，眼睛落满了灰尘，没有看到我们的青春依旧像姹紫嫣红的春天一般，这又何来畏惧刹那芳华。春天在积极向上青年的眼中，她依旧那么美丽动人。春光易现，青春易逝，生命易老，趁着春天，趁着年轻去拓展时间的维度和生命的长度，也许才可以不那么容易被春天的美好与凄凉左右心情。

春天是一个多情的字眼，自己总能被她独有的魅力所感染，为她的雍容华贵所惊叹，我喜欢春天尤其是记忆中故乡的春天，一座江南韵味小村落的春天；但我又惧怕春天的离去，满地的落红是对时间的控诉。

近日不小心翻出了高三的日记本，每每翻开那曾经的日记，看着那些熟悉而又陌生的字句，心底里一片潮湿。人生中或许是需要这样的虔诚。很多时候以为自己很坚强，欺骗自己伪装坚强，可是当一些东西触碰到自己心里最软弱的角落时，泪水也终究决堤。虽然假装坚强的我们用微笑来掩饰苦痛，后来，心想，可能每个人内心深处都是孤独寂寞的，所以一路走来我们试图在人群中寻找温暖。最终的最终，越长大越孤单，我们还只会剩下自己；就像春日里枝头的花团锦簇，到最后在一片称赞嬉笑怒骂后又重归泥土。我们的年龄就像是这热闹的春天，争先恐后，热闹非凡，充满生机，可最终依旧逃不过时间的推移，在不久的将来过了似春天的青春年华，必然会回归本真；回头发现原来时间是多么的神奇，曾经以为现在看来都像是春去而来的夏日，绿色总会显得有点格格不入。

曾经以为，一起在稻田的水渠中捉鱼摸虾的小伙伴们可以不分彼此到天涯，因为那份友情里有春天的气息。

曾经以为，只要走出小山村就可以有所作为，脱去身上的农民气息才能更好地接受社会的挑战。

曾经以为，只要够努力，做到自己不后悔就行了，无须华丽，可还是太在意别人的看法却淹没了自己的想法。

曾经以为，自己还很年轻，生命还可以驻足，对未来充满希望，对自己的未来充满期待，而道路应该就像我离开家乡那么简单。

　　曾经喜欢品味一个人时的那份孤寂，觉得那份滋味，像一杯苦咖啡，有点甜有点苦的感觉，让人痴迷，更让人陶醉。

　　曾经日日夜夜想逃离的地方现在却成了最怀念的地方，曾经日日夜夜向往的地方却又成了现在最想逃离的地方。

　　曾经的种种以为如今在二十一岁的春天里看来是多么的幼稚简单，甚至有点可笑。曾经不在乎的东西如今却难以回去拥抱，而今念念不忘的东西却早已渐行渐远。

　　成长是一个美好而疼痛的过程，我们一路走来，春天的记忆被一件一件地丢弃，我们唱着歌，行走在消逝中，那些酸甜的过往，我们无处告别，也忘了告别。我的视线落在老房子前的石子路上，突然之间，心就痛了，总以为明天以后还有明天，然而就在我们一路踢着小石子，踢踢踏踏头也不回向前走时，我们绝代的纯美年华已在潮涨潮落中逝去。时至今日，才突然有种永远失去的感觉，才知道自己原来是这么舍不得也放不下……那些曾以为念念不忘的事，就在我们念念不忘的过程中被我们遗忘了，把记忆放在闸子里埋在春的泥土中，只希望这些记忆可以在繁育万物的春泥里永远茁壮成长。

　　春光易现，青春易逝，生命易老；趁着春天，趁着年轻，趁着自己还有大把大把的光阴，趁着自己还有思想，去尽情吮吸那渐行渐远的气息。对于生活在江南的自己，在时间组成的生命中会有很多春天的记忆，殊不知自己将身在何方，这些或深或浅的春天带给自己的温暖，温存着满腔热血流淌殆尽的躯体。只希望未来的自己会懂现在的感慨和记忆，会懂现在的憧憬和热血。在这个美丽欲滴的江南之春中，在为她的娇羞所折服的同时，自然会心生怜悯和感伤之情。那些春天里复苏的万物都是我们生命中的痕迹，或深或浅都是那么的触人心弦，只因为我们还年轻还有梦想，还有很多的姹紫嫣红，陌头杨柳！

纪念一只小猫

◇吴琼

一

2014年5月8日，就是那只可爱的小猫在无人问津的情况下惨死在野猫的利牙之下的第二天。我独自在洗衣房外徘徊，遇见芳芳，前来问我："你知道昨天晚上发生了什么吗？"我说："今天早上才知道"。她就正告我："昨天那只小猫实在是太可怜了，如果我们能早点出去帮忙就好了。"

这是我知道的，昨晚我被猫撕心裂肺的叫声吵醒，当时宿舍已经熄灯，隐隐约约听到外面急促的脚步声、凄惨的猫叫声、女孩们恐怖的尖叫声。脑海里出现小猫在我们宿舍门前打滚的画面，此时对它多少是有点愧疚的，我想有写一点东西的必要了。这虽然和小猫毫不相干，但在旁观者，现在却大抵只能如此而已。倘使我能够相信真有所谓"在天之灵"，那自然可以得到更大的安慰，——但是，现在，却只能如此而已。

可是我实在后悔莫及。我只觉得所住的人间并非充满爱心。一只小猫的血，洋溢在我的旁边，使我艰于呼吸视听，这里还能有什么温情？长歌当哭，是必须在痛定之后的。而此后几个见证者的叙述，尤使我觉得痛心。我已经出离悲痛了。我将深味这非人间的浓黑的凄凉；以我的最大哀痛显示于老猫面前，使它感觉到我的悔过，就将这作为小猫菲薄的祭品，奉献于它的灵前。

二

真的猛士，敢于直面可怕的敌人，敢于正视满目的疮痍。这是怎样的勇敢者和哀痛者？然而造化又常常为野猫设计，以时间的流逝，来洗涤旧迹，仅使留下淡红的血色和孤独的悲凉，又给老猫暂得幻想，相信着这似有非有的人间。我不知道这样的人间何时是一个尽头！

我们和猫在同一个世界上活着；我也早觉得有写一点东西的必要了。离5月7号也已有两星期，忘却的同学们快要降临了吧，我正有写一点东西的必要了。

三

在野猫和小猫的斗争之中，小猫永远地离开了我们。小猫的离开，是野猫的残忍造成的，我向来这样想，这样说，现在却觉得有些惭愧了，我应该对老猫奉献我的尊敬与感动。它不是"冷酷无情铁血心肠的我们"的朋友，是为了正义而战的坚强的勇士。

小猫第一次为我所闻，是室友去洗衣房洗衣服的时候，发现洗衣机对面一个堆放杂物的柜子里有一只小猫；但是我当时没见到它。直到后来，也许已经是一个星期以后了，室友才指着一个白白的绒绒的小猫告诉我说，这就是洗衣房的那只小猫。其时我才能将它的事迹和实体联合起来，心中却暗自诧异。我平素想，能够为宿舍捉可怕的大老鼠，无论如何总该是有些凶狠的，但它却是如此的娇小，样子很可爱。待到知道它总是在我们宿舍隔壁的洗衣房休息，以后见到它的次数越来越多，每当放学之后，它都会在洗衣房门口静卧着，仍然很乖巧。等到天气渐渐变暖，同学们去洗衣房的次数较少，对它的关注也越来越少，似乎见面的次数就很少了。此后似乎就不相见。总之，在我的记忆上，那一次就是永别了。

四

我在 8 日早晨，才知道昨晚发生的事情真相；早上得到噩耗，说那只小猫永远地离开了我们。但我对于这个事实，竟至于难以相信。我向来是不惮以最坏的结果，来想象一条生命的，然而我还不料，也不信我们竟冷漠到这地步。况且始终活泼可爱的小猫，更何至于在我们的宿舍门口丧失生命呢？

然而当天就证明是事实了，作证的便是宿管阿姨带走的尸体。而且又证明这不仅仅是杀害，简直是残杀。因为身体上还有撕咬的伤痕。

但后勤就有令，说猫咪是"噪音制造者"！

但接着就有流言，说小猫是不自量力的。

惨相，已使我目不忍视；流言，尤使我耳不忍闻。我还有什么话可说呢？我懂得人间之所以冷漠无情的缘由了。沉默呵，沉默呵！不在沉默中爆发，就在沉默中灭亡。

五

但是，我还有要说的话。

我没有亲见，听说，它，小猫，那时是勇于拼搏的。可是，谁又能料想，野猫心狠到这种地步。但竟在老猫的协助下倒下了，从脖子下手，咬断筋脉，已是致命的创伤，只是没有便死。老猫想拼死保护自己的孩子，连遭袭击，遍身是伤；于是它向我们发出了无助的嚎叫，那声音在夜晚听起来是如此的痛彻心扉。有一个寝室的同学出来了，看到争斗的情景吓得尖叫地退回了宿舍，再也没有开门；另外一个寝室的同学躲在被子里，拿起手机发说说诅咒这烦人的猫，打扰了她的美梦；终于又有一个寝室的同学站出来了，可是为时已晚，小猫伴随着老猫的惨叫永远地倒下了！

始终欢蹦乱跳的小猫确实是死掉了，这是真的，有它自己的尸骸为证；当老猫莫大地期望于人类所施舍的怜悯的救助中的时候，这是怎样的一个令见者唏嘘闻者流泪的现实呵！人类的关爱动物的伟绩，社会赞美当代人的爱心公益，不幸全被这几声呼叫淹没。

但是麻木的我们却居然抬起头来，不知道个个心中有着惭愧……

六

时间永是流逝，走廊依旧宁静，有限的动物生命，在这里是不算什么的，至多，不过供无恶意的闲人以课后的谈资，或者给无善意的人作"流言"的种子。至于此外的深的意义，我总觉得很寥寥，因为这实在不过是举手之劳。人类冷漠的前行的历史，正如沙漠的形成，当时没有关注，结果却慢慢蔓延，但怜悯是不在其中的，更何况是出手相助。

然而既然有了血痕了，当然不觉要扩大。至少，也当浸渍了人们的心，纵使时光流逝，洗成绯红，也会在微漠的愧疚中永存活泼和可爱的旧影。倘使如此，这也就够了。

七

我已经说过：我向来是不惮以最坏的恶意来推测一条生命的。但这回却很有几点出乎我的意料。一是野猫是这样的凶残，一是我们竟至如此之冷漠，一是老猫竟能如此之勇敢。

我目睹当代人的冷漠，是始于2011年"小悦悦事件"的，虽然是少数，但看那接踵而来、倒行逆施的潮流，曾经屡次为之感慨。至于这一回在宿舍走廊中发生的事情，那么惨不忍睹的事实，则更足为我们的冷漠，虽遭无情忽略，压抑至彻夜难眠，而终留下了小猫的亡灵了。倘要寻求这一次"小猫事件"对于将来的意义，意义就在此吧。

我们在淡红的血色中，会依稀看见我们的无情；真的猛士，将会清醒而改变。

呜呼，我说不出话，但以此纪念逝去的小猫！

归

◇汤静

> 我打江南走过
> 那等在季节里的容颜如莲花的开落
>
> 东风不来，三月的柳絮不飞
> 你的心如小小的寂寞的城
> 恰若青石街道向晚
> 跫音不响，三月的春帷不揭
> 你的心是小小的窗扉紧掩
>
> 我达达的马蹄是美丽的错误
> 我不是归人，是个过客……
>
> （郑愁予《错误》）

三月打马过江南。

我已经很久没有回过故乡了，他们唤我游子，我有一匹疲惫的老马。

三月的江南湿湿的，总爱下些细细的雨。吹落在了面颊上，有一点点凉意却不寒人。

春雨暂歇，杨柳依依。马儿仿佛也生了缠缠绵绵的心思，渐渐慢下，蹀足不行。我微微地叹息，下马。

我想起了故乡。初春的故乡是绿。曼柳抽芽，新发秀色，初生的芽儿娇嫩得伸手就能掐出印子。鲜亮而新鲜，恰如此时。

仲夏的故乡是悠闲里带上几分热闹。顽童总爱围着柳树打转，轻易地折了它的细枝，缠绕着扎成花冠，嬉闹喧嚣。可那时候的时光慢慢的。村子里最大的柳树长得威武雄壮，时常聚集一帮阿姨阿婆纳凉，东家短来西家长，说笑间就把流光轻抛，岁月悠悠。我那时小小的，也搬个小板凳，依在母亲身边。蝉鸣细细的，而母亲软软的。

我曾读过一首小诗。忽然就想起。我抄下它，轻松而惬意：

东边一棵杨柳树，
西边一棵杨柳树，
南边一棵杨柳树，
北边一棵杨柳树。
任他千万杨柳树，
怎能挽得离情住？

如今时光已经过去，细细咀嚼，已寻不回那样的心情。只觉悲戚。

那时的少年，如何能懂得？

我轻轻折下一枝。

青石板的巷道是我归途的一程。

雨打过的青石板滑滑的。空旷的巷道里，我"嗒嗒"的马蹄拖着长长的回音，像这世上只剩下了我和老马，还有前路未明。我的身边掠过一扇又一扇小门，每一扇掩紧的门都像一座封闭的城：阻挡了外人窥伺的眼光，掩藏住内里无尽的故事。隐约间，我嗅到了莲花的清香。头顶有洁白轻薄的窗幔起伏，像白色的羽翼舒展，向着无限蓝天；又像静默的海，默默来，又默默退去。我分明瞧见春帷后窈窕的身姿，因我的到来而微微前倾。她的手，搭在了窗边。那双手莹白，纤细，像一小节白玉。我为那双手出神。她却已经掩上窗扉，留下一个绰约的身影。

她依然端坐在窗幔后，带着矜持和无言的美丽。

我却不得不走过。

如果我们不是彼此的等待，又何必驻足细听，搅乱静若死水的心绪。

身后，那小小的窗扉再次紧掩，没有了洁白的幔，没有了纤长的手，也没有了幽微的莲花清香。

你，你若曾在来路见到一位妇人，那般的清丽，那般的平静。

那一定是我的母亲。

可是我，归期未定。

请你不要惊扰她。

我终将归去。

最忆是味道

◇吴曦

　　活在世上，自然脱不开衣、食、住、行。既为生，便要食，食便有味道，舌尖上的味道永远是最难忘的。

味美肉细齿留香

　　至今难以忘怀的一餐"肉食"还是在小学时代的食堂里。21世纪初一个城镇小学的食堂还是稍显简陋的，十几平方米的一间平房里，一张四角木桌，两条木制矮长凳，一座水泥砌成的痕迹斑驳的水池，在不经意间总会有水滴下来的古铜色手动旋转水龙头，刷漆的木质雕花的老碗柜。碗柜里一成不变地放着的是十几只贴着颜色各异的写有名字的胶布的瓷饭盒，下层是一个喷气式的老式电饭锅。每每到饭点，小孩们便一拥而入，睁大双眼盯着满满一桌丰盛的食物，我自然也不例外。或许小时候才是最文明、最纯真的，不用大人吩咐便拿着饭盒自觉排好队。操控食物大权的是坐在轮椅上的男主人，手里持一把长柄不锈钢圆底菜勺在各种菜色间穿梭。酱香鸡翅是每次必点的食物，蓝色漆花的深底瓷盘被偏深红色的酱汁填满，鸡翅层层叠叠地沐浴在浸有姜片、茴香和干椒的酱汁中，溢出菜盘的是肉的香气。每次得到的鸡翅大概有三四只，可亲的大叔总会在我的白米饭上打些卤，玲珑圆润的珍珠米瞬间被覆盖上一层薄薄的酱汁，红白相间，像是白色鹅卵石上开出一朵酒红色的玫瑰，芳香四溢。啃鸡翅是个慢活儿，虽然皮多肉少骨头大，但所谓"精华"往往都是如此。咬开被酱汁卤成棕色的嫩皮后便是夹在骨头间的细腻的肉了，坐在圆形小木凳上用手抓着细细品尝，别有一番滋味。如果说当时只会用"好吃"来形容食堂的一餐的话，如今用"饕餮盛宴"来描述，我想也是不为过的。

古诗有云："昔有彩凤落店前，如今盘中展凤颜。人间有幸得此味，慕煞天上快活仙。"

西湖牛肉调羹美

钱锺书先生曾在《吃饭》一文中说到："这个世界给人弄得混乱颠倒，到处是磨擦冲突，只有两件最和谐的事物总算是人造的：音乐和烹调。一碗好菜仿佛一支乐曲，也是一种一贯的多元，调和滋味，使相反的分子相成相济，变作可分而不可离的综合。"由此看来，美食和艺术是相通的，美食是味觉上的一次极度享受，而可口好吃的饭菜自然是值得反复咀嚼的。

四月的杭州之行，入住在虎跑路的四眼井青年旅社，四眼井一带多山，四月的到来使四眼井成了一片满目青翠的绿色的海洋，各式风格的青旅和餐厅掩藏在浓密的林荫下，砖瓦堆砌的屋顶在日光的洗礼下明丽透亮，鸟叫虫鸣声此起彼伏，想到史铁生说"在人口密聚的城市里，有这样一个宁静的去处，像是上帝的苦心安排"。漫步山路的途中偶遇一家欧式风格的花园餐厅，取名"隐上"，有些"大隐隐于市"的意味。推开黑漆雕花的铁栅栏，便是一处空旷的阳台，几张四角餐桌呈一列摆开，餐桌中间摆放着一盆新鲜的小植物，或是熏衣草，或是小雏菊，或是太阳花。阳台的一角被从下层楼生长出的巨大的杉树的树荫笼罩着，黄昏时分，阳光照射在杉树上，阳台上便是一片斑驳的光影。我们被安排在下层楼的一张四人餐桌享受美食，上下两层楼靠露天的木质楼梯连接起来，楼梯侧面是一长方形的小池塘，池塘边的架子上有一旧式的扩音喇叭，正播放着婉转悠扬的美国乡村乐曲。下层楼的灯光照明全是靠一排吊灯提供的，吊灯的灯罩有球形的、星形的、月亮状的。如此有情调的地方，自然是饮食的绝佳去处了。

既然身处西子湖畔，就该尝尝正宗的西湖牛肉羹。为了达到色形美和味美的统一，餐厅选择将牛肉羹盛在一口直径十五厘米左右的芥末绿的瓷碗中，加上一根宽柄木勺，让人一眼见了便食欲大增。初看牛肉羹并没觉得有什么新奇之处，很像稠状的番茄蛋花汤，少了番茄，多了些香菜碎末和细细的牛肉丝。用调羹舀了一些在小的青花瓷碗中，就着热气舀起一小勺，在唇边吹了几口便送入口中，而羹的美味到了入口的一刻才有真切的体会。这儿的牛肉羹兼具细腻和润滑的特点，勾芡十分到位，蛋花、香菜和牛肉丝就像被包裹在晶莹剔透的水珠中，入口无须用力便滑入喉间直至腹中，暖意十足。牛肉羹的味道是清淡的，不像家常的蛋花汤喝来常有浓重的香油味儿，牛肉羹的清淡在于尝不出调料的味儿，保留了菜和肉的原始味道，而越是自然的味道越能打动食客的味蕾。隐上的牛肉羹还有一个独到之处就是在羹中加入了茶叶。用调羹在羹面轻转散热的时候会发现有很多细碎的绿叶，仔细一看，原来是茶叶，不禁赞叹厨师的用心，能将茶叶和羹完美地结合起来，使茶叶有了羹的细滑，羹中又不失茶叶的清香，实在是绝佳的创意。西湖牛肉羹的美，自然是不会忘记的。

小饼如嚼月，中有酥和饴

苏东坡曾有诗云："纤手搓来玉色寻，碧油轻蘸嫩黄深。夜来春睡浓于酒，压褊佳人缠臂金。"这是诗人在吃了一位老妇人手捏的环饼后所作的诗，刻画了环饼形似美人环钏的形象，表现出环饼匀细、色鲜、酥脆的特点，让看客垂涎不已。我不曾有幸与东坡先生一道尝过环饼，但个人以为隐上的绿茶饼可以和环饼一决高下。

绿茶饼，顾名思义，是以绿茶为主要原料，将绿茶碾成碎末掺入面粉中，加入水和调料，揉成一个个夹杂茶末的小面团，在面团表面覆上满满一层白芝麻，经过煎炸，即成一道美味的饭后甜点。绿茶饼外硬内酥，周圈一层茶绿，上下两层的白芝麻经过翻煎，微有些泛黄，香气四溢。绿茶饼极酥松，一咬即成若干块，味甚隽，远胜南瓜饼。饼中注有一层红豆沙，汪曾祺曾在《食豆饮水斋闲笔》中说过他眼中的红豆沙："豆沙最能吸油，故宜作馅。我们家大年初一早起吃汤圆，洗沙是年前就用大量的猪油拌了，每天在饭锅头上蒸一次，沙色紫得发黑，已经吸足了油。我们家的汤圆又很大，我只能吃两三个，因为一咬一嘴油。"与汪曾祺笔下吸足油的红豆沙相比，绿茶饼中的红豆沙是甜而不腻的，豆沙的量拿捏得恰到好处。吃绿茶饼，喝大麦茶，很相配。再来一曲轻缓的古调，便是锦上添花了。

倒缘乡味忆回乡

人的味蕾有个特点，尝遍八珍玉食，最终都会回味一种味道，那便是家味。"家味"，我想那是一种很私人的记忆。它曾伴随你从小到大，深深映刻在记忆中，并不会随着时间的流逝而淡忘。每个人心中的家味都是一道独特的美食。随着年纪的增长，在我们最熟悉的饭桌上吃什么菜、喝什么汤、聊什么天都不重要了，家味已经变为一种心情融入生活中，让人无限惦念。

我很喜欢家里的厨房，是因为我很钦佩厨房中的女人，她是我的姑姑，她有一双世界上最灵巧的手，总能变着花样做出很多好吃的菜肴。孩提的记忆中，一盏暖暖的白炽灯下，厨房中的女人头朝前伸，背有点弯，舀起些汤水尝尝咸淡，扬起手背擦去额头的汗珠。有时回头看见我，便会笑呵呵地说："回来啦，饿了吗？再等会儿，饭马上就好了。"

姑姑的厨房里最让我怀念的其实是菜泡饭。菜泡饭的做法其实很简单，但姑姑做的菜泡饭总有特别的味道。我在家里一直担任着吃客的角色，没有全程观察过制作菜泡饭的过程，只记得姑姑每次做的菜泡饭都会有不同的佐料，或是青菜叶，或是竹笋干，或是年糕条，或是大芸豆。对于任何一种形式的菜泡饭，我都来者不拒。吃菜泡饭，在我看来，还有一样是不能缺的，那便是咸酸菜，取一棵被压在坛中的咸酸菜，洗净后切碎，倒入溶有猪油的炒锅中，加入切成丁状的豆腐干、辣椒干、大蒜和调料，一道味美的咸酸菜便问世了。橘黄色的灯光下，一碗菜泡饭，一碟咸酸菜，一老一少，忘记了岁月的不可调和，静静享受着雕花八仙桌上温暖的一餐。

如今在家已没有春秋，只有冬夏，每每回到家，姑姑总会做一餐我爱吃的菜泡饭，饭的味道越来越醇香，我想这就是家味吧，一种浓缩在饭菜中的真情与幸福。

忆时光，最忆是味道。漫途月中寻佳味，郡亭枕上品茶酥。何日更重尝？

江南的春天

◇褚思彤

文苑初鸣集〔第二辑〕

你是一树一树的花开，是燕

在梁间呢喃，——你是爱，是暖，

是诗的一篇，你是人间的四月天！

（林徽因《你是人间的四月天——一句爱的赞颂》）

二月份的江南，微风袭来，揭开了春天的帷幕，二月的江南温柔而宁静，避开车马的喧嚣，在心中修篱种菊。二月的阳光带着丝丝暖意，将冰冷的寒冬驱走，春天如期而至，鸟儿在柳叶间穿飞，云在窗外自由自在往来，看到一树一树的花开，感受着阳光的温暖和绿的希望。早晨的太阳缓缓升起，透过窗纱射进第一缕阳光，让冰冷的房子瞬间温暖起来，"一年之计在于春"，江南的二月，是充满希望的，如同新生的婴儿，代表着新的活力。

江南的三月，是一年中最美好的季节，姹紫嫣红的花开，初露新芽的柳枝，潺潺流水，片片绿地将江南的春天描绘成一幅山水画。

三月的晴天总是带给我们无限的惊喜，正所谓"最是一年春好处"，萦绕在屋檐上的鸟儿，提醒我们春天的到来，踏青而归的人们，向我们诉说寻找春天的旅程，泡上一壶清茶，倚坐在一把木椅上闭上双眼倾听着山间的溪水源源不断的流淌声，感受着春天的微风轻轻拂过脸颊的温柔，孩子们在春天的陪伴下欢快地歌唱着，青年们在田里辛勤地劳动，在春天里播下一粒粒种子，老人们在树荫下休闲地坐着，给孩子们诉说着春天的故事。三月的阴天是那么的深沉而有神秘。云雾缭绕微微凉风从脸上拂过，留下春的气息。三月的阴天里，风在山谷中缓慢盘旋，鸟儿在树梢上歇息，绿油油的山搭配着缓缓流淌的细水，一切的一切似乎都静止成了一幅水墨画，一朵花开，一声虫鸣，一片清风，都是那么的迷人。

三月的雨天，蒙蒙细雨滋润着万物，柳枝上挂着细细的雨滴。这是我一年中最喜欢的天气，躺在床上，轻轻闭上双眼，跟着雨滴打在窗户上的声音敲打着节奏，倾听着大自然的声音，滴答滴答……轻快而又安静，让心安静下来，让思想飘至远方，雨季也是万物最喜爱的季节，春雨是那么的柔和、慷慨。让植物得到了滋润，让动物感到了温柔，更让大地知道了春的到来。

江南的四月，没有二月的宁静，没有三月的温柔，是春天的结尾，但让我们印象深刻。四月的太阳开始带来丝丝的炎热，四月的花儿绽放正艳。而四月也是一年中最忙碌的季节，孩子们忙着学习，青年们忙着翻种，唯独老人们依旧休闲地聊天说地。

江南的春天，是一年中最美好的季节，没有冬天的凛冽寒风，没有夏天的炎炎烈日，没有秋天的凉风袭来，有的只是春的宁静的温柔。

江南的春天，是一年中最动人的季节，万物复苏，初露新芽，一切都那么生机勃勃，让人看到一个又一个的新希望。

江南的春天，是我一年中最爱的季节，我爱她的绿茵片片，爱她的生动活泼，爱她的温柔宁静，爱她的一切。

镜湖千百年

◇杨墨

一

镜湖故称陶塘,西邻长江,北靠赭山,南带弋江,东有九莲塘,为南宋状元张孝祥捐田所成。芜湖县志记载:"镜湖在赭山南,即陶塘。宋张孝祥捐田百亩,汇而成湖,环种杨柳芙蕖,为邑中风景最佳处。清乾嘉间,湖上林亭见诸名人题咏者,不可胜计;今则茶坊酒肆,梨园歌馆,绕堤而居,门巷栉比,车马喧阗,最为繁盛。湖中小艇随处可唤渡,夏日游人尤多。"

清代道光年间,芜湖关道宋熔将陶塘截为两半,形成"大陶塘"和"小陶塘"。堤中修"柳荫桥"(民国时改名为"大洋桥",1987年改建为拱桥,更名"步月桥"),堤南修"留春桥",并模仿杭州西湖筑"功并苏白"石坊,为镜湖增色不少。

镜湖细柳是芜湖八景之一,其余七景为:赭塔晴岚、荆山寒壁、玩鞭春色、吴波秋月、雄观江声、蛟矶烟雨(又名"蛟矶烟浪"或"蛟矶烟锁")、白马洞天。1998年,人们评选出芜湖新十景,镜湖细柳依然在列。

大约形成于宋代绍兴后期、当时只有百亩的镜湖,如今面积已达230亩,西半部分较大,约130亩,东半部分约100亩,东西两部分之间有一桥相连。

清末之时,镜湖原为一片水草丛生的水滩,周围没有塘堤、道路和桥梁。李鸿章之子李经方沿塘修桥，随坡筑路，环塘修建楼台亭阁，栽花植柳，堆摆假山。可惜水灾、战乱、日寇炮火让名园遭劫，古迹成灰。

抗日战争之前，李府漱兰堂的管家蔡冰梅占有了李家大花园，开设酒家，灯红酒绿，糟蹋名胜。日寇侵占芜湖后，沿塘楼台亭阁全毁，陶塘成为一湾臭水。抗战胜利后，国民党芜湖行政专员张威遐修筑环塘路，疏浚塘泥，使镜湖面貌焕然一新。

二

大镜湖西边有一个小岛，芜湖书画院就坐落在这里，与岸上尺木亭隔桥相连。"尺木"是明末著名画家萧云从的字。萧云从（1596—1669）是明清时期创新派的代表，为姑孰画派之首，擅长卷轴与版画，题材广泛，尤工山水画，和新安派画家孙逸合称"孙萧"，与汤岩夫并称"芜湖二老"。他晚年回到故乡，潜心创作，画有《离骚图》和《太平山水诗画》。萧云从作为明朝遗老，一生志坚品高，且作品奇妙，成就高超，可谓德艺双馨也。芜湖书画院毗邻尺木亭，必能承古法而毓新秀。1986年12月14日，萧云从雕像在镜湖边落成。

大镜湖靠近南岸的烟雨墩上建有安徽文化名人藏馆。叶绍翁《四朝闻见录》载："鹭鸥出没，烟雨变态，扁堂曰'归去来'。"归去来堂就建在烟雨墩，传说是张孝祥幼时读书之所。北伐之时，江右军第六军进驻芜湖，其政治部曾设于烟雨墩。1931年水灾，烟雨墩还完好无损。抗战结束后，烟雨墩搭起芦席长棚，开设酒馆，乌烟瘴气。1950年8月，烟雨墩上建起了芜湖市图书馆。1987年5月，阿英（即钱杏邨，作家、文艺理论家，"太阳社"发起者之一）的骨灰盒及其捐赠书籍护送至芜，安放于烟雨墩，陈云题写"阿英藏书陈列室"。

柳春园位于大镜湖东南角，呈半岛状，对望烟雨墩。乾隆五十六年（1791）芜湖知县陈圣修疏浚镜湖时筑留春园，园内除自居的琴余别馆以外，还有侍奉双亲颐养天年的一组园中园，即长春园。道光年间画家王泽对留春园加以修葺，改名希右园。后来，人们从"柳荫桥"和"留春桥"中各拈一字，取"柳春"替代"留春"作为园名。

1917年，弋矶山医院在柳春园附近开设了一个诊疗所，因为是用铁皮制作的，居民称之为"铁房子诊所"。后来，国民党发动内战，医院因人力物力日趋艰难，不得不于1948年关闭"铁房子诊所"。

和柳春园隔着镜湖路相对的是步文亭。该亭于1991年5月31日揭幕，以纪念王步文烈士殉难60周年。王步文（1898—1931），出生于岳西县，五四期间参加安庆各校学生代表会议和全市总罢课，声援北京学生，1922年加入中国共产党，1930年9月来芜工作，次年3月任安徽省委书记。4月6日，王步文在柳春园工作时被叛徒出卖，遭逮捕，5月31日英勇就义。

三

大小镜湖之间的护堤北面，是鸠兹广场。2000年初广场开工，3月1日，著名艺术家韩美林设计的大型青铜雕像"鸠凤吉祥"（后易名为"鸠顶泽瑞"）安装在广场中心，它高33米，重98吨。4月，广场对外开放。环绕广场的几处圆雕以及在广场北侧的历史文化长廊，向游人展示大禹导中江、干将莫邪炼剑等神话传说和南陵古铜冶、张孝祥捐田等历史事件。南面临大镜湖处，有6根望柱，分别雕刻有愚公移山、夸父追日、囊萤映雪、凿壁偷光等故事情景。

四

小镜湖的南面是建于1985年4月的观岚亭，因能遐赏"赭塔晴岚"之景，故曰"观岚"。从观岚亭往北看，赭山倒映在镜湖中，湖光山色，烟波晴岚，顶瑞鸠兹，拂水细柳，尽入眼帘，美不胜收。夏日于此荫凉处，最能消暑静心。

小镜湖古迹不多，东北部小岛上的迎宾阁建于1973年。从湖东过桥，走过都市花园咖啡馆的大门，便置身于林中。于阁中观湖宜在夏季，雨后天晴，荷叶上雨水欲滴欲止，粉色荷花相继怒放，犹如一幅天然水墨画，展示出自然可爱的含蓄色彩美。这时，邀上好友，点两杯茶，于湖边品茶赏荷谈天论地，怡然自得，确是一件美事。

五

镜湖沿岸的马路在抗战胜利后开辟，1957年疏浚镜湖时拓建，环湖一周。1999年，沿湖增加栅栏和花坛，并设置座椅。如今的镜湖，湖面广阔而平静，垂柳环湖，交相掩映，尤其是入夜，霓虹争艳，波光粼粼，风景甚美。夏日来此，可观柳，可赏荷，可闲坐，可游船；冬季，于尺木亭望不足百米远的湖心亭，颇得独钓寒江雪之韵味。

镜湖公园位于市中心，闹中取静，景色宜人，饱含历史文化底蕴，散发自然气息，体现出了注重精神生活的人文关怀。芜湖市曾获得"中国人居环境范例""国家园林城市""中国最佳休闲城市"等荣誉，镜湖公园的功劳不可小觑。

犹及清明可到家

◇叶宏娟

校园里的玉兰和樱花在演绎一场轰轰烈烈的烂漫花事之后，已逐现衰颓之势。"春天是花的节日"，如今可算是真正体会到这句话的贴切。其实想用"前仆后继"来形容这些花儿：看那一夜间飘零一地的白玉兰，不是很有一种慷慨赴死的悲壮感么？

小饼总喜欢感叹："开得早死得早啊！"那些花儿在萎地之前是否也有这样的慨叹，我无从知晓。但私心里总是愿意为她们喝彩的：在其他花儿还没有形成气候之前，那满树的白的粉的紫的不是"占尽校园第一春"了吗？或许离开的方式显得有些决绝，倏然而让人惋惜，毕竟只赢得了短暂的张扬。可是，在这样暖融融的春光里绽放过，纵死也是心甘情愿的事呀。

玉兰和樱花之后，便是桃杏如歌了。水房边的垂丝海棠和紫荆也已经开得热热闹闹。

喜欢在看到一种植物后通过各种方式来弄清她的名字。每一种植物都有一个甚至多个很好听很有韵味的名儿。

金银花是去年"五一"去丫头家认识的，在这之前对她的认识仅限于"金银花露清热去火"之类。它有细长的藤蔓，细长的花。粉粉的白，粉粉的黄，清甜的香。丫头的外婆将之晒干泡茶，据说那茶很苦。相较于茶的味道，我更感兴趣的是老人家将那白的黄的花从绿枝上一朵朵摘下并以此作为生活的调剂的那份细致。对诚心诚意经营着生活的人们，我总是有许多敬意。最近买了一套名为"草本"的明信片，才看到金银花还有一个沉静雅致的别名——忍冬。查过资料才知道，金银花因秋末老叶枯落时，叶腋间已萌新绿，凌冬不凋，故又名"忍冬"。忍冬，忍冬，多低调的名字。在生命萧索的寒秋严冬，生命的绿意已倔强探出头来。你看，这个世界何其公道，不是什么物种都可以随随便便开出一藤芬芳来。

前段时间食堂有一种饺子卖得火热——荠菜水饺。我是在离开宿松之后才知道荠菜可做饺子馅的。小时候每到春来，挖荠菜便是女孩子们最欢喜做的事情之一了。约上三两小伙伴，挎个小竹篮，拿把小刀，便可以带着串串笑声飞向田间阡陌。

早春二月，正是荠菜最柔嫩的时候。我记得的荠菜的烹饪方法，除清炒外一个也无。现在想起来，似乎那时妈妈炒的荠菜总是绿油油的一碟，焯水之后缩得厉害。花费九牛二虎之力挖回来的荠菜，在小池塘边择洗之后也还是满满一篮呢，却在炒过之后只装了那么一碟。我的委屈心情由此可知。妈妈对这样的我的无奈，也由此可知。只是不记得妈妈当时是如何安慰我的，现在想来，童年的各种撒娇撒泼总结起来无非四个字——"无理而妙"。

然而我记得很清楚的是，清炒荠菜的味道并不怎么好。也许荠菜本身就不适合清炒，做饺子馅才能体现出它的鲜美。但是小时候也没见其他人对它用别种方式烹煮。不知那些被炒了的荠菜有没有产生"千里马常有，而伯乐不常有"的憾恨……

周作人写过一篇散文——《故乡的野菜》，篇幅很是短小，将野菜诸种娓娓道来。人说知堂老人文风冲淡平和，不似其兄锋芒毕露。我也喜欢这样的冲淡，想象一位老人于瓦屋纸窗下，温一壶清泉绿茶，尽毕生温情来怀念那个烟雨迷蒙的浙东三月，是一件多么迷人的事啊！用他的原话，便是"可抵十年的尘梦"。

文中提及的野菜名，于我也并不陌生。紫云英，看到这篇文章之前我丝毫不知在家乡一抓一大把的草紫竟有一个这么梦幻的学名。去年暑假回过一趟家，在从县城通往小镇的大巴上，瞥见窗外一闪而过的紫色花影。开窗望去，收割后的稻田里，那些紫云英长得密密匝匝，勾起我诸多关于童年的回忆。乡亲们也许并不知道他们种来当猪饲料的草紫还能在文人的笔下如此尽显风流姿态。还有一种叫作"马兰"（周作人称"马兰头"）的植物，也是耳熟能详的名儿。宿松有在阴历三月三做粑的习俗，（传说这天是鬼节，鬼魂会在薄暮之后出没于乡里，吃了这种粑便可祛除不祥，得神灵护佑。）马兰便是用来做馅的。我们宿松把这种粑叫"打鬼粑"，也有用鼠麴草做馅的，依据各家口味选择。记得每到三月三这天，妈妈总是从下午就开始忙活了：从切马兰、调馅、和面、做粑，一直到上锅蒸熟。我就围着妈妈和灶头打转转，央求她为我特制一个个头小一些的粑，因为小孩子要吃小的呀。或者就在旁边催促："怎么还没熟啊？什么时候才能熟啊？"猴急如此。妈妈有时会被我吵得不耐烦，就让我出去转一圈再回来。各家的"打鬼粑"风味也各异，蒸熟之后邻里之间都会互赠几个尝尝鲜，一边吃着粑一边聊着家常。人家夸我家的粑好吃我会特别开心。因为那马兰是我早上采的呀，因为那粑是我妈妈做的呀。说是过"鬼节"，其实一点恐怖气氛都没有。乡亲们说说笑笑，和乐融融。如果这世间有鬼，那他们正是因为放不下这尘世的美好才要来人间看看甚至不愿离去的吧？荠菜在前面写过，便不赘叙。

继荠菜之后，今天中午在食堂又发现了新菜样——藜蒿炒肉。鉴于去年被这道菜坑过，又老又硬的藜蒿让我不忍卒吃，我对这道菜不抱什么好的期待。点它只因头脑发热。出人意料的是这次的藜蒿却特别嫩，很清香，虽然还是比不上奶奶做的藜蒿炒腊肉。记得那次是二姑姑来我家，看到田垄间藜蒿初长成，便突发奇想要吃这道菜。那是纯野生的藜蒿，茎部呈淡紫色，人工种植的则是纯绿色。我只吃过那一次，藜蒿的独特口感却记得特别牢。之后来芜湖，第一次在食堂毫不犹豫地点了这道菜，大约也是类似于知堂老人的"故乡的野菜"情结。

在这里，看到熟识的事物，总会禁不住在记忆里搜索：若是在家乡，这又是一番什么景象？

纬七路旁有一块油菜地，明灿灿的黄色很惹眼。花津湖畔的桃花也已尽显妖娆。这些，都已很养眼很美丽。可是，这些都还不够，我想看的金黄与粉红，是在那个数百里之外的小城，在那由三分之一的水面环抱的三分之一的平原、三分之一的山地。

胡兰成在《今生今世》里这样描绘他的胡村三月："桃花是村中唯井头有一株，春事烂漫到难收难管，亦依然简静。如同我的小时候"；"墙根路侧到处有蚕沙的气息，春阳潋滟得像有声音，村子里非常之静，人们的心思亦变得十分简洁，繁忙可以亦即是闲静。"我总想用这般温柔多情的文字来描绘我的家乡，用这般莹彻玲珑的意境来告诉别人我对那个小村庄的种种怀念，却总是心有余而力不足。用这么多文字来描述这些植物，从此身此处到故乡故土，也不过是想通过这些真实存在的事物来缅怀那些一去不复返的旧时光，以及那旧时光里流淌着的脉脉温情。要知道，当时光附丽于风物，时光便不老。

看过很多人写的怀乡的文章：漂泊海外的，故乡便与祖国同化，那是对民族之根与民族之魂的回归与呼唤；辗转国内的，故乡便与人生并存，更多的是对生命的凝视和思考。这样的文章总是沉重而深刻的，大家手笔，一目了然。毕竟，足够的人生阅历是文品的底料。相较而言，我的这些文字甚至是肤浅的，我甚至不清楚这样的情感可不可以称作"乡愁"。尝听人言，"所谓故乡，就是你再也回不去的地方"。史铁生也在一篇怀旧文章里说道："不管何年何月，这世上总是有着无处可去的童年。"马齿徒增，旧时旧事从此便像那遥隔云端的美人，触不得碰不到。我存着如此私心的想法，写下这些文字，不过是试图向无情流逝的时光宣战：你看，我的童年，我的故乡，都会在这些方块字里"永垂不朽"！

今晨下了一场雨，雨丝柔软绵长，不是淅淅沥沥模样。所以我无法学当年放翁去侧耳倾听。周边亦无深巷，不知杏花开未？

若开，不知可有姑娘去采了来贩卖整篮春光？一场春雨初霁，不在临安，在三月的江城。也无陆放翁的素衣风尘之叹。只一句稍稍适宜此时此处的我——"犹及清明可到家"。只此一句，便足以表达我此刻急迫归家心情。

　　若到家之时，金黄的油菜花已结荚，桃树上已有青桃粒……到家，我想做的事情多着呢。

雨 的 印 记

◇赵彩玲

在芜湖待了快三年了，要问起对芜湖印象最深刻的是什么，相信好多人都会毫不犹豫地说，"芜湖的天气。"俗话说：天气变，孩儿脸。之前很是不信，如今算是亲身体会了。

芜湖，极富跳跃性的春，可以让你一时领略四季的变化；夏日在蔓延，闷热而漫长，大雨也会滂沱而至，令人猝不及防；秋天，往往是稍纵即逝的，人们都不禁感叹这短暂秋天的过渡作用；冬天则是干冷的，但偶尔也会变个脸，来场大雨或是强降雪，让你不要忘记它的存在。

让人感受最明显的，还是雨水带来的天气变化了。说起芜湖的雨，第一个闯进脑海里的画面便是新生报到时的那场大雨。依然记得大一报到那天，芜湖送给我们的见面礼。白天报名，拿卧具时还是艳阳高照的，可晚上，云朵忽然膨胀，像洇湿的一团团墨汁，在天空中急剧地扩散开来。俄而雷声四起，闪电划过长空，瞬间擦亮了夜，一场雷雨就这样淋湿我们的双眼。面对这暴雨骤风，我们毫无招架之力。从此，记忆中的芜湖和雨似乎有了一种挥之不去的联系。

就拿春季来说吧，人们常说昆明四季如春，而芜湖则是一春有四季，而春雨也是凝聚了四季的特点。三月，春回大地天气骤暖，进入初夏模式，雨大而急促；清明节后，梅雨纷纷，充沛的雨水加上低温的天气，则由先前的初夏模式强制回到早春的微寒；但一场如注的大雨过后，又回归冬天，冬衣又要重新穿上了。不知是在别的地方待的时间太短的缘故，还是因为芜湖的雨本身就富有奇异的变幻色彩，这样带有四季鲜明特点的春雨，在我的印象中是不多见的。

春天的雨伴着雷声是最常见的，雨不是很大，但伴随雷声而来，就让人心生畏惧了。雨一下就是一整夜，和着风声，纤纤细雨湿润了新生的嫩叶，让雨夜显得漫长而没有尽头。耳畔轰然似天鸣的春雷滚滚而来，枕声入睡，辗转难眠，寐而又醒，就这样反反复复，听着滴滴细雨直到天明。似乎给我们充分的时间去了解江城的春雨，经年之后，再回想时，可以忆出春雨最原初的滋味。

一早起来，簌簌的雨花已不见了踪影，昨夜枕着墙上淋漓的雨声入睡的辗转也淡去。一场春雨，几乎敛尽空气中的尘埃，处处一片澄明清静。走在教学楼通往食堂的小道上，香樟树个个昂首挺胸，愈发精神了。浅黄粉嫩的花蕊擎在叶片上，占满整个香樟树枝头。用力吸了一口，淡淡的、甜甜的气味直抵心肺，香得那样令人心慌意乱。望着天际的云，似山的雪线，在微风的拂动下，一点点消失，闭目遐想，给我们留下很多猜测与憧憬，勾勒出一个个迷人的梦。

如果除去雷声和几场特殊的雨不说，芜湖春天的雨给人整体的感觉似小家碧玉，温柔缱绻。那么夏天的雨则如邻家少女，直来直往，毫无征兆，让人难以琢磨。

我是个对天气不是很关心的人，被淋了好多次，仍不悔改。每次都是室友提前看天气预报，知心大姐似的提醒大家带伞抑或是添衣保暖。但夏雨的脾性难以捉摸，令人防不胜防。

一想起夏雨，记忆的幻灯片就会重复地播放着这样的画面：细雨中一个女子穿着拖鞋，擎着雨伞，似百米冲刺般，奋力奔跑着……每每忆起室友送伞的画面，都有奔过去抱住她的冲动。她的声音在耳畔响起：

"今天这场雨太意外了，来时匆匆，去后何迟，谁也没想到呢。我想你肯定也没带伞，发信息问你，果然……"她说着，明亮的眸子映着浅浅的笑意。

我解释道："当时快到寝室了，而且雨也不大，想想跑回去也不碍事的，所以就没让你出来了。结果你……"

她却恶狠狠地说："虽说今天的雨不大，但是这两天气温变化得离奇，又下雨又降温的，谁也招架不住!"

我噎住了，说不出话来。

她拽着我的小臂，将我拉进了伞底。

雨声中回响着："怎么还愣着! 快走啊。"

拖鞋和水泥地摩擦出的挲挲声久久地空气中荡漾。

事后我才知道，那晚她出去也没有带伞，吃饭的时候就是淋着回来的，顾不上自己衣服的干湿，还惦记着我没有带伞。雨中让我们愈加明白生命里总会出现这样的人，自己淋过的雨不想让别人再淋一遍，正如莲子心中的苦，只要一个人尝就好了。从那以后，我坚定了一个信念，无论去哪，都要带一把伞，不管是为自己还是别人。

转眼时光就这样溜走，蹦跳着在我们的身后做着鬼脸。要是到了特定的时节，还没有欣赏到印象中应有的江城之雨，似乎还有点不适应。我相信无论时光怎样变迁，留在我们心中的，是雨滴沁入掌间温润；铭刻在记忆中的，永远是那难以忘怀的江城求学时光。

窗外的雨依旧在下，涤去了记忆尘埃，让珍重的人，铭记的事，走过的风景……更加清晰。

江南春之风雨花

◇何琪

> 江南春，青门柳枝软无力，琴音渺渺依风起。
> 江南春，池塘春暖水纹开，野渡无人细雨来。
> 江南春，芳草自碧树自浓，满目苍郁映花红。

吹面不寒杨柳风

独爱江南初春时节的暖风，徐徐缓缓，温温婉婉，犹如古时绣楼上的闺阁小姐，柔和婉约，那是不夺目却真正属于烟火人间的美好。

江南春风，曾被描绘在贺知章的诗篇里，诗人轻声询问这宛若万条绿丝绦的细长柳条究竟出于谁的手笔，二月春风无限娇羞地不肯应答，匆匆游走到河流的另一边，却留下柳影婆娑，摇曳生姿。等闲识得东风面，万紫千红总是春，朱子在这拂面的春风里，慨叹这温和春日的韶华，吟咏这万物复苏的春光，一阵阵江南温润的春风，吹红了花朵，吹绿了草叶，吹亮了朦胧的尘世。在无限温和的春风中，仿佛听到了随风而来的小桥流水般的琴音，那定是都督闲来抚琴白色的长袍迎风荡起，琴声里掺杂着江南的温婉和他特有的豪情。

江南春风，春风拂面，拂面淡然。

暮烟春雨过枫桥

江南的春雨，穿庭弄树，推窗问阁，在长廊回处远眺漫天雨丝，或于菜畦深处感受细雨润青，清凉雅意，只若身处天外，气爽神清。

当江南的上空飘荡着潮湿的气息，便可见烟雾茫茫里隐约的乌篷船在水中点出了圈圈涟漪，细听撑着一柄油纸伞的绣鞋女子踩踏在青石砖上发出的轻微声音，细雨中如水般的罗纱裙影，只留下江南细雨中的朦胧背影。打马江南的过客，也不过留下刚刚脚底带来的雨渍罢了，从远方来到江南，又悄然离去，来过的人都会有水的清灵无欲。

江南的烟雨淅沥地自九天而下，"试问闲愁都几许？一川烟草，满城风絮，梅子黄时雨"。这是江南的小雨，细腻得让诗人掏出心田里的一方净土。梧桐更兼细雨，到黄昏，点点滴滴，这一场雨，又将江南的雨推向了宁静的极致，一颗颗雨珠叩击着诗人善感的情怀，而恰是诗人们的心成就了一场场绿肥红瘦的雨。

江南春雨，春雨细润，细润无声。

行到中庭数花朵

江南的花，大多开在春日里，仿佛树丛里的精灵一般，只是一刹那的光华便奔出林中，越过林间溪流，穿过山间烟雾，飘落人间。

玉兰仿若春的使者，白色是玲珑如玉般晶莹，粉色是光彩若霞样明媚，一株株斜在枝头，娇俏地笑，仿佛爱极了这盎然春意。桃花五瓣，仿似经由花匠裁剪才得的匀称，粉色怡人，好像抹上了一层染坊的颜料，但见花瓣朵朵翩翩飞落，朦胧间似乎看见那个希冀世外桃源的雅意老人在花下惬意醉饮花酿。

江南春天的田野里总绽放着大片大片的油菜花，金黄色宛如麦浪，花期尤长。开在野地，却不俗艳，仿佛居于山中的采药女，布衣素颜，却更是天成的娇媚。只见一株，非是绝美，但若漫野皆是，那在这红尘里，便是什么也抵不过这丰收的花海。

　　江南春花，春花照面，照面娇娆。

　　独属于江南的曼妙是一道遗世独立的风景，跨越千年，依旧让人忘记今夕何夕。又恍如见风穿幽巷，听雨落流溪，闻花香醉人，不负这春和景明，憩于江南灰褐色的瓦檐下，品上好之茶，看舟中红袖……

寓 "梦" 于 "实"

◇潘峻

生活中，总是听到人们抱怨：现实中的累累污秽沾染了梦想，使得梦想无法伸展腾飞的翅膀，只得渐渐被淹没、被销蚀。

古往今来，"梦想"一词似乎总是有着美好、纯洁、高尚一类不食人间烟火的光晕，与之相对应的是被金钱、权势、欲望所充斥着的"现实"。现实的黑暗要吞没梦想的洁白，想要实现梦想就必须与现实抗争，战胜现实，取得成功。然而，事实真的是这样的吗？

相信人们永远都不会忘记那位"路漫漫其修远兮，吾将上下而求索"的迷途之臣吧！这是一位深陷于尖锐的现实矛盾中，徜徉于浪漫情怀的梦想里，最终寻得汨罗江作为归宿的理想主义者。在与现实决裂后，醉心于自我梦想的追逐里，屈原真的实现了自己的人生梦想了吗？答案是显而易见的。与之相反的另一位青史留名的臣子，则亲手将自己的梦想铭刻在了历史上。如果说现实企图用污秽玷污梦想，那么它在司马迁这儿取得了一定的成功。怎么办？受辱之后，憎恨现实的残忍，用死亡作出无声的抗议，高喊着自己的冤屈，到另一个世界去控诉，追悔着自己未完成的梦想吗？不，司马迁抖了抖身上的污秽，选择了就在这个现实里完成自己的梦想。因为这里有他早年苦读的积累、游历的经验，有笔，还有汗青。

其实，现实与梦想不是只有妥协与抗争两种对立的选择，还有一条叫作"融合"的路，寓"梦"于"实"，才是真正的光明大道。现实是梦想生存的土壤，不管它是贫瘠或是肥沃，梦想之花只能盛开于此。

若是屈原能够明白这个道理，在面对现实的种种不满时，他不会只是在感叹"众人皆醉我独醒"的悲凉，而是用这颗清醒的头脑支配自己完成力所能及的行动。也许在那样的年代里，最终还是逃不过失败的命运，但是行动了、努力过，无遗憾。我相信为人民、为国家作出一番贡献才是屈原真正的梦想，所以迷茫地投入汨罗江这种与现实决裂的结果并不是他理想的归宿，在现实中尽情地挥洒出此生才识，实现自我价值才是他的梦想天堂。只可惜他没能像司马迁一样及时懂得这个道理，只好沉默于江底，默默吟诵着"亦余心之所善兮，虽九死其犹未悔"的内心独白，而司马迁则将承载着自己梦想的"史家之绝唱，无韵之离骚"——《史记》留在了现实。

当马丁·路德·金握紧拳头高呼"我有一个梦想"的时候，就注定这个梦想会在他现实的努力奋斗中逐步真实，而不仅仅是个人天真的臆想。同样的，每个人的梦想都是如此。金钱、权利、欲望不只是拖累梦想飞翔的负累，还是基础与动力。如果你的梦想是成为一名漫画设计师，只想开展属于自己的画展，从而厌恶用自己的漫画迎合广告商的要求。那么请相信你不会成功，因为你不能实现漫画的现实价值，又谈何它的理想价值呢？

梦想从来都不应该与现实对立，相反二者可谓相辅相成。也许梦想更侧重于人们的内心世界，内心的无限与现实的有限总会有冲突，所以常会使人们误入歧途。抛开梦想的激情，现实的冷酷，停下来，相信你会懂得寓"梦"于"实"的真正价值。

素 简 人 生

◇宋盈盈

> 人淡如菊，心素如简。
> ——题记

朝小诚在她的一本书中这样写过：智慧在古希腊词源里的意思是保存光。你看，这世界上最复杂的事情，在它最开始的地方都是非常非常朴素的。所以，将来不管你走到哪一步，都要记得，心底都要保持朴素而简单的底色。

看完这段话时，心中感慨，世间之事最原始的模样大抵都是简单而朴素的，即使逐渐走向繁复，也不过是因为披上了伪装的外衣。所以，在世为人，都要用一颗简单、质朴的心去观看这个世界。保持心底简单而朴素的底色去与这个世界相处。不禁想起一种人生境界：人淡如菊，心素如简。

古语中，简是竹木简的意思。心素如简，便是心像竹木简一样典雅朴素。智者云：人淡如菊，心素如简。菊，素来被称作花中高洁者，于料峭寒风中，独自生长，不畏不惧，不贪不痴。做一个如菊花般高洁的雅士，于纷繁红尘中洒脱前行，不慕权贵，不闻杂事，保持内心最单纯简单的底色。在喧嚣的尘世中，修篱种菊，淡然生存。懂此道者，隐者最甚。

中国历代文人中，愿隐逸于世，简单生活的隐者数不胜数。最为世人所知的隐者莫若陶渊明了。他远离官场污浊，采菊于东篱之下，抬眼之间，便可悠然欣赏南山风光。陶渊明无疑在简单的生活中怡然自乐。我一直认为，所谓隐者，不过是心中简朴，追求简单生活的通透之人罢了。东坡先生，生于仕宦之家，也曾官至高位，于朝堂之中大展身手，博得满堂彩。然而当他回顾平生所经历之事时，也只叹一句："问汝平生功业，黄州惠州儋州"。此种经历繁复之后，也心向朴素，追求简单生活的人，也是通透之人吧。

不仅文人雅士向往朴素简单，连帝王之家也有此种淡泊之人。清朝顺治帝生于帝王之家，且也曾登上帝王宝座。他也曾拥举国之财，握天下之权，更有后宫佳丽三千。偶然在闲书上看到过这样一句话：世界上多数男人的梦想，大抵就是，醒握天下权，醉卧美人膝。若按此种说法来看，顺治无疑是这个梦想的实践者。而对于这种很多男人梦想中的生活，他却选择了舍弃。顺治在人生壮年之时，出家为僧，遁入空门，从此青灯古佛常伴余生。他的这种举动令天下为之哗然，一时间众说纷纭。有人猜测他逃避责任，有人说他因失心爱之人而对人世绝望。百年来，有人骂，有人怜。我却只想称赞他的选择，并不想深思他的原因。或许是厌倦于朝堂纷争，疲惫于权力纠葛，又或许是不再想困于皇城之中，追求身体与精神上的自由。但无论怎样，如果只是想回归质朴，追求简单的生活，又何须那么多所谓的理由呢！若能保持心底最质朴的底色，放弃烦扰皇位，做一位清闲的僧人又有何不可？

东方雅士追求淡然生活，西方有士亦然。梭罗生活于机器喧嚣的19世纪。在那个时代，资本主义日益繁盛，城市生活日益喧闹。当大部分人叫嚣着文明演进、科技发展时，梭罗却毅然离开城市，来到人烟稀少的郊野，在郊外独自生活。他在湖边建造具有原始风情的小木屋，并且自己开垦土地，种植粮食和蔬菜，过着自给自足的悠然生活。闲时，他捧一本书在湖边阅读，不经意地抬起头，便可看见湖中倒映着的美丽的树影。此种恬静闲适的生活，不比喧闹的城市生活来得更为自在吗？

简单生活，心之所向。人生不过是一段或长或短的赛道，当从起点出发时，终点也就越来越近了。人生之路，如若能轻装上阵，走走停停，看看风景，听听鸟鸣，闻闻花香，岂不快哉！常听人感叹，人生苦短，所以简单生活吧，又何必给自己戴上那些沉重的枷锁呢！

人淡如菊，心素如简。在喧扰的尘世中拥有简单的生活，做淡泊之人。素简人生，自是别有一番美妙滋味！

洗　头

◇唐汝娟

　　大年三十，午饭后我想洗头。因为家里热水有限，我总是先跟姥姥姥爷打声招呼，当然每一次都会被同意的。而令我意外的是，今天姥姥第一次开口让我帮忙洗头，这不禁让我喜出望外，因为一直想像个大人一样能为姥姥姥爷做些什么的。十二岁的妹妹也还在姥姥家，所以也要帮她洗洗。

　　准备了热水，冷水，洗发水，护发素，一条毛巾，两条干毛巾，梳子，吹风机，然后便开始先给妹妹洗了。我用手调好了温水，把妹妹的头按进了水盆里，可是妹妹嫌太凉了，于是又加了点热水。她满意了，但是她的姿势我不满意，于是让她自己往盆底里伸，这样我才方便施展。妹妹的头发很柔软，洗发水第一次没出什么泡沫，清水的时候才知道，妹妹玩得太疯了，最近也没洗头，所以又洗了一次，这一次才出了很多泡沫。看着盆里的水不浑浊了，我才放心给妹妹用护发素。洗好了之后赶紧擦了擦，大过年的就是担心感冒，又赶紧拿着吹风机吹。我一边吹一边喊着姥姥，让她准备好洗头了，同时手里忙着不停。

　　终于，吹好了，妹妹的头发又顺又亮的，摸起来超级舒服，简直可以给洗发水代言了。趁着水还热，姥姥很快脱了围裙和棉袄外面的一件外套，我看着太阳还可以，让姥姥把棉袄也先脱了，一会洗完了抓紧穿上就好了。于是姥姥脱了衣服，和刚才妹妹的姿势一样，头往水的方向努力低着，但是还离着水盆很远，没办法，姥姥是个十足的胖老太太。于是我用一只手托着姥姥的额头，另外一只手用毛巾沾着水把头发淋湿，小心翼翼地洗着。

这时候，给姥姥剪脚趾甲时候的感觉又出现了。姥姥不停地说自己老了，上次洗头还是一个月前姥爷帮忙洗的，我想也是，四个女儿不在身边，只有老伴帮忙了呀。姥姥说自己最近身体欠佳，又想起了太姥，她说，终于体会到自己老妈妈说的话了。太姥86岁离开我们，生病的时候就跟姥姥说了，自己真的不是不想干净，是无能为力了呀，一把老骨头够不到洗，手上的身体的褶皱也藏着些多年累积的灰。我听着姥姥慢慢地聊，泪水在眼眶中打转，赶紧找了话题换了个气氛，不然姥姥一定又要哭了。

姥姥的头发很短，说是前不久刚去的理发店，也是那时候洗的头，头发不少，但大多花白了，两鬓已经一片银白，洗发水在姥姥头上特别不安生，第一遍也是没有泡沫，第二遍用洗发水后，泡沫是有了，但是因为头发太硬，泡沫四处飞溅，连我的眼镜也没有幸免于难。当时心里的感觉就很不是滋味，突然就感觉到了小孩和老人的差距，不止是年龄，面容，连头发也都老了。给姥姥换水的时候拧干了毛巾递给姥姥，这时候才发现姥姥满脸泡沫和水，我都忘了姥姥头离得远，也忘了问有没有辣着眼睛了，很是自责，这要是妹妹，早就吵着要我赶紧拿毛巾了，可是姥姥没有……

用护发素的时候，姥姥又一次问我到底怎么用，因为总是不知道到底要保持多久头发才好，我说了很多，仔细说了两遍，正准备跟姥姥说护发素不要贴着头皮用，不然太油了就白洗了，可我又沉默了。因为我想起来姥姥以前说过的，自己就是不喜欢头发蓬松，人老了，头发枯燥，一点油都没有了。洗好头发，赶紧让姥姥穿好了衣服，在棉袄外面塞了毛巾擦水，然后就开始用吹风机。印象中姥姥个子很高，姥姥自己也这么觉得，于是就问我的手够不够得到吹，这时候才发现，原来，我已经比姥姥高出那么多了……

帮姥姥吹着头发，摸到了姥姥脖子后面的两圈半肉，最上面还是有着发根的，脑海中都是姥姥当年挂着两条大辫子忙农活的

159

样子。姥姥的头发洗过之后柔软了很多，她很满意，开心地笑着，手上整理着妈妈织的红色毛线帽子，慢慢地扣在了头上，用手撸了撸，好像松了一口气一般，"这下能管一段时间了，帽子可以挡雨挡风挡灰尘的！"接着又去菜园忙活了。轮到我自己洗头了，胳膊一抬就够得到另一边的耳朵，水温也挺好，眼睛也不会进水，头发还挺干净，因为我最多隔两天就会洗一次头，看着那么多的泡沫，思绪万千。

　　五岁到姥姥身边，十五年了，第一次给姥姥洗头发，又因为我的身边有一个我看着长大的妹妹，姥姥对妹妹的教育也让我想到了自己小的时候，给这一老一小洗头发，我真的觉得自己长大了，而姥姥却老了，时间啊，你慢些走……

停一下，寻一处桃源

——对家乡那个特殊节日的怀念

◇王洪方

　　用一颗平静的心去听，夜是有声音的，尤其在江南那"小楼一夜听春雨"的时节。

　　细细密密的雨点淅淅沥沥，敲打在窗台上和那宽大的芭蕉叶上，"沙沙"作响，不轻不重，恰到好处。这情境总能把人的思绪引到脑海中很深很远的、最为敏感的地方——家乡。对于外出的游子而言，行旅的大敌往往不是险山恶水，而是浓浓的乡情。

　　那是一处桃源。在那，孩子们的天性能得到充分的释放。

　　我的家乡位于太行山的南端，苍莽逶迤的群山犹如一条条巨蟒匍匐在茫茫大地上。连绵的群山把那小山村层层围绕起来，用老一辈人的话"山高路远地不平，多见石头少见人"来描述我们这里，再合适不过了。与外界的阻隔使我的家乡保留了一些奇特的节日风俗，比如说在腊八节，家家户户喝腊八粥是很多地方都有的风俗，但在我们那晚上还要"偷糠蛋儿"，那可是小孩子们"兴风作浪"的时候。那"糠蛋儿"，就是村民们拜神时摆放的供品。

　　我记得在腊八节那天，孩子们是不吃晚饭的，因为晚饭是"偷"来的。在腊八那天，家家户户都会向天祈福的，与往常祈福不同的是，这天的供品不会被拿回去，而是要留给孩子们享用。只不过方式与往常不同，要孩子们去"偷"。

　　有一次经历令我印象非常深刻，时光暗换，但那份记忆却至今仍在我心头萦绕。日子越久远，反而越觉得亲近。

天黑后，大人们吃过饭，我便出发了。

那是村子里比较富足的一户人家，每年的供品中都会有包子之类的稀罕物，在那"十年就有九年旱"的村子里，那实在是够诱人的了。当然，"偷"是不能让人发现的，否则不但不能算是"高手"，还会被"同行"取笑。

夜里的山村很静，偶尔会听到几声狗叫的声音。群山的轮廓在天空中勾勒出一条条高低起伏的线条。有几户人家的窗透出微弱的光亮。若是明月当空，眼前该是一幅浓墨绘成的山水画了。无暇顾及这些，总之，我深一脚浅一脚，终于摸到了这户人家门口。

门是半掩着的，透过门缝我依稀可以看见摆在院子里的供桌上的供品。等了一会儿，见没人出来，我便挤进门去。逐渐靠近，我小心翼翼地走着，不发出半点声响。果然是包子，暗自高兴。再靠近，眼看着就要碰到了。突然，屋内传来一声咳嗽，就像一盆凉水在这寒冬腊月从我头顶浇下来，汗毛直立，我扭头，拔腿就向外跑。

"啪！"我重重地撞在了什么上面。"是谁？"屋里有人喊。"没，没人！"我惊慌失措，不由地说道。随后便传来了屋里人哈哈大笑的声音。

我伸手向前摸，一块木板，我这才恍然想到，是门！把门推开后，拔腿就跑，溜之大吉。可终究是心有不甘，如果让伙伴们知道，那还不丢人？

我又摸到了门口，等到一丝儿声响也没有了。我便往院里走，一步，一步……感觉像是在走钢丝般小心。快要接近了，我把那"稀罕物"轻轻地握在手中，踮着脚尖跑了出来。然后像兔子一样，一溜烟儿蹿了回家。

回到家后，手中的包子已冻得像石头一样，我把它放在火炉上烤。我静静地坐在火边，听着树枝在炉子里"啪啪"作响，看着那包子的颜色逐渐由白色变为浅黄色，再由浅黄色变为深黄色，最后成为深红色。烤得火红的包子与炉中的木炭融为一体，静静地，发着耀眼的光，香气扑面而来。

浅蓝色的火苗在火炉中摇曳着，跳动着，将我的"果实"烤熟。就像群山中的庄稼人一样，在这宽厚的土地上劳作、繁衍，将下一代慢慢"烤熟"。一代又一代，忙碌但又自由，那是骨子里的一种自然与淳朴。

今年回家，偶尔听人谈起这趣事。腊八依然有，但人们已不再过这节日了。就像这江南一样吧，春雨依然，只是那牧童遥指的杏花村已不在，江船渔火已不在，山郭酒旗也都已不再。生活的舞台上，老演员们都已退休了，青年演员与小演员呢，已没有心思再去上演这么一出自然淳朴的"戏"了。

打那以后，虽然还是和小伙伴们一起去"偷糠蛋儿"，但总也没有独自一人去时的那种感觉。长大后，就再也不能去了，只剩下怀念。

再也无法品尝到那样有趣的美味了！

偷是老实本分的庄稼人的大忌，可时至今日，连村子里最年长的人也不知道为何会有这节日风俗，总之是一代又一代地传了下来。但我想，有一点是毋庸置疑的：在那天晚上，孩子们得了兴奋与快乐。终年不得闲的人呢，也或多或少捡拾到了童年的时光碎片。也许，这就是原因吧。

这是一个天性得以释放的节日，演员是懵懂的我们与忙里偷乐的庄稼人。但村子里从来没有因此出现过大盗。千百年来农民的生存道德，已融入人们的骨髓，渗进人们的血液，世代居住在这里的庄稼人恐怕从生下来便知晓了。

时常把家乡当作桃源。人们虽忙，但有一份悠闲与忙里作乐的心态。"豪华落尽见真淳"，这里的人们本无豪华，也就不希图豪华，天生就有本质上的真淳。而现在呢，我们的心已"停"不下来了，城市的喧嚣与快节奏的生活将人的原始心境击得粉碎。

听着那"沙沙"的雨声，多想寻一个地方，获取一份自由与宁静。

理想的去处，应有桃林，落英缤纷；有良田美池桑竹，阡陌鸡犬；有与世隔绝的邻居，邀请你到家中做客。忙时，戴月荷锄；闲时，采菊东篱。抑或是在一湖畔，去阅读，思考生命真谛；独居林中，迎接灿烂的春天；也可款待访客，一起畅谈生活。

没错，这就是陶渊明与梭罗的"桃源"——唯美安宁、平静和谐。在那里，他们获得了足够的自由与宁静。但不得不承认，这种心灵上的无忧无虑对于肉体来说无疑是一种巨大的挑战。人们与自然的周旋，从来都不是在温情脉脉的人道牧歌声中进行的。现在社会，去哪个地方旅游都可以，但是要定居，恐怕只能是缥缈的幻想。

是不是就没有这样的一处桃源呢？有，它可以在我们的心中，不管我们身处何时何地。寻一处桃源，说到底还是寻一份宁静。这不是地理概念上的追寻，而是精神层面的归属，是对生命意义的体悟。也许，当年的五柳先生寻找的正是这种灵魂的栖息地，那是理想的邦国，是精神家园的投射与记忆中心。他们没有做到肉体上的归隐，但他们却拥有了一份精神的宁静。

寻梦，撑一支长篙，向桃源更深处漫溯……喧嚣中，我们需要"停"下来，寻一处心中的桃源。静静地去听，去听心中那份原始的宁静。

仰天大笑出门去，我辈岂是蓬蒿人

——浅议李白的浮生若梦

◇谢蕊心

他从盛唐走来，心中藏着万丈丘壑，顺着奔流不复返的滔滔黄河水滚滚而来了。他的诗词不似杜甫那般悲天悯人，不似温庭筠那般艳美华丽，更不似李商隐那般温婉含蓄。他自有一股凛然的气势，念他的名字，仿佛四壁间酒香满溢，念他的名字，胸怀里仿佛擂动着豪气的鼓。此曲只应天上有，人间难得几回闻。他捧出了一颗赤子之心放在天地万物间，他真挚而灼热，仿佛一场梦般的来这世上造访了一圈。

他把自我融于景中，把山水物色和特定的情绪渗透到一起，如庄子的物我两忘，他只求把握整体的气势或氛围，凭倏忽而来的兴致泼墨写意，而略去具体的细节，甚至连观照景物的视觉顺序也往往毫不在意。他的山水诗无不抒情。例如那首著名的《早发白帝城》，"朝辞白帝彩云间，千里江陵一日还。两岸猿声啼不住，轻舟已过万重山。"从江流迅疾的速度着手，抒发了轻快活脱的心情。李白把汉魏以来诗歌中的典型意象和生活实感结合起来，娴熟地掌握了传统文化积淀的意蕴，在妙手偶得之间留下了令人咀嚼的隽永韵味。

不掩抑收敛，而是一泻千里。如《秋浦歌》的"白发三千丈，缘愁似个长"。借有形的发，突出无形的愁，夸张得极为大胆。大胆的夸张，永远离不开独特而惊人的想象，即诗人往往"发想无端"，如天上的白云，卷舒灭现，无有定形。又如《北风行》里"燕山雪花大如席，片片吹落轩辕台"。这首诗结尾两

165

句："黄河捧土尚可塞，北风雨雪恨难裁。"也同样是惊心动魄的。没有"黄河可塞"这样惊人的比喻，我们也就不会懂得阵亡士卒的妻子那种深刻绝望的悲哀。

当平凡的词句再也禁锢不住他那颗按捺不住的灵魂，华彩辞章便喷涌而出。李白的诗歌是盛唐气象的典型代表。他终其一生，都在以天真的赤子之心讴歌理想的人生，无论何时何地，总以满腔热情去拥抱整个世界，追求生活的享受，对一切美的事物都有敏锐的感受，把握现实而又不满足于现实，投入生活的急流而又超越苦难的忧患，在高扬亢奋的精神状态中去实现自身的价值。如果说，理想色彩是盛唐一代诗风的主要特征，那么，李白是以更富于展望的理想歌唱走在了时代的前沿。

他在《将进酒》中的一往豪情，开头"君不见黄河之水天上来，奔流到海不复回。君不见高堂明镜悲白发，朝如青丝暮成雪。"一落笔写就黄河景象，有慷慨生悲之意。他仿佛站在高山之巅，顷刻间就着遍了它的万里流程。他知晓，白云苍狗，光阴荏苒，所以他憧憬着"人生得意须尽欢"的畅快淋漓，他呐喊着"与尔同销万古愁"。

李商隐说自己"自有仙才自不知，十年长梦采华芝"，李白的十年也仿若梦一场，他把自己寄情于天地之间，我觉得他终其一生也没找到自己的归宿，有人懂他却又不懂他，他的理想主义把这世界都踏在了脚下，胸怀中跳动着一颗炽热的心，可却无法和政治相融，他不适合站在冰冷的朝堂，遵守三纲五常，晨昏定省。他是时代的骄子、盛世的歌手，唱出了盛唐之音，给后人一场绚烂无比的美梦。

他也有着对人生、对理想的信心，希望趁势而起，干一番轰轰烈烈的事业。在唐玄宗天宝元年，他奉召入京，唐玄宗对他优待有加，命之待诏翰林。他过着"五侯七贵同杯酒"，"著书独在金銮殿"的世人羡慕的生活，可谓是春风得意，豪情满怀。诗人浪漫地认为自己就此可以像管仲、姜尚、诸葛亮等古人一样辅佐圣明君主，实现"为王师、安社稷、济苍生"的宏愿。可谁知唐玄宗并非他心目中的圣明天子，玄宗对他只不过是"倡优蓄之，借以装点太平"，并没有给他施展政治才华的机会。由于理想遇错，产生怨愤情绪，他经常借酒消愁，有时还借酒装疯拒不奉召，终于招来小人的谗谤。天宝三年，唐玄宗也以李白"非廊庙器"，将他优诏罢遣。"安能摧眉折腰事权贵，使我不得开心颜"，他以豁达的情怀和超然的态度抨击着黑暗的腐败，这也是他压抑灵魂的释放。但是也只有这奔放的唐朝才能使这位伟大的诗人熠熠生辉，盛唐的气骨也被他一一写入诗中。

他的诗中也不乏人世中真挚而浓烈的情感。如"郎骑竹马来，绕床弄青梅"的那般两小无猜。"入我相思门，知我相思苦。"那是被牵绊"日日思君不见君"的无奈和忧愁。"金钿灭，啼转多，掩妾泪，听君歌。歌有声，妾有情，情声合，两无违。"心心相印，情投意合。他的纯真的友情，常常能摆脱等级意识的污染。"桃花潭水深千尺，不及汪伦送我情。"他感谢着千里相送的伙伴，歌颂着崇高的友情。"令人惭漂母，三谢不能餐。"这位在权贵面前傲岸不羁的诗人，在一个普通的农妇面前却感动得难以进食。

醉里挑灯看剑，孤烟起，狂歌笑经年。有人说他张狂，可我偏爱他这桀骜不羁的个性，我爱他这把酒临风、纵情天下的快意。他是"百年三万六千日，一日须倾三百杯"的酒仙，他是沮丧时高吟"长风破浪会有时"的斗士，他也低唱过"云想衣裳花想容"这样柔美的句子，也有着蚕丛鱼凫和五丁开山的奇异想象。他的字字句句，如山间飞落的瀑布，如沙漠里挺立的胡杨，就这样流传千古。低声念他的名字，我看见水月轻晃，连死亡也因为他而柔美浪漫。李白在中国人心中，已不仅仅是个诗人而已，他变成一则如风的传奇，一颗闪亮的明星，闪烁在万里华夏大地。

167

紫薇·时光流年·大一

◇徐娟

　　风过处，紫薇花屑若蹁跹的蝴蝶般缓缓飘落，点化出花津河上凌波之后的圈圈涟漪。惊不起水中纷繁的水藻，撩得起记忆深处浮萍的点点滴滴。那些溢彩的流年晕染开来，投下象牙塔一季即将画上句号的斑驳暗影，折射一段似乎璀璨而模糊的星光……

　　是几时，彳亍在蒲公英漫天纷飞的小道，看遍玉兰由红似火，再点染一抹黄色，最后绿意间瓣瓣白色残花。遥远的岸边的读书声仿若渺茫的歌，散作正午时分河中串串珍珠，闪着耀眼的光芒。去年九月，站在这里暗下的决心却不如这般闪烁光辉。春光尽，希冀存，纵然辜负了半个春光，婉转的记忆千回，再寻思，正当读书好时光。只为少几分茫然，增几分继续前行的坚定。

　　挥笔写不出寥寥几笔壮志，一行一止间留下遗憾处处。偌大的操场，透过稀疏的树叶撒下阳光几米，抬头一瞬间的温暖遍及全身。偶尔身旁闪过几个熟悉的身影，擦干额头沁出的汗水，继续向前。而今宿舍的阳光射进，光亮如昼，被褥丝毫未动，酣眠未醒。待到夜晚的星星闪烁才懊悔睡过清晨，错过自己曾经与黎明的约定，只是，还有用吗？教室的灯寂静地亮着，心灵的深处闪烁着灯火的忽明忽暗，执着安静地临窗看书的侧影是否模糊？窗外的树犹在，远处马路两旁的千万盏路灯，点亮了你我的心灵，还是只激起内心深处无数像星星像月亮虚无缥缈的梦幻？一季的时光，看过太多的星光点点，每当窗帘因阵阵轻风起，案上

168

书落上灰尘，未拆的新书尘封在角落，台灯下的主人多久没有安安静静地书写一句感悟，赏一回诗词？追随科技的脚步，鼠标声声充斥，一页页把天下大事的新闻翻过，把奇幻缥缈的游戏人生走过。还是，梦于教授的高谈阔论，走在风花雪月的夕阳下柳叶垂的湖畔，醉一曲大学的爱情之歌把曾有的满怀壮志抛却……

看一片夹在书中去年折下的柳叶，脉络清晰，毫无残缺。去年人依旧，只得几度记忆同柳叶存，添几缕壮志的羽翼，好振翅轻松几分！褪几多青涩，收获几段难得的友谊，青春册上张张笑脸，串成异乡的熟悉与亲近。曾几何时，我们学会那么多？

已然走过大学一季，路上，风景依旧，花映红，柳牙弯。采撷几处，有完满，有缺失，有遗憾，还有时隐时现的迷茫。接下来的几季璀璨正待爆发，何不拾取菁华，继续上路？

隰 桑

◇章胜男

"隰桑有阿，其叶有难。既见君子，其乐如何。隰桑有阿，其叶有沃。既见君子，云何不乐。隰桑有阿，其叶有幽。既见君子，德音孔胶。心乎爱矣，遐不谓矣？中心藏之，何日忘之！"

周末，夜。辗转反侧，难以入眠。心乱如麻，忽有所感，起身，作此记，聊以慰藉。

记得在去年国庆的时候，也是个夜，但没这么深。我躺床上胡乱翻着手机，忽然他说他来找我，起初不信。直到他到楼下，我才知道是真的。随便套了件衣服，悠悠走下楼梯。开门，他冲着我微笑，和从前一样，带给人温暖，只是傻里傻气的。我说你来找我干吗，大半夜的。他只是淡淡地来了句以前不都是在一起的嘛。看着他那熟悉的脸庞，过去种种似幻灯片一般在脑海中闪过。心中酸涩，回他一个标准的微笑。我们在一起聊了很久，从初中聊到高中，又谈到现在的大学。期间多次欢笑，然而那笑容是真的开心吗？我自己也不清楚。话题真是个奇怪的东西，我俩默契地沉默了。他在想什么我不清楚，我只希望时间能停在这一瞬间。让我永远地就这么陪着他。晚风就像个调皮的孩子，在我们身边一蹿，便打破了此刻的沉静。有点冷，他想把衣服给我穿上，我没要。看他欲言又止的模样心中的酸涩更加的浓烈了。我让他回去，我转身欲走，心中燃起浓浓的不舍。突然他叫住我，我解脱似的借此回头偷偷多瞧了他一眼。他说他想抱抱我，就像从前一样。我没说话，泪水在眼中打转。强忍着回头，关上门，悠悠地走上楼梯。

平安夜到了，宿舍只剩下我一个人。翻了他的说说，我知道他已经有女朋友了，我编辑了"平安夜快乐"发给他，久久没收到回信。我不知道他在干什么，也许是像往常陪我一样陪着他女朋友吧。又或者不是。我这样胡乱地想着。手机响了，是学生会的学长。他说请我去看电影，我答应了。电影快结束的时候，他向我表白。这次我同意了。看他惊喜的模样不知不觉想到了他，以前他向我表白的时候也是这样。心神恍惚间学长拿出一个银质的戒指要给我戴上，说是准备很久了。我没让他给我戴，我自己拿过来套上了。他看着我笑笑，也没说话。我不知道他在想什么，我只是想着电影快些结束，回去睡上一觉。学长对我很好，每天都来看我，只是我总觉得少了什么。不过相处得还算融洽。

寒假真的是相当的枯燥，失去了年少玩乐的心，也失去了该有的快乐。高中同学说有个同学聚会，我假词推脱了，一个人在街上闲逛。手机铃声响了，是我最喜欢的《同桌的你》。是他打来的，他说在聚会上没看见我，便打电话问问。我和他说在逛街，他便要来找我。我知道他在参加聚会，但我没拒绝。我和他一起在街上逛着，有一搭没一搭地聊着，感觉又回到了从前，只是他没牵着我的手。他问我交男朋友了没，我只是"嗯"了一声。我们又沉默了。凝重的气氛没持续多久，走到以前经常去的咖啡厅，他说请我喝东西。他要了杯咖啡，帮我点了果汁。他坐下便问我男朋友的情况，我就简单地介绍着。他咖啡喝得很快，而我只是不停地把果肉搅起沉下。他问我想清楚没，我不知道怎么回答。他教我在外面要学会保护自己，我只是点头答应。我不知道他为什么要说这些，我只想快点离开这儿，看他咖啡喝差不多时候便提议回去了。他要送我，我说自己打车回去。上车时候他问我恨不恨他，我诧异地摇摇头，转身，上车，不敢去看他。在车上眼泪很不听话地往下流，我很奇怪我为什么还要哭，但就是控制不住。

前几天"五一"放假，那天晚上他又来找我了，开门，看见他那修长的身影，他来和我打招呼，却没了往常的微笑。他问我男朋友对我怎么样，我告诉他我很快乐。气氛有些沉闷。那调皮的晚风又来捣乱了。不过这次我觉得它非常亲切，我只想逃离这一切。我告诉他我好冷，我要回去了。他没说话，我转身往门口走。他叫住我说我还欠他个拥抱，我愕然，张开双臂强忍着不让泪水掉下来。他走上来轻轻抱住我，很熟悉很亲切的感觉，但再也不属于我了。心中苦涩难当，泪水仿佛洪水决堤般倾泻下来。他离开了，离开前和我说要好好照顾自己，不要给自己委屈受。我知道他不会再来找我了，想到这里泪水又禁不住流了下来。

假期过得很快，今天刚到学校的第一件事就是找到了学长，我告诉他我要和他分手，他愣了几秒。没问我为什么，只说晚上再请我看次电影。我觉得挺对不起他的，便同意去了。在电影院的时候，他对我说上次表白就是这个位置。他说当初追我时没想到我会答应。他还说他知道我忘不了过去。我把戒指取下来还给他，他又帮我戴上，他说送出去的东西哪有要回来的。我没有坚持，任他帮我戴上。

回来后心情恍惚，心中他的影子不停晃来飘去，烦躁莫名。

是夜，心中莫名苦涩，欲要宣泄而不得从之，辗转反侧不得其所。是以作此小记，以舒缓情怀。文章到此，困意袭来，就此停笔。晚安！

深 秋 的 记 忆

◇周瑾

　　我喜欢晚秋澄清的天，就像一望无际平静的碧海。总觉得看着它连心都跟着变得澄澈透明，灵魂好像伸伸手就能触到天堂。

　　深秋总是带着落叶的声音悄然而至，清晨像露珠一样新鲜，天空发出柔和的光辉，洁净又缥缈，使人想听见一阵高飞云雀的歌唱，正如望着碧海想见一片白帆。深秋的夕阳是时光的翅膀，当它飞遁时，有一刹那极其绚烂地展开，于是薄暮。"空山新雨后，天气晚来秋"，雨后的深秋更是秋意浓厚，空气清新干净，弥漫在其中的桂花香仿佛都会更浓郁一些。

　　总说深秋是个伤感的季节，可我觉得它虽然容易让人动情、让人怀念，但涌上心头更多的还是美好。深秋微凉却不凉薄，它有不一样的温暖，暖的是人心。不知为何只有在深秋的时候，整个人才会彻底地放松下来甚至有点慵懒的。最喜欢在深秋午后窝在阳台，学爷爷躺在摇椅上微闭着双眼，静静地享受这份由心里弥散的宁静。这时总是在放空发呆，偶尔会想起放在心底的柔软记忆。

　　脑子里会蹦出小时候的画面，在洒满阳光的深秋午后，妈妈拿着温水轻柔地给我洗头发的样子。记忆清晰得好像连那时洗发水的香味都还能闻见。喜欢扬起满是泡沫的头，眯着眼睛，看着在阳光里微笑的妈妈，那是她在我心中最美的模样。还会想起幼时爷爷每个礼拜带我去公园的场景，我撒欢乱跑，却总不忘回头张望着找爷爷，只有看到他的身影才会安心。每一次回过身，他都在不远处笑意盈盈地看着我，就好像他会永远在我身后不离开，那踏实的感觉让我小小的心都满满的。爷爷牵着我的那双手粗糙又温暖，有一种安全感从手心一直传到心底深处，现在想起浑身还是暖洋洋的。深秋是个怀念的季节，让我想起这些温暖的过往。

我对于深秋总是偏爱的，它在我的眼中年华美丽，虽不像春天盛开如花却有着低回絮语的美。深秋去旅行，给自己一个放空的机会，在路上积累生命的美好。成都的深秋有它不为人知的美妙之处，焦黄的落叶那么美，铺满整条街、整座城市，我想这就是上帝让叶子在深秋泛黄的理由。时光在这里好似都会缓下脚步，节奏缓慢。可以住在民居客栈，睡到自然醒，揉着惺忪的眼推开窗，便会有懒懒的阳光照进来。赖在窗边看居民们悠闲地散步晨练，平和又缓慢，可以感受到平淡的幸福。成都就像是个"猫城"，有它独特的优雅与魅力。街上随处可见摆着手工艺品的小摊、民国风的伞店还有漂亮的像花店的咖啡屋。它总是会在不经意的时候给你惊喜，走在现代的都市马路上，一拐弯却像是到了民国时一条普通的小街。青石板小巷幽幽地铺向远方，好像随时会走出一位像丁香花般美丽的姑娘。喜欢这个城市，羡慕住在这里的人可以领略它美妙的四季和它美好的每一天。

在深秋长长的镜头里，我们看得见云看不见风，躺在草地上看远方云卷云舒，这秋高气爽让人禁不住微笑。每年的深秋都特别有感觉，在这样的日子与友人分享着心事与秘密，嬉笑怒骂，好像整个世界都美好得让人心醉。这个季节更能让人感受到的还有自由，不只是身体还有灵魂。抓件外套去晨跑，微凉的风拂动发梢，惬意松快，歇一歇去上课，日子就好像静谧书写的诗。每日里听着上课铃声悠扬，就这样悠过了我的整段青葱岁月。

任思绪在回忆里流淌，岁月在这里静止，只想与它一起地老天荒。

诗歌

SHI
GE

江南之春三首

◇林丹

做梦的羽毛

远远地
便瞅见
白的、粉的玉兰花
盈跃枝头
噢，你一定是名叫玉兰的鸟幻化成的

白色的，是她送的信
粉色的，是他寄的信
那么，可有一朵是寄给我的
但我更担心，这春天的雷太顽皮

177

鸟儿振翅就要飞去
惊落下一地无人接收的羽毛
那羽毛会不会飘进我的梦里
还是
它做了一个白色的、粉色的
春天的梦

春　潮

天上，月亮和星星眨着眼

地上，我躺在床上

睁着眼，一闪一闪

我惊异地看见有红色的洪流

从我的胸口溢出

而我不能动

像是在小人国受困的格列佛

它流向床头的《顾城诗全集》

流向顶上的天花板

穿过门缝　　流向外面

流到楼下啼叫了好几天的猫的幽绿的眸子里

流到红色的小花上　　开出褐色的花

流到黑色的暗河里　　溶成蓝色的磁场

然后，"扑通"一声

黄色的月亮掉进去了

成了海带蛋花汤

这将是我12点的早餐

正梳妆

看她笑语盈盈

绿色的鬓发间

是东风赠予的惊喜

枝头簇簇珠花

被阳光挑拨起颤动

湖边的杨柳

人道温婉　　素面朝天
不施粉黛　　不配珠钗
盈盈绿丝
在东风里拂拭水面　　偷看面容
在东风归去时　　收拾被湖水沾湿了的
一颗心
可是如那变为水仙花的
那耳喀索斯
在湖里照见了
最是自恋的
自己

诗词十三首

◇张世宇

阁 夜

窗影残，烛光黯，明月何处藏？
月光，那是一道道清晰的忧伤！
世事乱，人亦散，往事不复还！
回忆，这是一幅幅破碎的思念！

怀古·孔子

天茫茫，野茫茫，
夜未央，
风沙诉凄凉。
人去去，念去去，
白发伤，
老翁叹沧桑。

180

断·桥

爱在桥边断了线，看细雨绵绵。
桥边芍药生几年？映衬着那个阴雨天。

你的笑脸，还清晰地浮现在眼前。

而如今，却各自飞向海角天边。

望着眼前泛着涟漪的湖面，叹只叹今生缘浅。

昨日残雪夜未眠，冰封了谁的思念？

明月如轮现，又唤起思绪万千。

何时还飞燕，将那轮回变，再续前缘。

回　环

悲伤是道明媚的阳光，

阳光洒在我的心上。

心上却布满了沧桑，

沧桑是不愿提起的辉煌。

辉煌都化成了过往，

过往该如何遗忘？

遗忘是不是另一种期望？

期望着被遗失的希望，

希望她在远方。

远方等待我的起航，

起航就不会再绝望。

绝望那是无尽的悲伤。

寒　月

皓皓明月又如轮，梦醒迷离黯伤魂。

红粉金兰复几人？寒月独醉无星辰。

镜花月

半月照水月成轮，水照半月水深沉。

月照孤人影陪衬，影入水中人不存。

秋　意

红叶飘，松柏也凋，
秋意环绕久不消。
奈何了，夕阳已坠，
风急猿哀啸。
兀的不，荒草绝倒，
天凉人凄潦。
回首远眺，人道是，
三月春暖花开好。
花落断桥，
夜半有谁知晓？
风又萧萧，
为谁还在呼啸？

南　征

银枪冷绝血未干，白马驰骋越重山。
孤帆已随春江去，英雄铁血不曾还。

祭灵·无题

长叹一声，马蹄声过起烟尘。
江山如画，为何落作英雄战场？
血染白骨荒！
清泪一行，雁阵隐去尽悲鸣。
英雄暮年，哪知沦为江边孤翁？
空留一身伤！

天也茫茫，

人也茫茫，

何必拔刀相向？

翠竹赋

去年旧亭台，

风吹岩石碎，

荒草尽绝倒，

天凉人凄潦，

谁知，曾有绿竹青翠？

往昔这般纯粹，

只剩一地心碎。

昏睡，不知时间可贵，

又是一岁，谁还爱着谁？

夕阳沦落，

暮色四起，

渐黄昏，北风吹寒。

提笔却流泪！

只道真心能给谁？

离骚·无言

望美人兮天一方，情相思兮欲断肠。

魂未断兮泪两行，错流年兮染秋殇。

过忘川兮两茫茫，路尽头兮皆大荒。

立孤舟兮持兰桨，击空明兮朔流光。

卿无情兮不思量，君惆怅兮却难忘。

风飘飘兮水忧长，雨绵绵兮信微茫。

风兮雨兮奈若何？世间百态尽炎凉。

夜半·霓裳·殇

无月夜，树静风止。
时过深秋，眉头紧锁依旧。
孤城日久，脆如枯柳，将军已白首。
敌军天明至，城毁人亡时。
空为百夫长，兵士多死伤。
盔破甲难全，瘦马怎当先？
可惜满心踌躇志，生不逢时。
只求来世，海内无战事，与君共耕织。
人憔悴，苍白如纸。
转眼冬至，泪颜粉黛已逝。
天寒少食，枯木无枝，老母已离世。
今夜又无眠，起坐思前缘。
舞一曲霓裳，叹此生凄凉。
家中已断粮，如何守空房？
奈何忘断天涯路，不见归途。
只愿来生，勿为女儿身，与君共死生。

望江南

时光好，
春分扶残雪。
荒郊古道旧城阙，
飞蛾扑火不知觉。
梦牵故国月。

一　得　集

◇蒋娜

0的断想：自卑者的泪滴，消沉者的锁环；
　　　　　前进者的车轮，进取者的光环。

沙：最不值钱的东西，金却藏在里面。

小溪：只要有一丝希望，也要奔向大海。

时间：对于懒人来说，永远是一片空白。

瀑布：一条站立起来的河，终日高唱着自强不息的歌。

帆：即使被风浪扯破了，仍然是一面胜利的旗帜。

路灯：因为你照亮别人，人家才能看见你。

石板路：躺着是路，可是竖起来，是碑。

江 南 春

◇王楠楠

最后一场雪
与阳台外的树巅
遥望无期
枝丫迎风探雪
喷出的雾气
化成对春天的向往

一枚枚悄然拱出地表的嫩芽
轻叩着大地的门扉
那一只只逍遥漫步的报春鸟
消匿于冰裂的树干后
享受烂漫春光

郊外　　轻盈的风筝
驾驶季节的小船
一路抒情地
抵达春日的天空
江南的春走来了

如果，我愿

◇吴仕颖

如果，我是林徽因
我愿，你是梁思成
因为我们能并肩细看这红尘纷扰
从相识一直走到我离去，但
倘若没了我
你也能与另一个人一起
面对生命里余下的风雨

如果，你是林徽因
我只愿，我是金岳霖
一生一世，只追随你的脚步
而漂泊，无所定居
我为你写诗，也
凝视你蹁跹离去的身影
倘若没有了你
我便活在记忆里，逃离尘世
仅守候灵魂深处的
你的足音

我独独不愿
你我会是徐志摩和林徽因

187

因为，我不想，岁月苍老之后
你我心中都仅有彼此的余温
——曾经温暖但已成往忆
因为，我不想，这一场相遇的结局
会只有残香零落，初雪亦成泥的悲情

你不是人间的四月天
你是我生命里全部的季节

论文

LUN
WEN

红娘形象在《西厢记》中的喜剧效果

◇李盼坤

摘　要：王实甫《西厢记》已经被大多人接受为喜剧，而红娘在王实甫《西厢记》中占了很多戏份，发挥着很大的作用，她的出现大大增强了《西厢记》的喜剧效果。通过分析红娘在这部剧作中的喜剧性，从而揭示出红娘这个人物在《西厢记》情节中的喜剧性作用。

关键词：《西厢记》；红娘形象；喜剧效果

　　《西厢记》是王实甫的代表作品之一，这部剧作通过描写崔莺莺与张生之间的爱情故事，表达了对封建礼教的蔑视与对自由爱情的赞美之情，具有极高的艺术价值与文化价值。在王季思先生所编的《中国十大喜剧集》中，《西厢记》被列入其中，可见这部经典之作充溢着极强的喜剧色彩。

　　金圣叹在《读第六才子书西厢记法》中曾说："《西厢记》止写得三个人：一个是双文，一个是张生，一个是红娘。""要写此一个人，便不得不又写一个人。一个人者，红娘是也。""譬如药，则张生是病，双文是药，红娘是药之炮制。"[①]也有学者曾指出："《西厢记》的体裁是戏剧，而红娘就是这整个戏剧的中心人物，更确切地说她像一个导演一样，安排着整个剧情的发

191

---

① 曹方人、周锡山标点：《金圣叹全集（三）·贯华堂第六才子书西厢记等十种》，江苏古籍出版社1985年版，第17页。

展。"①试想没有"药之炮制"哪里会得出药的成品？没有导演又哪里有完整的戏剧表演呈现在观众面前？由此可以看出，红娘在整部剧中发挥着无可替代的作用。那么，红娘对剧作的喜剧效果又发挥了怎样的作用呢？显然，红娘形象的出现很大程度上增强了《西厢记》的喜剧效果，也正是因为红娘的喜剧形象深入人心，才使得她能够走出剧本，跟随着历史的脚步，走进民间生活，成为了中华民族美好品德的象征。

一、"红娘"戏份的增多——《西厢记》喜剧效果的增强

伴随着元稹的《会真记》到王实甫的《西厢记》，崔莺莺与张生的故事也从一部悲剧变成了一部喜剧，其中一个非常重要的原因就是王西厢中红娘的戏份大大加重：在总共有21折的《西厢记》中，红娘主唱了其中的7折，占到了三分之一，有时甚至连崔张二人的心理活动也由红娘唱出，这是为什么呢？"因为王实甫知道，如果把崔张二人的愁苦完全由他们自己来表演，势必会把整个戏剧的情绪笼罩在缠绵悱恻的悲苦之中，那么，整个剧情就不会轻松流畅地向大团圆结局发展了。"②把红娘的戏份加重，是王实甫创作喜剧气氛的重要手段。

（一）红娘在"赖婚"之后的喜剧效果

我们知道，在《西厢记》第二本中，崔莺莺与张生在经历了老夫人无理由的"赖婚"之后心情较为低落；二人通过"琴音"表明心意之后更是忧心忡忡，明明相爱却又无计可施，可见心中的愁苦。然而，在这之后第三本的四折中，却都是由红娘主唱，这也就使得崔张二人的感伤情绪没有在剧中得以延续，充分发挥

① 王玲玲：《从"小"红娘到"大"红娘——浅谈红娘形象的塑造过程》，《语文学刊》2009年第8期。

② 冯庆凌：《论〈西厢记〉某些喜剧因素的悲剧性》，《绥化师专学报》1992年第3期。

了红娘的喜剧作用。

在"琴心"那晚之后的早晨，莺莺说道："自昨夜听琴，今日身子这般不快呵。"（金圣叹火眼金睛，对这句话评道："不提赖婚，措辞最雅。"①）然后莺莺让红娘去看一看自己朝思暮想的张生可有话对自己说，而此时的红娘是如何反应的呢？红娘回答："我不去。夫人知道呵，不是耍！"多么俏皮的回答！红娘一出口就让人感受到了一丝快活！这时候莺莺回答她，你我都保密夫人就不会知道了。于是红娘妥协了，但嘴上依旧伶俐地说道："我便去了，单说：'张生，你害病，俺的小姐也不弱。'红娘的这一句话，是如此之妙，如此之贼！她的话让我们欣然一悦，而不再为莺莺揪心了。

红娘到了张生那里之后，张生让红娘带给莺莺一简。这时候红娘在张生那里又要发挥她"开心果"的作用了，她开始模仿小姐看到此简时的反应：

> 【上马娇】他若见甚诗，看甚词，她敢颠倒费神思。想他拽起面皮，道："红娘，这是谁的言语，你将来，这妮子怎敢胡行事！"嗏。扯做了纸条儿。

让红娘在莺莺和张生那里一折腾，不仅使大家忘记了老夫人"赖婚"这回事，而且还增强了其中的喜剧色彩。

（二）红娘为"长亭送别"增添暖色

《西厢记》虽然被大多人接受为喜剧，但是它的题材不可避免地带有一定的悲剧性，而红娘形象的出现最大限度地削弱了这些悲剧感，同时也增加了其中的喜剧色彩。

"长亭送别"可以说是《西厢记》中较悲的一个情节，这里莺莺的唱词也令人感伤，然而红娘形象让这一场景中的悲感大大

① 曹方人、周锡山标点：《金圣叹全集（三）·贯华堂第六才子书西厢记等十种》，江苏古籍出版社1985年版，第122页。

减弱。"长亭送别"是第四本第三折"哭宴"中的一个情节，在"哭宴"中红娘只正面出现了三次：第一次是与莺莺一起上场。齐说道："今日送别，早则离人多感，况值暮秋时候，好烦恼人也呵！"这一次出现实质上是为莺莺分担了一部分痛苦，也就为戏剧降低了悲剧性；第二次是红娘在折子中间说了一句："小姐，你今日竟不曾梳裹呵！"莺莺回答她："红娘，你那知我的心来！"我们认为，王实甫安排这样一句话是有目的的，要知道红娘是莺莺的贴身丫头，她怎么会不知道自己的小姐在早晨没有梳妆打扮呢？就算是她忽略了，她又真的如莺莺所说不懂小姐的心思么？显然不是，红娘是最了解莺莺的人，她当然明白其中的缘故。那么，王实甫为什么要在莺莺的唱词中间夹上红娘的这样一句话呢？——为了增强喜剧性。一方面，夹入红娘的这一叹句，可以使得莺莺的唱词不再长篇地延续，转移读者（观众）的注意力，降低悲哀感与痛苦感；另一方面，红娘这句"没头没脑"的话也会产生一种无厘头的喜感，读者（观众）看到这里或许会笑叹道："这个红娘啊！"第三次是送别结束后红娘催促莺莺："前车夫人已远，小姐只索快回去波！"这句话让读者认识到：即使张生远去，莺莺也不是孤独的，至少她身边还有一个可以使她欢笑的红娘。这让人感到欣慰与自在，大大削弱了别离的哀愁。除去正面出现的三次，红娘还从侧面出现了五次，而这五次都是老夫人吩咐红娘去做事情：

> （夫人上云），红娘，快催小姐同去十里长亭；
> （夫人云）红娘，服侍小姐把盏者；
> （夫人云）红娘把盏者；
> （夫人云）红娘，分付辆起车儿……；
> （夫人云）红娘，扶小姐上车。

我们知道，通过前面三折，红娘形象在读者（观众）心目中已经成型了，她是一个活泼可爱、伶俐俏皮、充满喜感与正能量的姑娘，而通过老夫人之口一次又一次提到红娘，这其实是一种对比，让人们在较为悲伤的情景中记起还有红娘这个快乐的姑娘在。通过以上可以得出，红娘形象为"长亭送别"增添了暖色，削弱了其中的悲剧感受，同时增加了一份喜感。

二、"红娘式"语言的喜剧性

（一）口语化的语言

红娘的语言是红娘角色的一个重要组成部分，她在剧中的喜剧性也很大一部分通过语言表现出来，比如儿话音的使用与地方俗语的运用。红娘很善于使用儿话音：一家儿、乖性儿、唾津儿、纸条儿、没意儿、倚门儿、打稿儿、简帖儿、一遭儿、窗儿、用心儿、甜话儿、心肠儿、玉簪儿、露珠儿、身子儿、指头儿、药方儿、热劫儿、冷句儿……大量儿话音的运用展现给我们一个活泼聪颖而接地气的形象。在红娘的语言或唱词中也出现了很多地方俗语：耍、俺、恁、忒、不济事、傻角、呆里撒奸等，这些语言的出现往往能够让我们畅然一笑。

（二）插科打诨中的"红娘语"

插科打诨是增强整部戏剧喜剧性的重要手段，而"红娘语"在插科打诨中的作用更是锦上添花。在第一本第二折中，红娘初次与张生对话，张生便讲出了"年方二十三岁，正月十三日子时建生，并不曾娶妻"之类的言语。这时候，红娘云："谁问你来！我又不是算命先生，要你那生年月日何用？"还接着"教育"张生："先生是读书君子，道不得个非礼勿言，非礼勿动……今后当问的便问，不当问的，休得胡问！"说得张生不上不落。红娘的言语可谓泼辣直接！让人忍俊不禁！在第三本第三折"赖简"中，张生见莺莺心切却误把红娘看成莺莺：

（张生搂红娘云）我的小姐！（红云）是俺也！早是差到俺，若差到夫人怎了也！

金圣叹评此句话为："痴句，妙句，得未曾有。"可见，插科打诨中的"红娘语"充满了喜剧因素。

三、"红娘"在矛盾冲突中的喜剧效果

（一）"红娘"自身矛盾的喜剧性

英国评论家赫斯利特说过："发生了一起出乎意料的事情，当这件事与对象不谐调时就能引起人们发笑。"而在《西厢记》中，红娘所做的很多事情都与我们的社会认知不太相符。

首先，在一开场时，夫人是这样介绍红娘的："这小妮子，是自幼服侍女儿的。"由此可以看出，红娘跟随莺莺已经很多年了，她一方面是服侍莺莺起居的贴身丫鬟，另一方面也一定是老夫人用来"监视"莺莺的心腹——而红娘也是这样做的。她面对张生的无理言语，立即予以"之乎者也"的教训（且不说一个不识字的丫鬟能够说出此话本身就是一个矛盾）；在张生与莺莺对诗之后，她赶快提醒莺莺："小姐，咱家去来，怕夫人嗔责。"然而，在另一方面，红娘告诉了莺莺张生与她的无理对话，却"不曾告夫人知道"；红娘在知道莺莺与郑恒有婚约的基础上，还替小姐祝告了第三炷香："愿配得姐夫冠世才学、状元及第、风流人物、温柔性格，与小姐百年成对波！"可见，红娘既是莺莺的好姐妹，又是老夫人的"眼线"，她在这两个身份之间盘旋着，却实际上早已把天平偏到了莺莺那里。我们身为旁观者，观察着红娘的这一举一动，难道不会感受到红娘的真性情与喜剧感？

另外，红娘自身的矛盾还体现在她作为一个丫鬟的地位之低与其在剧中作用之大的矛盾。根据常理，我们总认为一个丫鬟在一个大的家族中不会起到太大的作用，就像《红楼梦》中宝玉的

丫鬟们虽然个个令人惊叹，但是终究还是掌握不了自身的命运，更别说改变自家主子的命运。但是红娘却与他们不同，红娘虽身为丫鬟，却能够为张生出谋划策，甘愿做"缝了口的撮合山"，使得崔张二人通过琴声明白对方心意；能够周旋于"赖简"之间，最终促成莺莺的"酬简"；能够在老夫人的激烈言辞之下"变被动为主动"，说得老夫人心服口服。正如前面所说，红娘就是这一部戏剧的导演，可见她的身份地位与她在剧中的作用是如此不相称。

"在一切引起活泼的撼动人的大笑里必须有某种荒谬背理的东西存在着。"①正是红娘自身矛盾的存在，才让我们感受到了这其中的喜剧性。

（二）"红娘"在外部矛盾中的喜剧性

不仅红娘自身的矛盾为戏剧增加了喜剧色彩，而且红娘在外部矛盾中也具有独特的喜剧性。我们知道，这部剧的主要矛盾是莺莺、张生与以老夫人为代表的封建势力的矛盾，次要矛盾则是莺莺、张生与红娘之间的矛盾。

红娘在戏剧主要矛盾中具有喜剧性。在第四本第二折"拷艳"中，夫人云："这事，都是你个小贱人！"红娘则巧妙地用一句话转危为安："非干张生、小姐、红娘之事，乃夫人之过也。"于是夫人开始成为被动一方："怎么是我之过？"这时候，红娘便把夫人之过一一指出，先是说夫人"赖婚"，失信于人；又说是夫人把张生留于书院，"使怨女旷夫各相窥伺，因而由此一端"。不仅如此，红娘还提醒夫人，"若不遮盖此事，一来辱没相国家谱，二来张生施恩于人反受其辱，三来告到官司，夫人先有治家不严之罪。"一二三点一一列出，最终使得夫人说出一句："这小贱人倒也说的是。"可见，红娘聪明伶俐，语言俏皮而富有智慧，能够"反客为主"，可谓快哉！

① ［德］康德：《判断力批判（上卷）》，宗白华译，商务印书馆1964年版，第180页。

红娘在次要矛盾中的喜剧性主要表现在她与张生、莺莺之间的周旋中。第三本第二折"闹简"中，先是莺莺让红娘去探望张生，然后张生请红娘带给莺莺一张信条，莺莺看到信条后大骂红娘："红娘，这东西那里来的？我是相国的小姐，谁敢将这简帖儿来戏弄我！……我告过夫人，打下你个小贱人下截来！"不仅如此，还声称要写一篇回帖警告张生勿有非分之想。而此时不识字的红娘信以为真，回到张生的书房便对张生一阵劝说："不济事了，先生休傻……"等红娘把莺莺的回帖给了张生之后，没想到看到回帖的张生化哭为笑，这时候红娘才知道自家小姐骗了自己："你看我小姐，原来在我这行使乖道儿！"在本折中，把红娘的"不识字"作为喜剧情节发展的"剧眼"，而这具有足够的喜剧力量让观众（读者）对聪明过人的小红娘一次偶然的"失误"报以善意的笑。[1]红娘周旋于两人之间，最终促成了一桩美事。

四、红娘性格的喜剧性

　　金圣叹在《读第六才子书西厢记法》中说写红娘就是为了写莺莺，陪衬莺莺。红娘是莺莺内心真实情感的外化，展现出的是真实崔莺莺的另外一面。红娘的性格是莺莺性格的互补，红娘或许就是崔莺莺内心真正想要成为的样子。崔莺莺在封建家长制的压迫下，不敢大胆表达自己的想法，只能一直戴着"大家闺秀"的面具在深闺中做着女儿家应该做的事情。她深受封建礼教的束缚，在面对自己的爱情时依旧内心忐忑，犹犹豫豫，甚至"赖简"而使得自己心爱的张生大病一场。而红娘呢？她伶牙俐齿、俏皮干练、敢做敢当而又内心清醒，在得知崔张二人相爱之后甘愿冒险为二人牵线，使得"有情人终成眷属"。由此可知，红娘的性格本身就是充满喜剧色彩的，正因为红娘的性格如此，也促使整部剧朝着大团圆的方向发展。假如没有一个如此性格的红

---

　　① 立峰：《论〈西厢记〉喜剧情节的构成特征》，《艺术百家》2004年第5期。

娘，那么整部剧恐怕也就会变得索然无味了。

以上，我们可以得出以下结论：红娘形象的出现大大增强了《西厢记》喜剧效果，红娘也以其特有的魅力在《西厢记》中占有一席之地。

参考文献：

［1］曹方人、周锡山标点：《金圣叹全集（三）·贯华堂第六才子书西厢记等十种》，江苏古籍出版社1985年版。

［2］蒋星煜：《西厢记研究与欣赏》，上海辞书出版社2004年版。

［3］［德］康德：《判断力批判》，宗白华译，商务印书馆1964年版。

［4］［清］李渔：《闲情偶寄》，中华书局2007年版。

［5］王季思主编：《中国十大古典喜剧集》，上海文艺出版社1982年版。

［6］［元］王实甫：《西厢记》，人民文学出版社1954年版。

［7］周国雄：《中国十大古典喜剧论》，暨南大学出版社1991年版。

［8］王树昌编：《喜剧理论在当代世界》，新疆人民出版社1989年版。

［9］王国维：《王国维戏曲论文集》，中国戏剧出版社1984年版。

［10］冯庆凌：《论〈西厢记〉某些喜剧因素的悲剧性》，《绥化师专学报》1992年第3期。

［11］立峰：《论〈西厢记〉喜剧情节的构成特征》，《艺术百家》2004年第5期。

［12］王玲玲：《从"小"红娘到"大"红娘——浅谈红娘形象的塑造过程》，《语文学刊》2009年第8期。

"大观园"与"荸荠庵"之乌托邦思想分析

◇储雪晴

摘　要：《红楼梦》和《受戒》各自为读者描绘了一个"乌托邦"——大观园、荸荠庵。两个乌托邦虽然出自不同时代的不同作品，却有着惊人的相似点，从文学本体来看，两者都采用相同的以地见人法来凸显人物的性格特征；从接受美学来看，都展现了乌托邦世界、文本世界、现实世界这三个世界以及共同的"水"意象。但又同中见异，三个世界的结局色彩相反，而"水"更是融进汪曾祺的生命里。

关键词：大观园；荸荠庵；乌托邦；三个世界；水

　　《红楼梦》中的"千红万艳"，倘若没有大观园这个令人叹为观止的人间仙境，将受到怎样的桎梏？《受戒》中的明英恋，倘若没有荸荠庵这个超凡脱俗的栖身之所，是否会被扼杀在摇篮？大观园、荸荠庵（以下简称为"园、庵"）就如同孔子向往的"大同"社会、陶渊明笔下的世外桃源，是令人心驰神往的"乌托邦"。下面，本文将从文学本体和接受美学两个角度，分别探讨两部作品中的"乌托邦"所体现的共同点。

　　首先，从文学本体来看，共同点体现在园、庵对文本人物形象的塑造作用。贾宝玉住在大观园里最雍容华贵、富丽堂皇的怡红院，"金碧辉煌，文章闪烁"，从奢侈的建筑中，家族长辈对宝玉的宠爱可见一斑，这也造就了宝玉公子哥习性。宝玉的性格从院中的植物也有体现，第十七回从进入怡红院的小径开始写道：

"一径引人绕着碧桃花，穿过一层竹篱花障编就的月洞门，俄见粉墙环护绿墙周垂。"①绕墙种植垂柳和碧桃呼应，符合中国传统种植设计中的"桃红柳绿"，也切合怡红院的主题"怡红快绿"。同时怡红院院内西府海棠、蔷薇等都是红色系的花，所以说，怡红院的种植设计在色彩上完全符合宝玉的性格，它们也暗示了宝玉爱红、吃红、恋红的嗜好。薛宝钗的蘅芜苑则是："或有牵藤的，或有引蔓的，或垂山巅，或穿石隙，甚至垂檐绕柱，萦砌盘阶，或如翠带飘，或如金绳盘屈，或实若丹砂，或花如金桂，味芬气馥，非花香之可比。"②不同于林黛玉"凤尾森森，龙吟细细"以竹子为装饰物的潇湘馆，薛宝钗则是用藤蔓布景。藤蔓和"蘅芜"一样属于攀缘植物，象征着"味芬气馥"的她处事圆滑，趋炎附势，可最终的结局如同藤蔓一般，没有了封建大家庭的庇护，注定孤苦无依。以上两例中以各人的住所和其中的植物来显示出主人公性格的方法我们可以称之为以地见人法。③

《受戒》不同于中国古典长篇小说的巅峰之作《红楼梦》，它是当代中国的短篇小说，文本对荸荠庵的描述相对较少，但也起着类似的作用。荸荠庵清新怡人，与世隔绝，恍若老子憧憬的"神无"境地。荸荠庵建在庄中地势最高的地方，门前临河，三面呈半包围结构，种植着大柳树，因此整个荸荠庵是处于四面被包围而中心宝刹凸显的状态，这就隐喻着荸荠庵所居住的人如同世外高人，非同凡人。迎门供着的弥勒佛为传统庄严静穆的佛堂增添了一份喜悦的色彩，以及门前的对联："大肚能容容天下难容之事；开颜一笑笑世间可笑之人。"④这些都是庵中人真性情的

① ［清］曹雪芹著，［清］无名氏续：《红楼梦》，人民文学出版社2008年版，第23页。

② ［清］曹雪芹著，［清］无名氏续：《红楼梦》，人民文学出版社2008年版，第226页。

③ 陈文忠主编：《文学评论文选》，安徽师范大学出版社2012年版，第260页。

④ 汪曾祺：《汪曾祺集·受戒》，北京十月文艺出版社2012年版，第15页。

写照。文章最后写芦花荡里的表白，通过才吐新穗的紫灰色芦花、通红的蒲棒、青浮萍、紫浮萍和长脚蚊子、水蜘蛛、水鸟、开着白花的野菱角的相映成趣，明英两人青涩的欣喜不言而喻，生动的人物形象跃然纸上，让人言有尽而意无穷，浮想联翩。朦胧的初恋情愫像春天的野草肆意舒展，又如同空谷流水一般清灵透彻，又好像一支在雨后响起的渔歌一般清远悠长。

"文学作品具有两极，我们可以称之为艺术极和审美极：艺术极是作品的本文，审美极是由读者完成的对本文的实现。"[①]而作品的意义是读者在阅读过程中从文本中挖掘出来的。因此，通过阅读文本，从接受美学来看，另一个共同点体现在两个"乌托邦"都构造了三个世界和同一个意象"水"，但又同中见异。

正如余英时先生指出的："《红楼梦》本身具有两个世界，红学研究中也同样存在着两个世界：一个是曹雪芹所经历过的历史世界，一个则是他所虚构的艺术世界"[②]但是余英时先生仅看到曹雪芹所构造的两个世界，一叶障目，事实上曹所构造的并非两个世界，而是三个。一个是"乌托邦"这个封闭的世界，一个是文本中社会环境所构成的大千世界，还有作者亲身经历的现实世界。"荸荠庵"也同样折射出了这三个世界，这是它们最大的共同点。他们都虚构了一个理想的"乌托邦"世界来对抗文本中的现实世界，但结局的不同又成为了两者最大的区别，一个悲剧，一个喜剧。不同之间又表现出同一意象——水，同一意象所体现的情又略有不同。《红楼梦》表现出"女儿是水做的骨肉"和镜花水月之情，《受戒》则表现出江南水乡的人性美。下面，本文将分别详细探讨三个世界和水意象的同中之异。

俞平伯曾列出《红楼梦》里的大观园所蕴含的三种因素："（一）回忆，（二）理想，（三）现实。"我认为这正好可以对

文苑初鸣集
（第二辑）

---

① ［德］伊泽尔：《审美过程研究——阅读活动：审美响应理论》，霍桂恒、李宝彦译，中国人民大学出版社1988年版，第27页。

② 余英时：《红楼梦的两个世界》，上海社会科学院出版社2006年版，第2页。

应我要说的三个世界，"回忆"即文本世界，理想即"乌托邦"世界，现实即现实世界。《红楼梦》所塑造的乌托邦，即大观园，它是为了迎接元春的省亲而建造的，三里半大，清朝的三里半约等于现在的 1 750 米。第十六回说："拆宁府会芳园的墙垣楼阁，直插入荣府东大院中。荣府东边所有下人一带群房已尽拆去。"①因此，在当时寻常人家眼中，大观园已经是人间天堂，心目中的乌托邦了，这点可以从刘姥姥进大观园这一节体现。大观园在贾宝玉心中更是人间乐土，一来，宝玉和姐妹间的距离更加近了；二来，可以暂时与世俗的外界隔绝。而全文的核心情节宝黛恋的开始也是这个乌托邦孕育的，宝玉同黛玉一同看《会真记》，第一次表露心意等。如果不是在大观园而是在荣国府，这种事情不会发生，更不会有后来感情经历波折却愈发坚定的延续。

当然园内世界并不是风平浪静，而是不断受到宝钗等人的干扰。袭人对宝黛两人的恋情认为："难免不才之事……心下暗度如何处置方免此丑祸。"接着是宝玉挨打，到最后文本世界势力最大的一次入侵——抄检大观园，随后便迎来千红一窟（哭），万艳同杯（悲）的结尾，大观园遭到园外大千世界的彻底摧残。

曹雪芹生活的现实世界和家族没落的亲身遭遇自然和园外的大千世界如出一辙，这不做过多的解释，而与构筑的乌托邦相反。但是，从三个世界的结局来看，大观园最终不复存在，大清王朝也江河日下，浓浓的悲剧色彩显而易见。这又与《受戒》的三个世界大相径庭。

荸荠庵这个"乌托邦"充满人情和温情，庵里的和尚不受世俗的约束，"这个庵里无所谓清规，连这两个字也没有提起。"在庵里的生活首先是学念经，按道理应该先做早晚课，对佛的礼仪是必须的，但是荸荠庵里的和尚从不做早晚课，只须在正殿的三世佛前敲三声磬就大功告成。当然学念经也不是正儿八经的：

---

① ［清］曹雪芹著，［清］无名氏续：《红楼梦》，人民文学出版社2008年版，第212页。

"就跟教唱戏一样，完全一样哎！"像"放焰口"这样的法事仪式，也变了性质。这成为和尚赚外快和分工钱的买卖，是外观清秀的和尚卖弄杂技、博取女性注意力的大好时机，是和尚们唱穷酸曲、展示才艺的小聚会。和尚过年杀猪，"杀猪就在大殿上"。在荸荠庵这个温馨的乌托邦里，他们泰然自若地开荤、吸烟、赌博、收租、放债、娶老婆。佛家所禁忌的七情六欲在他们看来一切都是空话。他们如同金庸笔下的令狐冲"放浪形骸之外"，崇尚自由，洋溢的却是对人性满满的感动。

再仔细品读文章，不同于《红楼梦》，《受戒》中荸荠庵这个封闭的乌托邦与文本构造的社会环境世界即庵赵庄是基本相统一的，而这也造就了男女主人公以喜剧收场的结局。庵赵庄民风淳朴，大英子按照明海给的画花样做出的嫁鞋，惹得方圆三十里的姑娘都坐船来参观，啧啧赞叹。小英子一家人又常常帮助明海，并且认明海做干儿子。乡里庄里和和美美，与世无争。

在汪曾祺生活的现实世界中，却正好相反。《受戒》发表在20世纪80年代初，当时文坛掀起"伤痕""反思"文学思潮，而在经历沉闷惨痛的"文革"后，文学家大都沉默了，对过去的反思也大多停留在表面。而汪曾祺在漫长的"文革"中，屡受磨难，老年后他终于搭上记忆的回程车，去重拾少年时代的"乌托邦"。《受戒》是汪曾祺在他60岁时写下的关于43年前的一个"乌托邦"的故事。这个"乌托邦"不仅使他一举成名，也给文坛的复苏带来一股沁人心脾的清香。因此从结局来看，三个世界是统一的喜剧色彩。

《红楼梦》和《受戒》在构造三个世界这个共同点外，同中见异，设置了不同的结局色彩，但不同之间却又共同使用了"水"这个意象。

大观园中就有一条河流过，这水"原从那闸起流至那洞口，从东北山坳里引水到那村庄里，又开一道岔口引到西南山，共总流到这里，仍然合在一处，从那墙下出去。"①水似乎成了作品中必不可少的元素，少了水，作品就少了灵气。所以林黛玉的泪水又为她增添了几分秀气。正如贾宝玉所说："女儿是水做的骨肉，男子是泥做的骨肉。我见了女儿便清爽，见了男子便觉浊臭逼人。"②因此，"水"在作品中的作用不容忽视。

《受戒》一文始终贯串着一条线索——水，从明海离开家、与小英子第一次见面、后来两人的相处到最后的告白，都与水息息相关。明海离家到寺庙当和尚，舅舅领着他"过了一个湖。好大的一个湖"，再"穿过一个县城"，"到了一个河边，有一只船在等着他们"。于是，明海和小英子的第一次相遇就在水上。"大伯一桨一桨地划着，只听见船桨拨水的声音：'哗——许！哗——许！'"水的韵律谱成了一首欢快的清晨进行曲。很快来到居住地荸荠庵，门前又是一条河，而小英子的家三面都是河。随后，明子常借进城给庵里买香烛、买油盐的机会，又时常和小英子相处。"闲时是赵大伯划船；忙时是小英子去，划船的是明子。"最后的表白又是在船上，这都离不开水。虽然文本对水的着墨并不多，却清晰展现了一副江南水乡的清新自然和空灵隽秀的风俗画。水是万物之本源，水的底色成就了江南水乡之人的原始生命本色。

汪曾祺更是把"水"融入到自己的生命中，他曾经说过："为什么我的小说里总有水？即使没有写到水，也有水的感觉。这个问题我以前没有意识到过。是这样。这是很自然的。我的家乡是一个水乡，我是在水边长大的，耳目之所接，无非是水。水影响了我的性格，也影响了我的作品的风格。"(《我的家乡》)因此，水的意象感觉成为汪曾祺的风格之一，并且水连接了作者的三个世界，把乌托邦世界和文本世界以及现实世界融为一个整

①〔清〕曹雪芹著，〔清〕无名氏续：《红楼梦》，人民文学出版社2008年版，第231页。

②〔清〕曹雪芹著，〔清〕无名氏续：《红楼梦》，人民文学出版社2008年版，第28页。

体。至于曹雪芹是否像汪曾祺这般，还需要进一步探讨。

　　通过上文的比较，本文从文学本体和接受美学两大方面，回答了园、庵对文本人物形象的塑造作用，以及构造的三个世界的不同点和相同点。两部作品在不同的时代背景下，却能够写出不谋而合的三个世界，而三个世界的不同结局又完全相反，而又采用了相同的意象，其背后隐藏的原因是什么？三个世界是否具有普遍性？以上问题留待进一步探讨。

参考文献：

[1] [清] 曹雪芹著，[清] 无名氏续：《红楼梦》，人民文学出版社2008年版。

[2] 陈文忠主编：《文学评论文选》，安徽师范大学出版社2012年版。

[3] 汪曾祺：《汪曾祺集》，北京十月文艺出版社2012年版。

[4] [德] 伊泽尔：《审美过程研究——阅读活动：审美响应理论》，霍桂恒、李宝彦译，中国人民大学出版社1988年版。

[5] 余英时：《红楼梦的两个世界》，上海社会科学院出版社2006年版。

《山上的小屋》的另一种解读

——兼重审小说中"我"和母亲的关系

◇洪淑瑶

摘　要：从小说中母亲和"我"的形象切入，分析文中"我"和母亲之间的关系，联系作家的生平经历和小说创作的时代背景来解读这篇小说，从而探讨小说主要表达的思想及意蕴。

关键词：《山上的小屋》；残雪；解读

　　1985年《山上的小屋》发表于《人民文学》第8期，是残雪的第一篇短篇小说。大多数的读者都会觉得这篇小说生涩难懂，对于小说中描写的各种诡怪的意象更是充满好奇。例如姚伯良1987年在《文学报》说"她在读者和评论家的眼里是一个谜。都说残雪不好懂。"[①]大多学者主要是把它和同时期的现代派小说放在一起解读，从先锋派小说作家的写作技巧入手，注重的是小说独特的写作技巧和怪异的意象，如李天明在《残雪〈山上的小屋〉的象征意义》一文中，站在主人公"我"的角度，顺着作者描写的意象所具有的特征来解读。[②]但笔者认为，抓住小说中极易引人注意又容易忽略的母亲和"我"之间的关系，联系作家的生平经历和小说创作的时代背景来解读，更加容易读懂作者想表达的内涵。正如有的学者所认同的，小说中的"我"是一个"精

---

　　① 转引自［日］近藤直子：《陌生的叙述者——残雪的叙述法和时空结构》，《北京大学学报》2007年第6期。

　　② ［加］李天明：《残雪〈山上的小屋〉的象征意义》，吴非译，《中国文学研究》2000年第4期。

神病人"①, 有着严重的精神过敏症状, 而小说又是从"我"的视角来写的, 那么, "我"眼中所见的事物又是否早已被"我"扭曲而呈现给读者的呢? 鉴于这些困惑, 笔者认为有必要重新解读残雪的《山上的小屋》这篇小说。

一、徘徊于精神与现实矛盾中的"我"

小说中的"我"是一个独特环境中的独特存在, 在这个"怪异"的家庭中, 所有的人都是不正常的, 无论是母亲、父亲还是妹妹都给人一种瘆得发慌的恐怖感, 而"我"则尤为突出, 如同一精神病患者。"我"总是在清理抽屉,"抽屉永生永世也清理不好","抽屉"可以说就像是"我"的世界观、价值观,"我"总是在试图树立自己认为正确的世界观、价值观, 然而受到外界的阻挠却总是功亏一篑, 无法实现,"我"因此感到非常痛苦, 所以在不清理抽屉的时候, 在自己"坐在围椅里"精神处于放松的时候,"我"总能看到山上的小屋。"我蹬了一脚床板, 侧转肿大的头, 听见那个被反锁在小屋里的人暴怒地撞着木板门。"小说中的"小屋"是"我"精神思想中的一副枷锁, 而"被反锁在小屋里的人"则是潜意识中的另一个"我", 一个想摆脱不正常社会的约束、充满反抗与冲动的理性的"我","肿大的头""暴怒地撞着木板门"则是"我"在现实与精神冲突、灵与肉的斗争和自我的矛盾中挣扎的一种表现。残雪说过:"从小我就是个矛盾体, 既孤独又不孤独, 同这世俗的世界有着很深的计较。我同世俗的矛盾, 是永恒的, 是一种从迷惑、痛苦、徘徊到冷静、坚定的争斗过程。我的作品大部分描写的就是这个矛盾、这个过程。"②所以小说中的"我"是渗透了残雪对自己人性的深刻分

① 李本东:《关于"我是"的一种叙述——残雪〈山上的小屋〉细读》,《理论与创作》2008年第4期。

② 朱玲:《残雪:一边做着世俗的我 一边鄙视着》,《北京青年报》2007年12月3日。

析。"我"虽然时刻表现得与别人不同，似乎所有的人都疯了，都不正常，唯独"我"是有自我意识、有理性的，但事实上荒诞的世界早已使"我"的心灵变得扭曲，"我"的理性不再是单纯的理性，而是冲动、盲目、过度的"理性"。以至于"我"总是带着有色的眼镜看人，看到妈妈在笑，总觉得"虚伪""可笑""窃笑""冷笑"；对于小妹的目光也总觉得是"直勾勾的"刺人；而对于父亲，"我"则直接把他看成是"狼"。家庭、亲人在"我"的眼中全都变形扭曲了，充斥着战争的硝烟味道。这影射的其实是"文革"时期，人与人之间的隔膜与不信任，即便是家人也有可能在一夕之间发生背叛，社会中笼罩着的是一层白色的恐怖，而"我"则更是因恐惧而时刻警惕，导致精神过敏，时刻担心会被迫害。所以"我"的言行总是过激，以至于大家对我都不能理解并产生担忧。可以说，"我"的这种精神状态与冲动的理性在"文革"时期的社会中是十分危险的，如同一枚定时炸弹，随时都有可能被引爆。残雪也曾说过："我也曾反省过自己，企图扭曲自己的个性，挽回一些败局。但最终还是败下阵来，成为了社会所不容的人。"①小说中"我"的性格矛盾也是"文革"时期，许多人包括残雪自己普遍存在的，是社会所不容许的。

二、不是仇视而是理解与调和

有些学者认为残雪的这篇小说隐含着某种复仇心理，小说中"我"与母亲畸形的关系体现的是一种"仇母情结"，母亲和"我""有隔阂"，是"存在一种对立甚至敌意关系"②，对于"我"的理性认知，母亲是一股阻力。而笔者则认为，这种观点

209

① 朱玲：《残雪：一边做着世俗的我　一边鄙视着》，《北京青年报》2007年12月3日。

② 李本东：《关于"我是"的一种叙述——残雪〈山上的小屋〉细读》，《理论与创作》2008年第4期。

不妥，不只是因为这种观点解构了传统的母爱观念，还因为它与小说中的描写也不相符合。

　　小说中，作者似乎不惜笔墨地描写了大量的"我"和母亲水火不相容的细节，如妨碍我收拾抽屉、把我"心爱的东西"——"死蛾子""死蜻蜓"丢在地上、埋掉"我"的围棋，"打算弄断我的胳膊"等，但细究起来，那些带有人身攻击性的语言都不是直接从母亲口中说出的，除去"我"对母亲过于敏感的体会词和冷峻色彩的描绘词如"虚伪""可笑""窃笑""冷笑"外，"我"和母亲之间真正直接的对话并没有激烈的冲突与仇恨，如"每次你来我房里找东西，总把我吓得直哆嗦"，"被你房里的光亮刺激着，我的血管里发出怦怦的响声，像在打鼓"，"我倒宁愿是坏血症。整天有东西在体内捣鼓，这里那里弄得响，这滋味，你没尝过。为了这样的毛病，你父亲动过自杀的念头。"母亲的话除了言辞稍微夸张了点外，并没有暗含攻击性。相反，小说的结尾，"我"正是由于母亲的话而变得释然，"小屋"才消失了的。这不得不使我们重新审视小说中"我"和"母亲"的关系。那么如何理清"我"和母亲的关系呢？笔者认为有两个地方非常关键，第一是父亲捞剪刀的情节，第二是结尾"母亲"和"我"的谈话。在这两处"我"的思想都发生了微妙的转变。小说一开篇展现的就是行为思想怪异的"我"的形象，这提示读者的是：不能用正常的思维来看待"我"。小说的前半部分，"我"整日为自己所认为的真理、理性所围困，终日在"清理自己的抽屉"，"我"为此感到十分痛苦，暴怒异常，精神过敏，"我"甚至为自己所坚持的真理付出行动，但结局是"眼圈浮着两大团紫晕"，即自己由于过于执着自己所坚持的而使自己受到了伤害。即便如此，我仍然固执，而且精神更加扭曲，仇视周围的一切，包括亲人，"我"故意吓唬小妹、半夜挖出被埋的围棋，用自己的方式来反抗。小说前半部分，母亲的话很少，也很短，但可以从中摸索到其一些情感。起先是"抽屉永生永世也清理不好，哼"，这可以知道的是，母亲反对"我""清理抽屉"。然而"我"并未听从她的建议，反而是更加暴怒，因而母亲说的是"每次你来我房里找东西，总把我吓得直哆嗦。"可见对于"我"的反常态，母亲除了恐惧外还有一丝丝的担忧，所以在"我"付出行动受伤后，家人们说"这是一种病"，由这句话引出了小说的第一次转折点，因为家里还有一个与"我"同病相怜的，那就是父亲。小说中间提到父亲"捞剪刀"的故事，可以说，父亲就是"我"的前车之鉴。父亲总是坚持自己掉了一把剪刀在井底，而母亲则断言是父亲搞错了，然而父亲还是为此而暗中打捞过，但总是徒劳，更甚的是为此"左边的鬓发全白了"。可以说，父亲和我简直是如出一辙，那把剪刀就是父亲一直坚守的真理，如同"我"一直想要清理的抽屉，可是社会却不允许它的存在，最终"剪刀"沉入了井底，即父亲迫于现实而放弃了他所坚持的，而父亲也为此"苦恼了几十年，脸上的皱纹如刀刻的一般"。而"我"再次看到"小屋"中的那个人，仿佛他就是父亲。对于两个患有同样症状的患者，母亲的态度是一致的，都是否定掉他们的理念。由此可知母亲的做法有其深刻的考虑，主要是因为有了父亲活生生的教训，对于"我"现在的状况，母亲因此更是深感恐惧与担忧，她想把"我"拉回现实的轨道，让"我"认清现实社会。听完父亲的故事"我"似乎有所领悟，发出了深切的感慨——"北风真凶"，这其实是"我"对现实生存环境恶劣的体悟更加深入的表现，然而"我"还是并未打消自己的信念，因此也就有了小妹说的"母亲一直在打主意要弄断我的胳膊"。由言语的否定规劝到言语威胁，事实上，母亲只想让我放弃"清理抽屉"的想法，而"我"仍是一直在抵触反抗。就在"我"自认为可以清理好抽屉的时候，"灯泡忽然坏了"，这其实并不是偶然，而是暗示"我"是不可能"清理好抽屉的"。由于我的固执带给母亲莫大的精神压力，所以她才说"被你房里的光亮刺激着，我的血管里发出怦怦的响声，像是在打鼓"，"我倒宁愿是坏血症。整天有东西在体内捣鼓，这里那里弄得响，这滋味，你没尝过。为了这样的毛病，你父亲动过自杀的念头"。母亲向我倾诉了她的痛苦以及对我的忧虑，再一次向"我"重申了"这种病"的危害。小说中最后的转折点是天牛的故事，这也最终使"我"走出了"这种病"，告别了"山上的小屋"。"我"又一次发现了父亲"捞剪刀"失败，但他还是假装在睡觉，"一只暴出青筋的手难受地抠紧了床沿，在梦中发出惨烈的呻吟"，更意外的是看到了母亲"披头散发"地清理天牛，还说"脚趾被藏在拖鞋里的天牛咬了一口，整条腿肿得像根铅柱"。母亲还为父亲做掩饰，他"梦见被咬的是他自己呢"。到这里，小说也就即将结束了，小说结尾作者跟读者打了个哑谜：

　　"在山上的小屋里，也有一个人正在呻吟，黑风里夹带着一些山葡萄的叶子。"

　　"你听到了没有？"母亲在半明半暗里将耳朵聚精会神地贴在地板上，"这些个东西，在地板上摔得痛昏了过去。它们是在天明那一瞬间闯进来的。"

　　那一天，我的确又上了山，我记得十分清楚。起先我坐在藤椅里，把双手平放在膝头上，然后我打开门，走进白光里面去。我爬上山，满眼都是白石子的火焰，没有山葡萄，也没有小屋。

　　小说到这就巧妙地结束了，"我"所看到的"小屋"突然间消失了，但这并非偶然，而是母亲带给我的思想上的转变。小说结尾"在山上的小屋里，也有一个人正在呻吟，黑风里夹带着一些山葡萄的叶子"。这句话暗示着母亲其实也是"小屋"中的那个人，也跟"我"和父亲同病相怜，然而她却一点儿也没有把自己"灵与肉"的冲突表现出来。结尾处母亲的腿肿了，并不是被什么天牛所咬了，而是她为自己所坚持的信念所付出的代价，只是母亲一直在掩饰，为自己掩饰，为父亲掩饰，想借此来引导"我"也学会掩饰，隐藏自己的真实想法，所以母亲才说："这些个东西，在地板上摔得痛昏了过去。它们是在天明那一瞬间闯进来的。"母亲其实想告诉"我"的是：学会保护自己，不要死在黎明到来的前一分钟。小说最后"我"和母亲交谈后，"小屋"就突然地消失了，"我"成功地摆脱了"小屋"这副沉重的枷锁就是最好的证据。一直以来母亲其实是把"我"和父亲从冲动的理性拉回到现实世界的那根绳索，使"我"和父亲能在"文革"那个充满恐怖的世界中生存下来。母亲其实一直是在调和"我"与现实世界的冲突，是在保护"我"和父亲。

三、摆脱不了的"文革"噩梦

正如丹纳在《艺术哲学》中提到的：

> 要了解一件艺术品、一个艺术家、一群艺术家，必须正确地设想他们所属的时代的精神和风俗概况，这是艺术品最后的解释，也是决定一切的基本原因。[1]

所以要读懂《山上的小屋》就必须先了解残雪所处的时代背景。残雪，当代作家，本名邓小华，1953年生。她的父母是20世纪三四十年代的中共党员，1957年，其父母双双被划为右派下放劳动。残雪自小由外祖母抚养。她小学毕业后恰逢"文化大革命"爆发，便失业在家。可以说，在中国最为疯狂也是最为混乱复杂的时代，残雪从小就亲眼目睹父母亲的遭遇、亲身经历过可怕的变故。可想而知，疯狂的岁月给年纪尚小的作者幼小的心灵留下了多么可怕的阴影，这或许就是残雪小说创作的最初灵感，就像海明威所认同的，不愉快的童年是一个作家最好的早期训练。"童年经验包括童年时代的各种人生经验，作为人生最初的原型体验，常常在人的生活历程中，成为摆脱不去的情结，当她后来成为一个作家时，自然而然地像幽灵一样，时隐时现地在她

213

---

① ［法］丹纳：《艺术哲学》，傅雷译，人民文学出版社1981年版，第7页。

一系列的作品里游荡"①。《山上的小屋》中作者描写了一座荒山上的一所似有若无的小屋，有狼在奔跑，有狼的嗥叫声，还有闪着白光的石子，这一切的描写都仿佛是一个儿童在梦境中的冒险，包括"我"的心爱之物"死蛾子""死蜻蜓"都带着浓厚的儿童记忆与形象思维的气息，换一种角度来看，这是残雪童年时期对动荡混乱社会的最初印象的一种变形的再现。1970年残雪进入一家街道工厂工作，做过铣工、装配工、车工。后来还当过赤脚医生、工人，开过裁缝店。由于年纪轻轻就过早地涉入了当时动乱的社会，所以残雪对于"文革"时期各种各样的事件也就有所了解，有了更为深刻的切身体会；她对于"文革"时期，人与人之间的冷漠、仇视、隔膜、背叛更是习以为常；对于当时群众的盲目从众，人云亦云，集体的无意识迫害，她也便有了更深的困惑，有更多的个人体会与反思。也正是如此，"文革"对残雪的冲击越大，残雪对于"文革"时期的印象也就越深，表达的欲望也就越强烈。《山上的小屋》作为残雪的第一篇短篇小说也就难免烙上"文革"时期的痕迹。这也就难怪小说中的"我"思想行为如此怪异。残雪自己也曾说过：

> 我的成长环境造成了我特殊的个性，这对我这种创作的影响当然是决定性的。我想我之所以采取这种极端纯粹的艺术形式来表达自己，大约同自己总是被逼到"狗急跳墙"的个人生活有关吧。②
>
> 我想对我影响较大的是在"文革"那一段日子……③

联系残雪所处的时代背景及其生活经历，也就不难理解作者

---

　　① 陈文忠主编：《文学理论》，安徽大学出版社2012年版，第150页。

　　② 残雪：《残雪自问自答》，《为了报仇写小说：残雪访谈录》，湖南文艺出版社2003年版，第130页。

　　③ 残雪、万彬彬：《文学创作与女性主义意识——残雪女士访谈录》，《书屋》1995年第1期。

用这种曲折艰涩的手法来表达"文革"时期社会的黑暗及其对人性的扼杀与扭曲的思想主题了。"文革"期间，大量的冤假错案，大量的文字狱，弄得社会上人心惶惶、人人自危，日常中的一句玩笑话也可以成为日后被批斗的证据，文人的一句切身感慨也可以被当作反动证据，人人都想说真话却又不敢说真话。在当时，时刻保持理性很重要，但时刻要为理性出头却很危险，也许你在等待光明，但冲动的理性会让你死在黎明之前。想要明哲保身就必须对理性有一定的约束，而小说中的母亲就是那一股约束力。《山上的小屋》很隐晦地说出了"文革"时期的黑暗，以及在当时说真话的艰难。从某种角度来说，这篇小说可以看成是一个家庭中的各个成员如何在"文革"中小心翼翼求得生存的一种展现，是一幅肉体与灵魂的自我斗争和人性的自我反思的图画。再者，80年代文学创作的环境开始向自由转变，中国文坛上先后出现了"伤痕文学""反思文学""寻根小说"和"现代小说"，"文革"题材的内容比比皆是，残雪作为"先锋派"小说的代表作家，对于这部分的内容再熟悉不过了，而小说源于生活又高于生活，文学是社会生活的反应，现实生活为残雪提供了很好的素材。但是由于残雪本人生性乖觉，又极喜爱西方的小说，对西方的小说理论推崇备至，所以采取了新的手法来写相同的题材。残雪本人也说了，"我认为我的传统就在西方，因为我从小就喜欢西方文化的东西，我的传统就在西方。"①由于受到西方理论的影响，残雪的写作尤为重视理性的反思和人性的探讨。但是残雪在《北京青年报》的访谈中说："同世俗中人的明争暗斗越频繁，自我反省就越深入，越有力度。"对于残雪的这篇小说，我们除了关注它写作技巧外，更应该关注它的意蕴和内涵。小说的艺术手法和技巧固然重要，但它们都是为作品的内容和主旨服务的，如果只把注意力放在小说的写作技巧上，那是本末倒置的。正因为心中有光明，黑暗才成其为黑暗。残雪的这篇小说就像一盏明

---

① 残雪：《残雪文学观》，广西师范大学出版社2007年版，第43页。

灯，为我们照亮了社会的黑暗也为扭曲的人性照出了一条回归的路。正如雨果在《〈克伦威尔〉序》中发表的著名观点："丑就在美的身边，畸形靠近着优美，丑怪藏在崇高的背后，美与恶并存，光明与黑暗相共。"①这篇小说最可贵的是它的意蕴，是其中所体现的人性的深邃与思想的深刻。所以我们解读这篇小说应该更加关注它的思想内涵和意蕴。

参考文献：

［1］残雪：《残雪文学观》，广西师范大学出版社2007年版。

［2］残雪：《天堂里的对话》，作家出版社1988年版。

［3］［法］丹纳：《艺术哲学》，傅雷译，人民文学出版社1981年版。

［4］陈文忠主编：《文学理论》，安徽大学出版社2012年版。

［5］［法］雨果：《论文学》，柳鸣九译，上海译文出版社1980年版。

［6］残雪、万彬彬：《文学创作与女性主义意识——残雪女士访谈录》，《书屋》1995年第1期。

［7］残雪：《为了报仇写小说：残雪访谈录》，湖南文艺出版社2003年版。

［8］［日］近藤直子：《陌生的叙述者——残雪的叙述法和时空结构》，《北京大学学报》2007年第6期。

［9］李本东：《关于"我是"的一种叙述——残雪〈山上的小屋〉细读》，《理论与创作》2008年第4期。

［10］［加］李天明：《残雪〈山上的小屋〉的象征意义》，吴非译，《中国文学研究》2000年第4期。

［11］朱玲：《残雪：一边做着世俗的我　一边鄙视着》，《北京青年报》2007年12月3日。

---

① ［法］雨果：《论文学》，柳鸣九译，上海译文出版社1980年版，第30页。

《烟台条约》与近代芜湖

◇牟春

摘　要：1876年中英签订的《烟台条约》不可否认是列强侵略瓜分中国的产物，也是在此条约里，芜湖成为继沿海各通商口岸开放后的又一长江口岸。自此《烟台条约》后的近代芜湖，城市建设的面积、商贸业的发展、农村的经济结构、近代民族工业都发生巨大的变化。《烟台条约》给近代芜湖带来破坏的同时也给近代芜湖带来了向前发展的契机。通过分析《烟台条约》的签订与近代芜湖的关系，可以探讨《烟台条约》对近代芜湖的发展产生的影响。

关键词：《烟台条约》；近代芜湖；社会经济

一、《烟台条约》的概况

（一）《烟台条约》签订的背景

自鸦片战争以来，中国的国门被强制打开，晚清统治下的中国在列强们的各种侵略下逐渐沦为半殖民地半封建的国家。作为被侵略国，一个个的通商口岸不可避免地被强制开放，在沿海的一些重要优势地区开放殆尽之后，帝国主义列强又欲把中国中西部地区收入囊中，从而实现进一步瓜分中国的计划。因此英法等国从19世纪60年代初，就开始不断探测从缅甸、越南进入云南的通路，后来发生的中法战争就是最好的说明。同样英国也毫不例外。1874年，英国派出以柏郎上校为首的探路队与南下迎接的驻华公使马嘉理汇合后，在向云南边境进发的途中与云南当地的少数民族发生了冲突，马嘉理和数名随行人员在2月21日死于冲突，这即是"马嘉理事件"，又称"滇案"。

正愁找不到理由的英国立即抓住这一事件来扩大对中国的侵略与掠夺。于是在1875年3月，英国公使威妥玛正式向清政府提出六条要求。经过一年多的来回交涉，在1876年（光绪二年）的8月21日，清政府派出李鸿章与威妥玛在烟台正式开始谈判，无能为力的清政府不得不于9月13日与英国签订又一丧权辱国的《中英烟台条约》。

（二）《烟台条约》的内容

《烟台条约》和其他不平等条约一样都是以掠夺中国来满足列强需求的条约。《烟台条约》的内容涉及经济、司法、开放通商口岸以及赔款等不平等项目，这里暂不做全部说明。但在中英的《烟台条约》中，涉及芜湖地区情况的是在增开通商口岸的条款里，该条款规定："增开宜昌、芜湖、温州、北海为通商口岸；开放大通、安庆、湖口、武穴、陆溪口、沙市为轮船停泊码头；英国可派员驻寓查看川省事宜。"自此，《烟台条约》与近代芜湖就这样拴接在了一起，在令人可悲可叹的同时，也有可歌可泣之处。

二、《烟台条约》与近代芜湖的关系

《烟台条约》对于近代芜湖而言虽说是沉痛的打击，但同时也给芜湖带来了发展的机遇，像哥伦布对新大陆的影响一样。自1876年的《烟台条约》明确规定把芜湖增开为通商口岸后，近代芜湖以《烟台条约》为契机，商贸业、城市建设等都得到进一步的发展，城乡经济结构逐渐转变，近代工业也进入了起步的轨道。近代芜湖开始慢慢步上快速发展的道路，并逐渐成为皖江地区独放异彩的耀眼明珠，引领着皖江地区的发展进步。

（一）近代芜湖被开埠的原因

坐落在长江与青弋江交汇处的芜湖有着悠久的历史，因"湖沼一片，鸠鸟繁多"，春秋时便取名为"鸠兹"，像现今芜湖市中心的鸠兹广场和一些小地名仍以此命名，在西汉初年才更名为"芜湖"。芜湖在历史上是繁华富足、发展较早的城市，到了近代，芜湖仍以丰富的物产和较为繁荣的商品经济刺激着帝国主义的瓜分野心。

因此近代芜湖被开埠的原因，主要有如下几点：一是芜湖是著名的港口城市，自古有"长江巨埠，皖之中坚"之称，自古皖江地区的货物都从该港口周转，是长江中游的一个重要集散中心。二是芜湖东临江苏、浙江一带，西接湖北、江西地区，且处于南北方往来的要道，地理位置得天独厚尤为重要。三是芜湖在南唐时已是繁华的市镇，有"楼台森列，烟火万家"的美称，在后来的历代中，芜湖随着新旧朝代的更替，经济都有较好的发展，是个较为繁荣的传统商贸城市，经济基础优越。四是芜湖本地及其周边地区，农业基础条件较好，农作物等自然资源丰富，能满足列强对自然资源的需求。故列强在占领东南沿海地区市场后，又欲把芜湖作为其深入中西部地区和瓜分中国的又一要地。

（二）《烟台条约》后对近代芜湖的有利影响

自1876年把芜湖作为通商口岸开放后，芜湖的城区建设、商贸业、近代民族工业都取得了长足的发展，这一时期是芜湖发展史上重要的一页。

1. 芜湖城区建设的进一步扩大

一个城市的城区变化往往代表着一个城市的发展进程与实力。从明清两代以来，由于政治较稳定，经济农业发展形势良好，芜湖城开始从鸡毛山沿青弋江和长江的交汇处延伸，即芜湖老城的"十里长街"两侧一带，这时期的芜湖城区的面积虽然在不断扩大，但是城区建设仍然处于缓慢发展中且规模也相对狭小。

开埠后，芜湖城区建设得到进一步的快速扩展。芜湖开埠后，列强们"把西门外南起陶沟，北至弋矶山麓，东至普潼山脚，西至大江边这一范围内划定为租界区"①，并在江岸和租界区内大修码头、仓库、楼房、车站、俱乐部等。在侵占的狂潮下，芜湖城区面积在短时间内得以不断扩大，芜湖也由原来在青弋江两岸向长江两岸发展，逐渐成为一座真正的"江城"。

2. 芜湖米市的兴起与繁荣

近代芜湖的米市是芜湖有别于其他城市的一种重要符号。富庶的江南自古以来就被人誉为鱼米之乡，芜湖凭借其得天独厚的水利地理条件，在唐宋时期就有兴建粮仓、囤积转运的历史记载，在明代中期，"皖中皖南所产稻米多在此聚散，成为'舟车辐辏，百货兴聚'的沿江重镇"②。据事实证明在19世纪中期，芜湖米市已经初见端倪，但与形成米市还有一段距离。

在开埠后，以李鸿章为代表的官僚们凭借芜湖的发展契机，采取各种手段积极进行策划，诱使一些地区的米商到芜湖开设米号，互通大米交易，使芜湖的大米交易一度发展与繁荣起来，米市中心逐渐也由镇江迁来芜湖，并发展成为全国著名的四大米市之一。1882年，芜湖米市正式形成，并在20世纪初进入繁盛时期。"堆则如山，销则如江"就是描绘芜湖这一时期米市的情况。1919年，芜湖米市输出量达到历史之最，年输出有900万石左右，这一段时期里，芜湖大米对外输出量不仅大幅增长，而且米粮的来源范围也超出了皖江一带的局限。芜湖的大米来源也不仅仅局限安徽一省，"四川、湖南、江西等省也有一部分经水路运往芜湖，销售市场也由过去的江浙一带扩大到沿海的主要城市

---

① 王金保：《芜湖城市空间形态和结构的历史演变》，《大江晚报》2013年12月2日。

② 戴国芳：《近代芜湖米市兴衰的原因及其影响》，《长江大学学报（自科版）》2006年第2期。

广州、汕头、宁波、烟台等地"①。

3.芜湖近代工业的起步

在1876年以前,芜湖仅仅作为一个传统的商贸城市,传统手工业也主要是以浆染等为主,没有真正意义上的近代工业,芜湖的近代工商业发展的真正契机在芜湖开埠后。开埠后,一些民族资本家和一些官僚凭着芜湖的经济基础和资源条件开始在芜湖开办工业,如芜湖最早的近代工业是1890年建成的益新面粉厂,创办人为无为县知州章维藩,生产的面粉曾经畅销长江一带。1907年创建的芜湖明远电厂,虽几经挫折,但到1937年间,也从未停止经营。再则1916年创办的裕中纱厂,是安徽近代最大的纺织厂,创建初期,纱厂生产经营很好,后因洋纱输入与抗日战争的影响,遭到致命打击。芜湖地区的近代工业虽受帝国主义的侵略和战争的影响出现停办,但是开创了芜湖近代工业起步的先河同时也为后来芜湖工业的长足发展打下了基础。

4.芜湖商贸的发展

芜湖有着悠久的商贸历史,在南唐时就有着"烟火万家"的美誉,作为长江中游的重要港口,在芜湖开埠后,芜湖的商贸也比以前有更进一步的发展,逐渐形成以芜湖为中心的皖江经济区;对皖南地区的经济社会结构的转变产生了重大的推动作用。开埠后芜湖商业进一步发展主要体现在海关贸易和更为繁荣的商品市场交易方面。

首先,芜湖的进出口贸易发展迅速。在1876年以前,皖江地区没有直接进出口的开放城市,芜湖被开埠后,芜湖自然而然地成为了皖南地区进出口贸易的一大窗口。据统计,在开埠初期,洋货、土货的进出口总额为150多万两,到了1899年增至2 000余万两,增长了12倍。洋货进口额由893 408海关两增为6 959 066海关两,增加了近7.8倍。土货出口额由1877年的365 669海关两增为1899年

---

① 戴国芳:《近代芜湖米市兴衰的原因及其影响》,《长江大学学报(自科版)》2006年第2期。

的 10 608 352 海关两，增加了 29 倍。①由此观之，芜湖的对外贸易无论进口还是出口的贸易额都呈现出惊人的步伐，一跃占据了皖江地区对外贸易的主导地位，且就整个长江流域而言对外贸易的发展都是惊人的，充分彰显了芜湖对外贸易发展的优势。20世纪初期芜湖海关历年的进出口总值虽上下起伏，但历年输入芜湖海关的货值基本是稳步增长的。

其次，芜湖开埠后，芜湖的商品交易进一步发展与繁荣。帝国主义的洋行、公司纷纷进驻到芜湖地区，加之各路商贾云集芜湖，各行各业的商号、店铺纷纷开办，芜湖的商品市场得到更进一步的开发，芜湖成为帝国主义又一新的洋货销售地和各路商人经商贸易的集聚地，自此以芜湖为中心的新型商品购销市场逐渐形成。

（三）《烟台条约》后对近代芜湖的不利影响

《烟台条约》使芜湖成为皖江地区的通商口岸，但帝国主义毕竟是抱着掠夺中国的野心来芜湖通商贸易的，它们给芜湖带来发展契机的同时也给芜湖的农村传统经济、民族工业等方面带来了相当大的破坏。

1. 民族工业受到严重冲击

从19世纪中期以来，中国在帝国主义的不断入侵后，一批先进的民族资本家和封建官僚受实业救国思想等的影响，在中国大地上出现兴办工业的热潮。芜湖的民族工业如前所述是在开埠后，与帝国主义的入侵相伴而产生的，如益新面粉厂、芜湖明远电厂、裕中纱厂等一些近代工业。但是帝国主义进入芜湖后，开始把低廉的洋货源源不断地销往芜湖市场，直接导致芜湖本地的一些产品出现滞销的局面，并且通过相应的手段对民族工业进行打压，最终这些近代工厂都因为帝国主义的破坏和后来战争的影响先后停办、关闭。

---

① 陈金勇：《芜湖开埠与近代皖江地区社会经济的变迁（1876—1937年）》，苏州大学 2005 年硕士学位论文。

2. 农村自然经济开始解体

近代芜湖的农村经济一直是自给自足的自然经济占据着主导地位。开埠后，帝国主义的势力开始如洪水般喷泻而来，他们不仅深深影响着芜湖城区，而且给芜湖城区周边的农村也带来了不可忽视的打击。首先，帝国主义以掠夺式的低价收购农村的土特产品，来满足其对土货等资源大量需求，这严重违背了正常的商品等价交换规律，不仅使农村的农产品逐步商品化，而且使农村日益陷入更加贫困的境地。其次，洋商洋贩不仅在城区销售低价物美的洋货，而且也在农村地区进行销售，比如洋纱，使农村传统的手工业纺织受到严重的冲击。这样近代芜湖农村的自给自足经济结构就开始慢慢被瓦解。

三、结 论

《烟台条约》虽然给芜湖带来了一定的破坏，分解了芜湖农村的自然经济，冲击了民族工业等，但是近代芜湖的快速发展从某种程度上讲有相当部分还是得益于《烟台条约》的签订。《烟台条约》签订后，芜湖城市建设面积进一步扩大，近代工业开始起步与发展，米市逐渐兴起与繁荣，进出口贸易快速发展，并最终形成了以芜湖为中心的皖江经济区。因此从长远的角度看，《烟台条约》在近代芜湖的发展历程中起到了举足轻重的作用，是其发展史上浓墨重彩的一笔。

参考文献：

［1］王金保：《芜湖城市空间形态和结构的历史演变》，《大江晚报》2013年12月2日。

［2］戴国芳：《近代芜湖米市兴衰的原因及其影响》，《长江大学学报（自科版）》2006年第2期。

［3］陈金勇：《芜湖开埠与近代皖江地区社会经济的变迁（1876—1937年）》，苏州大学2005年硕士学位论文。

浅谈晚唐艳情诗中的女性观

——以杜牧、罗虬为例

◇宋晴晴

摘 要： 在男权统治一切的封建社会，女性长期受到压制，没有自主话语权，但以女性尤其是妓女为题材的文学作品却不计其数。以晚唐诗人杜牧、罗虬为研究对象，以晚唐艳情诗为载体，寻找晚唐艳情诗中表现的女性观：悦其美色，复悯其情，但最终还是缺乏对女性的根本尊重与理解。

关键词： 晚唐；艳情诗；杜牧；罗虬；女性观

艳情诗是什么？康正果先生在《风骚与艳情》一书中指出，"在古代，人们把夫妇情爱以外各种形态的男女恋情泛称为'艳情'。"①据此，则艳情诗即指表现这类恋情的诗歌了。尹楚彬先生的《咸、乾士风与艳情诗风》一文所论艳情诗的范围则不限于此，他把写冶游生活表现轻薄狎玩情趣之作和男女情爱之作均视作艳情诗。②

本文所提的艳情诗，综合了康、尹二人的定义。我国的艳情诗历史久远，最早可追溯到南朝时期的乐府民歌，在南朝宫体诗中达到第一次高潮，晚唐进入了又一个高潮。在男权统治一切的封建社会，没有社会地位的女性却不断出现在男性作家的作品中，本文从晚唐大诗人杜牧所写的艳情诗入手，试分析诗中表现的矛盾的女性观，从《比红儿诗》百首诗中探寻罗虬对红儿爱恨

---

① 康正果：《风骚与艳情》，上海文艺出版社2001年版，第152页。
② 尹楚彬：《咸、乾士风与艳情诗风》，《文学遗产》2002年第6期。

交织的复杂情感，从而探微晚唐艳情诗人的女性观。

一、背　景

　　唐代商业发达，都市兴起，适应达官贵人享乐需要的妓女也多起来，中晚唐尤甚。唐时的妓女和以卖淫为主要目的的娼妓有所区别，一般来说，古代的妓女概念一般被分为两大类：艺妓和色妓，再细分可以分为宫妓、营妓、官妓、家妓和市井妓等。能与达官贵人、文人墨客相互唱和的，往往是那些诗词歌赋、琴棋书画俱佳，又"谈谐歌舞，弄筝拨阮，品竹分茶"无所不能的色艺双绝的佳人。

　　北宋张瑞义在《贵耳集》中说："唐人尚文好狎"①。唐朝社会文化极度开放，性文化也较为开朗，唐朝仕人在爱好诗文创作的同时，将狎妓看成一种社会风尚，甚至是身份与地位的象征。文人学士，以至君主，多以狎妓为风流韵事。据《扬州梦记》载："扬州盛地也，每重城向夕，娼楼之上，常有绛纱灯万数，辉耀罗列空中，九里三十步，街中珠翠填咽，邈若仙境。"②总之，狎妓之风，在中晚唐为极盛。

　　在《全唐诗》中，大约有 2 000 多首是关于妓女的诗歌，题材涉及广泛，有关于游玩的，有关于饮酒的，有关于歌舞的，有关于服饰的，如"薄罗轻剪越溪纹"，有关于妓女，比如白居易的《琵琶行》。此外，还有以韩偓为代表的"香奁体"，专门描写男女之情，风格绮丽纤巧，语言绮艳，比如韩偓的《五更》③，写男女闺阁之事，极尽猥昵。

225

---

　　① ［宋］张端义：《贵耳集》，中州古籍出版社2005年版，第66页。

　　②蒲戟：《古小说选》，长江文艺出版社1984年版，第132页。

　　③《五更》："往年曾约郁金床，半夜潜身入洞房。怀里不知金钿落，暗中唯觉绣鞋香。此时欲别魂俱断，自后相逢眼更狂。光景旋消惆怅在，一生赢得是凄凉。"［清］彭定求等编：《全唐诗》，中华书局1960年版，第7910页。

从盛唐的李白、杜甫到中唐的白居易、元稹再到晚唐的李商隐、杜牧、罗虬、温庭筠，他们无一不好狎妓冶游。"诗仙"李白虽四处漂泊，但却未少女人在旁陪伴，"携妓东山去，春光半道催。遥看若桃李，双入镜中开。"①（李白《送侄良携二妓赴会稽，戏有此赠》）即使前往会稽山，也有美女相伴；"诗圣"杜甫虽然心系国家百姓，但也非不食人间烟火，他在《陪诸贵公子丈八沟携妓纳凉晚际遇雨》一诗写道："雨来沾席上，风急打船头。越女红裙湿，燕姬翠黛愁。缆侵堤柳系，幔宛浪花浮。归路翻萧飒，陂塘五月秋。"②看来即使是"诗圣"，在那个时代也难免附庸风雅。"诗魔"白居易更是一位风流人物，早年就蓄养家妓，"樱桃樊素口，杨柳小蛮腰"写的就是他最宠爱的两位家妓。行至晚唐，狎妓之风更加盛行，文人与妓女的交往也更加频繁。晚唐大诗人杜牧便是在那种狎妓风尚盛行的时代，被冠以"风流才子"的名号。

二、杜牧艳情诗中矛盾的女性观

杜牧在文学创作上有多方面成就，善诗赋，工散文，以诗歌成就为最，在诗歌创作上与晚唐诗人李商隐并称"李杜"，为区别于杜甫，时人又称"小杜"。杜牧的诗歌涉及范围很广，有写时事的，有描写自然景物的，有怀古伤时的，还有描写狎妓的糜烂颓废生活的艳情诗。这些艳情诗的描写对象多是女子，主要是歌妓娼女。在诗中，作者对这些女子的情感态度是复杂矛盾的，既有上层士大夫玩弄侮辱妓女的普遍心理，又有同情这些风尘女子的真实情感。

提起晚唐诗人杜牧，很多人会想起这首《遣怀》：

落拓江南载酒行，

① ［清］彭定求等编：《全唐诗》，中华书局1960年版，第1797页。
② ［清］彭定求等编：《全唐诗》，中华书局1960年版，第2400页。

226

楚腰肠断掌中轻。

十年一觉扬州梦，

赢得青楼薄幸名。①

　　从某种意义上看，正是这首诗，使杜牧"风流才子"的形象名满天下。杜牧的艳情诗大多创作于"十年飘然绳检外，樽前自献自为酬"（《念昔游》）的幕府时期。诗人出没于高楼红袖雪纷纷的扬州、宣州，所至成欢，无不会意。这首诗虽然是诗人对自己风流生活的自嘲与自责，但是字里行间还是不难读出他对过去生活的怀念和留恋，"楚腰纤细掌中轻"，即使那么多年过去，杜牧仍旧记着那身姿轻盈年纪颇小的歌妓。

　　坊间传闻，杜牧性喜风流，声名广为传播，一度成为烟柳胜地、秦楼楚馆的常客。杜牧曾在淮南节度使牛僧孺幕府中任职，在扬州居住多年，政治上却颇为失意，故日夜驰逐于娼楼歌馆之间。杜牧的风流在文献中多有记载，其中在《本事诗·高逸第三》就有关于他借酒索妓的风流之事的记载：

　　　　杜为御史，分务洛阳，时李司徒罢镇闲居，声伎豪华，为当时第一。洛中名士，咸谒见之。李乃大开筵席，当时朝客高流，无不臻赴。以杜持宪，不敢邀置。杜遣座客达意，愿与斯会。李不得已，驰书。方对花独酌，亦已酣畅，闻命遽来。时会中已饮酒，女奴百余人，皆绝艺殊色。杜独坐南行，瞪目注视，引满三卮，问李云："闻有紫云者，孰是？"李指示之。杜凝睇良久，曰："名不虚得，宜以见惠。"李俯而笑，诸妓亦皆回首破颜。杜又自饮三爵，朗吟而起曰："华堂今日绮筵开，谁唤分司御史来？忽发狂言惊满座，两行红粉一时回。"意气闲逸，旁若无人。②

　　① ［清］彭定求等编：《全唐诗》，中华书局1960年版，第5998页。

　　② ［唐］孟棨等撰，李学颖标点：《本事诗　续本事诗　本事词》，上海古籍出版社1991年版，第18—19页。

杜牧的艳情诗多与自己狎妓饮酒的颓靡生活经历有关，如《遣怀》《寄扬州韩绰判官》《赠别二首》等。杜牧的诗气度高远爽朗，语意表达明快，即使浓情艳丽的艳情诗也不失气势豪宕，俊朗飘逸。以《咏袜》为例：

> 钿尺裁量减四分，
> 纤纤玉笋裹轻云。
> 五陵年少欺她醉，
> 笑把花前出画裙。①

　　这首《咏袜》是杜牧对一个妓女所穿袜子的细腻描写，风流才子果然名不虚传，对妓女的袜子都能描绘得如此细腻。如果不是经常混迹风月场所，想来不会连妓女的袜子都那么有闲情雅致地进行细致的描写。从这首诗我们也可以看出，当时杜牧过着寄情风月场所的颓靡生活。即使如此，杜牧没有过度渲染，仍保持着飘逸俊朗的风格。

　　唐朝士人以狎妓为风流韵事，歌妓娼女在文人的眼中只是被玩弄娱戏的对象，是他们用来休闲娱乐、饮酒作诗的陪衬。

　　杜牧跟著名诗人张祜极为要好。一次，作客淮南的张到官府赴宴时，看到杜也在座。而当时，两人都爱恋座中一位漂亮的歌妓，于是决定索取骰子用赌输赢的方式来决定谁有权去继续爱恋。杜牧当下遂开始悠然吟道："骰子逡巡裹手拈，无因得见玉纤纤。"②张祜一听，也不甘示弱地接口续吟着："但须报道金钗落，仿佛还因露指尖。"③语音刚落，两人就不觉大笑着，反而把原本赌酒取妓的事儿给忘了。文人对妓女所谓的爱恋，也许真的有那么一瞬的存在，但那绝对只是昙花一现的幻境，在风月场所，妓女想得到嫖客的真正爱情，是妄想与痴心。在那个男权支

---

　　① ［清］彭定求等编：《全唐诗》，中华书局1960年版，第5997页。
　　② ［清］彭定求等编：《全唐诗》，中华书局1960年版，第8916页。
　　③ ［清］彭定求等编：《全唐诗》，中华书局1960年版，第8916页。

配一切的社会，妓女的存在只是对一夫一妻制的补充，是嫖客或者说是男权社会对女性的一种压迫与奴役。恩格斯曾说："多妻制是富人和显贵人物的特权。"①

"赌酒取姬"，这完全是两个嫖客的自我愉悦，他们完全不用询问那个女子的想法，在他们眼中，妓女只是一件衣服，一件玩物，可以随意当作物品任其处理。妓女没有尊严，没有自由，她们自我存在的价值也许就是赢得主人的喜欢。

但杜牧又和其他狎妓的文人仕人不尽相同，在玩弄之余，他更同情妓女，他怜香惜玉，他伤心难过，他也会沉痛，他更会悲哀。

对待青春美少的歌妓，杜牧表现的是欣赏、怜爱之情。以《赠别》为例：

> 娉娉袅袅十三余，
> 豆蔻梢头二月初。
> 春风十里扬州路，
> 卷上珠帘总不如。②

这首诗着重写其美丽，赞扬她是扬州歌女中美艳第一。首句描摹少女身姿体态，妙龄丰韵；二句以花喻人，写她娇小秀美；三、四两句，以星拱月，写扬州佳丽极多，唯她独俏。语言精练麻利，挥洒自如，情感真挚明朗，荡然肺腑。

对待遭遇不幸的妓女，杜牧倾其同情怜悯的真实情感。他在替吴兴一个妓女代写给姓薛的官员的诗（《代吴兴妓春初寄薛军事》）中，描述了妓女生活的悲惨和流年似水：

> 雾冷侵红粉，春阴扑翠钿。

229

---

① ［德］恩格斯：《家庭、私有制和国家的起源》，中共中央马克思恩格斯列宁斯大林著作编译局译，人民出版社1999年版，第61页。

② ［清］彭定求等编：《全唐诗》，中华书局1960年版，第5988页。

自悲临晓镜，谁与惜流年？

柳暗霏微雨，花愁黯淡天。

金钗有几只，抽当酒家钱。①

    这首诗虽以妓女口吻叙写，却流露出作者怜香惜玉的真实情感。女子苦苦等待心上人，等到的却是"自悲临晓镜，谁与惜流年"。内心的苦痛与寂寞，生活的艰难与困苦，能与谁诉？

    作者对妓女充满着同情、惋惜之情，更为集中地体现在《杜秋娘诗》《张好好诗》这两首组诗中。公元833年（唐文宗大和七年）春天，杜牧三十一岁，那时，作者正在宣州（今安徽宣城）宣歙观察使沈传师幕中，奉沈之命至扬州公干，经过镇江，见到年老色衰而孤苦无助的杜秋，倾听其诉说平生，"感其穷且老"，于是写下了这首诗。杜秋娘是当时有名的歌妓，因一曲《金缕衣》而出名，被封为秋妃，后来因为宫闱之乱被削籍为民，晚年生活悲凉落寞。

    "京江水清滑，生女白如脂。其间杜秋者，不劳朱粉施。"杜秋年轻时花容月貌，等到"四朝三十载，似梦复疑非。潼关识旧吏，吏发已如丝"再见到杜秋时，她竟沦落到"寒衣一匹素，夜借邻人机"的境地，通过杜秋前后形象差异的对比，传达了诗人对杜秋遭遇的无限同情与感慨，也是对杜秋这一类妓女真实情感的流露。在《张好好诗》②中，作者同样是表达自己的怜香惜玉之感。在那个女性地位低下的封建时代，作为上层知识分子的杜牧能够对身份卑贱的妓女产生同情与惋惜，从某个方面来说，杜牧与时人具有不同的女性观，至少他把妓女当作人来看待。

    杜牧生逢不景气的晚唐，他有满腔报国热情，有满腹治国韬略，但却不被重用，长期徘徊在政治边缘。政治上苦闷的杜牧在青楼在妓女的身上找到了命运的共同点，可能是"同是天涯沦落

①［清］彭定求等编：《全唐诗》，中华书局1960年版，第5971页。

②贺新辉主编：《全唐诗鉴赏辞典》，中国妇女出版社2004年版，第1975页。

人"的惺惺相惜之感，杜牧在诗中才能以饱满的真情表达对妓女的相怜与相惜。

杜牧长期流连于风月场所，对他而言，歌妓娼女是他寻欢作乐的对象，青楼妓院是他发泄内心苦闷、寻求精神安慰的乐园。作者在对妓女充满着同情、惋惜之情的同时，也寄托了自己及晚唐时代落魄文人的悲剧感慨。

从以上的分析中，我们既看到了杜牧对妓女的薄幸，也感受到了杜牧同情妓女，并与其"惜惜相惜"的真实情感，这种复杂矛盾的情感，是杜牧在动乱时代的真实心理写照。

三、《比红儿诗》中挣扎的女性意识

作者自序说："比红者，为雕阴官妓杜红儿作也。美貌年少，机智慧悟，不与群辈妓女等。余知红者，乃择古之美色灼然于史传三数十辈，优劣于章句间，遂题比红诗。"①

关于这首诗《太平广记》卷二七三曾这样记载："罗虬辞藻富赡，与宗人隐、邺齐名。咸通乾符中，时号三罗。广明庚子乱后，去从鄜州李孝恭。籍中有红儿者，善为音声，常为副戎属意。会副戎聘邻道，虬请红儿歌，而赠之缯彩。孝恭以副车所盼，不令受之。虬怒，拂衣而起。诘旦，手刃红儿。既而思之，乃作绝句百篇，号《比红儿诗》，大行于时。"②简言之，诗人罗虬因怒杀了歌妓红儿，之后又写诗怀念她，即组诗《比红儿诗》。

这组诗共有一百首，诗中借对历史上九十四位美女描写来凸显杜红儿的美貌，表达了对红儿深深的思恋及追悔之情。罗虬从开篇就对红儿倾以溢美之词，且看《全唐诗》卷六六六所收《比红儿诗》的前五首：

---

① 陈贻焮主编：《增订注释全唐诗》（第四册），文化艺术出版社2001年版，第948—949页。

② ［五代］李昉：《太平广记》（第六册），中华书局1961年版，第2156页。

231

姓字看侵尺五天，
芳菲占断百花鲜。
马嵬好笑当时事，
虚赚明皇幸蜀川。

金谷园中花正繁，
坠楼从道感深恩。
齐奴却是来东市，
不为红儿死更冤。

陷却平阳为小怜，
周师百万战长川。
更教乞与红儿貌，
举国山川不值钱。

一曲都缘张丽华，
六宫齐唱后庭花。
若教比并红儿貌，
枉破当年国与家。

乐营门外柳如阴，
中有佳人画阁深。
若是五陵公子见，
买时应不啻千金。①

第一首"姓字看侵尺五天"是说杜红儿出身高贵，唐谚有云"城南韦杜，离天五尺"，说明韦杜家族在当时有着显赫的社会地

————————
① 陈贻焮主编：《增订注释全唐诗》（第四册），文化艺术出版社2001年版，第948—949页。

位，韦杜姓氏是高贵身份的象征。杜红儿因姓杜，身份自然也高贵，诗人借此典故是为抬高红儿的身份地位。"芳菲占断百花鲜"是说红儿美若天仙，堪比百花之首。"马嵬好笑当时事，虚赚明皇幸蜀川"是说杨贵妃的美貌不及红儿，唐玄宗为杨贵妃乱国实在不值。紧接着又将绿珠、冯小怜、张丽华以及汉代被追捧的美人与红儿相较，她们与红儿相比美貌都不及红儿。其他九十五首基本都是以这种尊体格的形式，贬其他而抬高红儿，如：

> 置向汉宫图画里，
> 入胡应不数昭君。
>
> 若见红儿醉中态，
> 也应休忆李夫人。
>
> 阿娇得似红儿貌，
> 不费长门买赋金。
>
> 料得相如偷见面，
> 不应琴里挑文君。

　　罗虬引经据典，将张丽华、王昭君、李夫人、陈皇后、卓文君这些古代美女与红儿相比，在作者眼里，她们的美貌远远不及红儿。这不禁让人心生疑问，既然红儿这么美，作者那么喜爱，又为什么忍心将其手刃，之后为什么又要这么费心劳力地创作这首组诗？

　　从诗中我们可以看出，罗虬非常喜欢红儿，在诗人眼中，古代历史上著名的美女都不及红儿的姣好美貌，诗人对红儿爱得深沉，恋得沉迷，但是，红儿在他人面前违背自己的意愿，所谓"爱之深恨之切"，作者一怒之下将其手刃。从这组诗中，我们可以看到罗虬作为士人受压抑的潜意识中，也流露出他挣扎的女性

233

意识。

　　罗虬的科举之路甚为坎坷，累举不第，后遭兵乱，依鄜州李孝恭。在古代，科举考试是实现自己理想抱负、鱼跃龙门的最有效途径，但罗虬却累举不第，当时的社会环境又动荡不安，多年的寒窗苦读却没有实现自己的理想抱负。所以当"虬请红儿歌，而赠之缯彩。孝恭以副车所盼，不令受之"时，"虬怒，拂衣而起，诘旦，手刃"。

　　歌妓由于地位卑贱，没有自己的话语权，即使这样，罗虬还是手刃红儿，这充分说明，在他的心里，妓女没有存活的决定权，在他的潜意识里，妓女不是有独立生命个体的人，她们的命运如同畜生，想杀就杀。

　　但在杀死红儿后，他仍能写出"可得红儿抛醉眼，汉皇恩泽一时回""周郎若见红儿貌，料得无心念小乔""昨日红儿花下见，大都相似更娉婷""红儿秀发君知否，倚槛繁花带露开"这样高度赞美红儿的诗句，不知是否真的在怀念红儿。

　　罗虬对待歌妓红儿的残忍不是百首赞美诗就能掩盖的，妓女也是人，但在罗虬的刀下却没有选择生死的自主权，仅凭他一人喜怒就使人命丧黄泉，这种因爱泄愤的爱对于红儿来说不要也罢。

四、结　语

　　不论是杜牧还是罗虬，我们都可以从他们身上看出当时世人对待妓女的轻贱。《全唐诗》五万多首，以妓女为题材的达到了2 000多首，而妓女的存在只是文人生活中的点缀。

　　通过对杜牧、罗虬艳情诗的探微，我们可以感受到唐末士人对女性所持的复杂的思想观念：既悦其美色，复悯其情，但最终还是缺乏对女性的根本尊重与理解。从杜牧的艳情诗中，我们看到了他对遭遇不幸的妓女流露的真情：同情、怜悯。这种情感的出现，说明晚唐有一部分诗人们已经在潜意识中关注女性的内心世界，对女性怀有一份真正的怜悯之情。但晚唐绝大多数的艳情诗还是轻薄狎亵之作，以玩弄娱戏妓女为乐，这说明在整个士人群体的思想深处，女性尤其是妓女仍不具有独立的人格地位。

（指导教师：吴振华教授）

参考文献：

［1］陈贻焮主编：《增订注释全唐诗》，文化艺术出版社2001年版。

［2］［德］恩格斯：《家庭、私有制和国家的起源》，中共中央马克思恩格斯列宁斯大林著作编译局译，人民出版社1999年版。

［3］康正果：《风骚与艳情》，上海文艺出版社2001年版。

［4］［唐］孟棨等撰，李学颖标点：《本事诗 续本事诗 本事词》，上海古籍出版社1991年版。

［5］［清］彭定求等编：《全唐诗》，中华书局1960年版。

［6］蒲戟：《古小说选》，长江文艺出版社1984年版。

［7］［五代］王定保：《唐摭言（卷十）》，上海古籍出版社1978年版。

［8］袁行霈主编：《中国文学史（第二版）》，高等教育出版社2010年版。

［9］［宋］张端义：《贵耳集》，中州古籍出版社2005年版。

［10］贺新辉主编：《全唐诗鉴赏辞典》，中国妇女出版社2004年版。

［11］李真真：《系在腰上的灵魂——从杜牧艳情诗略论其女性观》，《牡丹江大学学报》2008年第17期。

［12］李最欣：《罗虬〈比红儿诗〉考论》，《台州学院学报》2006年第4期。

［13］李最欣：《罗虬〈比红儿诗〉本事演变及真相新探》，《中南民族大学学报》2009年第4期。

［14］尹楚彬：《咸、乾士风与艳情诗风》，《文学遗产》2002年第6期。

［15］张学忠、白锐：《对杜牧艳情诗的反思》，《唐都学刊》2003年

第2期。

[16] 胡言午：《晚唐艳情诗探微》，上海社会科学院2010年硕士学位论文。

[17] 廖怡：《唐末艳情诗研究》，广西师范大学2012年硕士学位论文。

[18] 孙媛：《晚唐艳情诗研究》，青海师范大学2013年硕士学位论文。

有 什 么 好？

——读杨绛《洗澡》中的姚宓与宛英

◇徐文萍

摘 要： 杨绛在《洗澡》中塑造了宛英和姚宓两个女性的形象。宛英是集中华传统美德之大成的妇女形象，是真善美的化身。姚宓是极具东方美的当代知识女性形象，清水芙蓉，刚柔并济，在文本的众生中鹤立鸡群。作者让两位女性相离又相融，对她们的维护就是对传统美和现代东方美的赞扬与维护。宛英和姚宓携手打造了杨绛先生心中完美的女性合体。

关键词： 杨绛；《洗澡》；宛英；姚宓

杨绛先生的《有什么好？》是对简·奥斯丁的小说《傲慢与偏见》的概括与赏析。而这里的"有什么好"是针对《洗澡》里的两位女性形象姚宓和宛英而言，换句话说，是分析为什么杨绛先生对这两位女性有所偏向与维护。

杨绛先生在《有什么好？》里通过对经典作品的赏析，寓学理于实例之中，向我们传授了独特的小说分析法：一个原则，七个方面。这对我们撰写评论性的文章有很大的帮助，但是杨绛先生在文章的结尾处也说：

> 一部小说如有价值，自会有读者欣赏，不依靠评论家的考语。可是我们如果不细细品尝原作，只抓住一个故事，照着框框来评断：写得有趣就是趣味主义，写恋爱就是恋爱至上，题材平凡就是琐碎无聊，那么，一手"拿

来”一手又扔了。①

　　小说的风格和类型是多种多样的，不同风格形态的作品侧重点各不相同，评论者应当从小说的本身出发，而不能墨守成规，奉行教条主义，得不偿失。有时可以面面俱到，有时不妨抓住最有创见的一点深发开去。《洗澡》这篇小说写新中国成立后知识分子第一次经受的思想改造——当时泛称"三反"。以一个由"国学专修社"改造而成的"文学研究社"为背景，叙述了一二十个知识分子的工作与生活琐碎。小说的故事性并不强，其中暗含两条线索——事业线与爱情线，没有主角，亦没有主要的冲突与情节。但是不能否认杨绛先生在塑造小说人物方面功力独厚。几个主要人物活灵活现，跃然纸上。姚宓是小说中最重要的人物形象，从文字篇幅中可以看出作者对这位女性的赞美与欣赏，与姚宓有同等待遇的是另一位女性——宛英，虽然描写她的笔墨不多，但是她却让读者所喜爱，也让读者轻易感受到作者是赞扬她的。在整篇小说中，她们两位独独获得作者的青睐，从深层次讲，是杨绛先生对两位光辉女性的赞扬。

一

　　《洗澡》这篇小说并没有开篇就把视角聚焦在文学研究社，而是"闲谈"余楠的感情纠葛，让读者误以为余楠是小说的主角。作者这样有意无意的安排自是有一定道理的，余楠与胡小姐的纠葛让我们看到了人性自私、狭隘、虚伪的一面，在这场夹杂浓厚利益的情爱中，除了让读者感到厌恶，也自然而然把视线集中到了另一个人物身上，她就是宛英。宛英是旧社会的传统女子，她与余楠本无深厚感情可言，但是她温柔善良，恪守本分，虽无学识，但通人情世故。余楠的出位起初引起读者对宛英的同

　　① 杨绛：《有什么好？——读小说漫论之三》，《文学评论》1982年第3期。

情，但是他对胡小姐亦非真情，虚假得紧。宛英在余楠与胡小姐的眼中是没学识、无情趣之多余人，事实上宛英非常有主见，她早就看透了余楠的小人嘴脸，不仅不会因被抛弃而自怨自艾，反而是期盼余楠早点离开，早些摆脱廉价老妈子的身份。在余楠退而求其次维持体面，掩耳盗铃之时，她又选择隐忍不发。看到这里，读者只为宛英惋惜，何其不幸，与余楠这样的人共度一生，但又何其有幸，她是这样一个温婉贤良而独立坚定的女子。不排除作者开篇就写"余楠上了一个不大不小的当"是为了突出宛英形象的可能性，故事的开头总是能够给人一个更深的印象。作者巧就巧在先声夺人，在不多的笔墨中勾画出深刻在读者脑海中的人物形象。

宛英她不是新时代的知识分子女性，在《洗澡》这篇小说中不宜着墨太多，但在后文写姚小姐的笔墨中小有穿插，可以看出她还是一位有正义感的女子，并不因与余楠的夫妻关系就与其沆瀣一气。例如在偷还姚小姐的稿子中，就有对其比较细腻的描写，她是如何侦探得到文稿的"藏身之地"，又是如何巧妙归还稿子和如何"善后"并巧妙推卸责任和规避怀疑的。在朴实无华中见其璀璨光芒，在日常琐事中见其足智多谋。

宛英是一位集中华传统美德之大成的妇女形象。

二

前面也说过小说的背景是文学研究社，就像《红楼梦》一样，各色人物在大观园里一一上场，在《洗澡》中，也是不同的人物陆续登场，各显其态。作者在介绍人物的时候，并没有刻意为其一一罗列，而是不经意间道出他们的底细。姚宓作为已故社长姚謇的女儿，对她的出场安排也是顺其自然，水到渠成。这个女性因其尴尬的身份，在文学专修社这个复杂的小社会里必然受到众人的关注，也必然会受到投机取巧、钻营奉承、争风吃醋之人的排挤。而她独特的姿态和独立的品格又立于众人之上。

姚宓首先是一位新时代的知识女性，她父亲是一所名牌大学中文系的教授，母亲系女洋学生的老前辈，她可谓是出身于书香门第。若不是家庭突遭变故，她也能完成大学教育。她爱读书，懂英文、法文，文中特意提到在后来的分小组研究中，年中小结只有姚宓是有研究成果的，可以看出姚宓是一个严谨治学、聪明努力的女子。

姚宓还是一位领略人生世相，沉着镇静，懂得"自保"的女性。年轻的姚宓过早经历了人生的苦难，承受其年龄、心性不能承受之重。她聪明的心性使她自觉地将昔日的娇嫩女孩改扮为了成熟的模样；用老成持重的装扮和神态严实地遮盖了美丽纯真的少女光彩，在险诈的人世间小心地保护着自己免受伤害。例如杜丽琳发现姚宓制服下露出华丽的锦缎，她们有如下对话：

> 她不客气伸手掀开制服，里面是五彩织锦的缎袄，再掀起衣角，看见红绸里子半掩着极好的灰背，不禁赞叹说："真美呀！你就穿在里面？"
>
> 姚宓不好意思，忙把制服披好，笑说："从前的旧衣服，现在没法儿穿了。"①

从表面看是描写衣服，但是不难看出其暗含的寓意，丽琳赞叹真美啊，其实是作者对姚宓的赞叹。姚宓的美在其"灰色制服"的掩盖之下，她钟灵毓秀但又内涵深沉。又暗含作者对美的逝去的悲辛之感。

可以说杨绛先生对这位女性的袒护是显而易见的。小说中的爱情线主要是写姚宓与许彦成，他们二人心有灵犀，惺惺相惜，隔着精明的杜丽琳和姚太太，隔着摇唇鼓舌的众人，相互拥有了一个别人进不了的精神世界，含蓄蕴藉，却饶有风韵。他们的"恋情"有两次濒临危机，一次是游香山被人发现并传出，另一

---

① 杨绛：《杨绛文集（第一卷）》，人民文学出版社2004年版，第292页。

次是被丽琳看见二人依偎相谈甚欢。本是最具有戏剧性的两个情节，但最终都被作者巧妙地化解了，她是何其袒护姚宓，让她立于中庸之地，不受一丝伤害。作者的意图颇受争议，但看过杨绛小说的人都知道婚姻并不等于美满，往往夹杂着哀怨与悲伤。并且姚宓是这样一个散发书香清气，秉冰雪之质的女子，她从未想过破坏许杜的家庭，为了寻求精神上的自由，她竟甘愿做方芳。这样一个女子，从未做过不对的事，也只能惹人怜爱。

姚宓是极具东方美的当代知识女性形象，清水芙蓉，刚柔并济，在文本的众生中鹤立鸡群。

三

宛英和姚宓是两个不同的女性，一个是旧社会的传统女性，另一个是新时代女性。

在作者巧妙的布局下，两段特殊的感情：余楠、宛英、胡小姐和许彦成、杜丽琳、姚宓或明或暗地形成了一组对比。就身份和地位而言，一位是原配，一位是"小三"；一位是已婚妇女，一位是未婚少女，宛英和姚宓似乎是完全的对立，但最大的共同点便是二人都是两段感情的主导。陈思和先生在《文本细读在当代的意义及其方法》一文里说：

> 既然阅读是一种个人隐秘感情世界的自我发现和自我保护，那么，我们必须强调要直面文学作品，以赤裸的心灵和情感需求来面对文学，寻找一种线索，来触动文学名著所隐含的作家的心灵世界与读者参与阅读的心灵世界之间的应和。[①]

在对《洗澡》的阅读中，我们可以发现作者刻意地安排了宛

241

① 陈思和：《文本细读在当代的意义及其方法》，《河北学刊》2004年第2期。

英和姚宓的巧遇，在这条线索之中，顺藤摸瓜地牵出宛英和姚宓的所有交集。在误打误撞地帮助了宛英一次之后，宛英就成了姚宓的"助手"。宛英是真善美的化身，她的形象是毫无争议的，作者把二人归为一处，其目的不言而喻。

在整篇小说中，宛英以其中华传统女子特有的隐忍包容了余楠的一切恶劣行径，自始至终她都是一个清醒的旁观者，看余楠如何丑态百出。与宛英相似，姚宓也是冷眼尽观人生世相，文学研究社里每个人都没有逃过她的法眼。她们在本质上是相似的，只是时代与境遇不同，造就了两位具有不同美的女性。

很多学者都认为《洗澡》和《围城》是姊妹篇，人物设置也具有相似性，例如许彦成和方鸿渐，杜丽琳和孙柔嘉，姚宓和唐晓芙。但《围城》的批判与怀疑，是理性的思考隐喻人生的绝境。与这种讽刺手法不同，杨绛先生在《洗澡》里透露出了一种平静的哀伤，她所赞扬的两位女性都各有其悲剧性。"世间好物不坚劳，彩云易散琉璃脆"，杨绛先生自己也说"上苍不会让所有幸福集中到某个人身上"。缺陷的美是杨绛先生呈现给读者最好的礼物。

宛英让人亲近和佩服，姚宓让人瞻仰和倾慕。作者让两位女性相离又相融，对她们的维护就是对传统美和现代东方美的赞扬。故事不讲作者的心思。但作者不能纯客观地反映现实，也不可能在作品里完全隐蔽自己。他的心思会像弦外之音，随处在作品里透露出来。作者创造人物，当然会把自己的精神面貌赋予精神儿女，但是任何一个儿女都不能代表父母。《洗澡》里宛英和姚宓都有与作者相似的地方。杨绛先生是一位出生在新旧交替的社会，又真真切切感受了新中国的发展变化的女性。她国学造诣深厚，西学知识丰厚，本身就既具有传统女性的美德，又是新时代知识女性的代表。她在《我们仨》中就提到过他们夫妻平时就爱玩福尔摩斯，这和姚宓在家与母亲玩福尔摩斯相吻合。宛英在某种程度上是她向中华传统的阴柔之美的致敬，而姚宓是她对新时代知识女性的启示与呵护，以人物本身的不幸衬托现实中的种

文苑初鸣集（第二辑）

种幸运。

《洗澡》是知识分子们的改造，且不说是否成功，但其中也暗含了它对所有人的心灵洗涤。小说的结尾既与主题相照应，又包含了杨绛先生对两位女性的体贴与维护。虽然没有点明她们的结局，但从暗示中我们可以看出，宛英最终离开了余楠寻求独立自由的生活，这是她迈向新时代的第一步，是她隐忍性格的一大转变。姚宓虽与许彦成精神上相互契合，但是她有自己的道德与原则。他们一直都只限于精神层面上的交流，在"洗澡"过后，洗去心灵上的尘垢，这段感情自然而然地止步熄灭，结尾处暗示她与率直的小伙罗厚走到一起，未尝不是一种补偿。在这样的结局中，姚宓既保有了传统美德，又可以继续她的精神遨游。对两位女性的归宿安排，再次体现了两人的互补，不能不说杨绛先生的用心良苦。

姚宓和宛英携手打造了杨绛先生心中完美的女性形象。

参考文献：

[１] 杨绛：《杨绛文集（第一卷）》，人民文学出版社2004年版。

[２] 陈思和：《文本细读在当代的意义及其方法》，《河北学刊》2004年第2期。

[３] 杨绛：《有什么好？——读小说漫论之三》，《文学评论》1982年第3期。

论《三国演义》中刘备"权谋诡诈"的性格

◇杨宣安

摘 要： 历来人们都将刘备作为道德信义的化身，将他性格单一化，其实作者罗贯中心中所想要塑造的刘备是一个性格丰满的、十分逼真的人物，他的性格中其实有"权谋诡诈"的一面，是一个有城府、有心机的人，而不是一个一眼就能看穿的简单人物。作者以此来讽刺统治者的狡诈与虚伪。

关键词：《三国演义》；刘备性格；"权谋诡诈"

刘备是中山靖王之后，随着刘皇叔这一身份逐渐被众人所认可，他的形象不断被人们美化，渐趋完美。"帝蜀寇魏""汉室宗亲"的刘备被广大民众奉为正统，成为"仁义"的化身，为百姓所拥戴，后人所景仰。然而当我们细细品读时，可以发现作者所要塑造的刘备并非是理想化的，而是来源于生活，反映着生活，给人以真实感。襄樊学院三国历史文化研究所副研究员王文浩认为刘备是"虚伪的""欺世盗名的"，然而在我看来刘备是奸诈的。他的权诈不亚于曹操，甚至是有甚于曹操，因为他的奸诈披着仁义的外壳，不为人所知，隐藏得很深，而对于曹操的奸诈我们常常可以一眼就能判断出。可见，他比曹操更奸。当然，这只限于程度上的对比。小说一开头介绍刘备就是"喜怒不形于色"。这就暗示了刘备是一个有城府、有心机的人，而不是一个一眼就能看穿的简单人物。

白手起家，又身处乱世之秋，想成就一番霸业，就必须要有极高的智慧，在处理人际交往时游刃有余。刘备创业时一穷二白，一文不名，"家贫，贩屦织席为业"。然而他却有着"有志破贼安民"的野心，更有随机应变的诡诈，为我所用的心机。《三国演义》中刘备的"权谋诡诈"性格特征主要体现在以下三个方面：

一、有城府，善于周旋

综观古今中外，成功人士无一不是圆滑之人，他们都有着很深的城府，让人猜不透。做人切不可太过简单明了，对待不同的人，有时候要有不同的态度；对待同一件事，在不同的情况下，也要采取不同的措施。刘备常常将自己的真实性情隐藏起来，在人前戴着一副假面具。如《三国演义》第十一回中，刘备再三地不受徐州，让人觉得他有不忍之心，讲信义，而实际上他并不是真的不想要，只是觉得"今无端据有之，天下将以备为无义人矣"，担心会被天下人唾骂，失去人心，招来祸乱，故一推再推。毛宗岗批："刘备之辞徐州，为真辞耶，为假辞耶？若以为真辞，则刘璋之益州且夺之，而陶谦之徐州反让之，何也？或曰：辞之愈力，则受之愈稳。大英雄人，往往有此算计，人自不知耳！"①后文中刘备依靠刘表时的酒兴失口"备若有基本，天下碌碌之辈，诚不足虑也"，露出了他的英雄本色，也证明了他在人前是假装无追求之心。当刘备占领徐州时，曹操以诏命令刘备杀吕布，而刘备不但阻止张飞杀吕布，还把曹操的密书给吕布看；但当在白门楼吕布为曹操所擒时，刘备不但不救吕布，还用一句"公不见丁建阳、董卓之事乎"，促使曹操果断地要了结吕布的性命，即便刘备答应了替吕布讲情。"刘备不杀吕布，留以为操敌也。他日白门楼劝斩吕布，恐其为操翼也。前之不杀，与

---

① ［明］罗贯中著，［清］毛宗岗批注：《第一才子书：三国演义（上）》，线装书局2007年版，第82页。

后之劝杀，各有深意。英雄所见，非凡人可及。"①刘备表面上显示出诚敬，实际上阴怀诡诈，处处为自己谋划。可见他城府之深。

前期的"刘备曾先后17次投奔过16个'山头'"②，他夹着尾巴在吕布、曹操、袁绍、刘表、孙权等人之间周旋，并都能够及时逃脱，逢凶化吉。当刘备依附袁绍，而云长因不知道他的下落，又急于报答曹操的恩情，先后斩了颜良、文丑时，袁绍曾两番要杀刘备，但都被他躲过，由此章节可发现刘备擅长用只言片语来周旋。"玄德智激孙夫人"这一章回更是将刘备的善于周旋于人表现得淋漓尽致。当他见到孙夫人时，先是"暗暗垂泪"，然后说三分话，接着就"跪而告曰"，其次是"言毕，泪如雨下"，最后是"又跪而谢曰"。善哭、善说又善跪，就这样在孙夫人那反复周旋，致使孙夫人说出"与君同去"。刘备周旋技巧之多，今日无人能及。

二、识时务，假作愚人

古语云："小不忍则乱大谋"，"识时务者为俊杰"。在兵荒马乱的年代，只有准确地辨识风向，才能保全自我，留得青山在。刘备的帝王度量和心机尽显于此。吕布偷袭徐州，刘备由主转为客，关、张二人心中愤愤不平，而刘备却说"屈身守分，以待天时，不可与命争也"。他深知自己现实的势力是比不过吕布的，故不想螳臂当车，而是依附吕布，保留性命，等待时机成熟。《三国演义》第二十回，许田射鹿，曹操当着文武百官的面僭越，关羽"提刀拍马便出，要斩曹操"，刘备见了"慌忙摇手送目"，并向曹操称贺说："丞相神射，世所罕见。"曹操此时掌握

---

① ［明］罗贯中著，［清］毛宗岗批注：《第一才子书：三国演义（上）》，线装书局2007年版，第108页。

② 张真：《〈三国演义〉人物性格缺少变化辩——以刘备、关羽、张飞为例》，《新疆教育学院学报》2011年第2期。

大权，心腹又尽在左右，若贸然行动，必会惹来祸患，所以刘备便逢迎曹操，以显示自己对他的"忠诚"，与他搞好关系，从而为自己将来谋事留下方便。可见刘备能够见风使舵，识时务。

"乃玄德心中，亦步步提防曹操。"①让自己最大的敌人不了解自己甚至是让敌人错误地认识自己，这就是刘备的大智若愚，帝王权变。刘备依附曹操时，为了防范曹操谋害，就每日在后花园种菜，亲自浇灌，目的是为了让曹操觉得他并无大志。在曹操青梅煮酒论英雄时，刘备更是显得装呆诈痴，一味地乱点英雄。当曹操指出"今天下英雄，惟使君与操耳"时，刘备"吃了一惊，手中所执匙箸，不觉落于地下"。正好当时大雨即将来临，恰逢雷声滚滚，刘备便以自己怕雷，闻雷失惊而落箸掩饰过去，更是以"圣人迅雷风烈必变，安得不畏"这一句平白简单的话来显示自己的胆小，从而抹去了曹操的疑心。毛宗岗批："'一震之威，乃至于此'，只淡淡一语轻轻混过，妙在有意无意之间，岂真学小儿掩耳缩颈之态耶！"②

三、伪"仁义"，收买人心

所谓"天时，地利，人和，天下可得已"。刘备"素有大志，专好结天下豪杰"，正因为他没有曹操"挟天子以令诸侯"的天时，也没有孙权南占长江天堑的地利，所以他只有抓住了人和，才能占有一席之地。《三国演义》第四十一回，"玄德泣曰：'举大事者，必以人为本。'"又如六十回中"玄德曰：'今与吾水火相敌者，曹操也。操以急，吾以宽；操以暴，吾以仁；操以谲，吾以忠，每与操相反，事乃可成。'"可知刘备以占人和来与曹操争天下，他的仁义实际上是他的政治策略，用来收买人心

① ［明］罗贯中著，［清］毛宗岗批注：《第一才子书：三国演义（上）》，线装书局2007年版，第155页。

② ［明］罗贯中著，［清］毛宗岗批注：《第一才子书：三国演义（上）》，线装书局2007年版，第176页。

的。在刘备的遗诏里，更有这样一句话"勿以恶小而为之，勿以善小而不为。惟贤惟德，能服于人。"这再次暗示了刘备一生中所表现的仁义，在很多情况下，都是为其政治目的服务的。

　　当阳长坂坡之战，子龙以单骑救回阿斗，当他用双手将怀中阿斗递与刘备时，"玄德接过，掷之于地曰：'为汝这孺子，几损我一员大将！'"初读来，甚是觉得刘备爱人才，不为妻儿所困，以天下为重，让人拍案叫绝。然而，静静一想，你就会发现他是如此的奸诈。《三国演义》中说刘备"双手过膝"，所以即使他把孩子弃掷在地上，孩子也不会受到多大的伤害。由此可想到，刘备掷幼子的目的是为了成全君臣之义，与赵云结心，让子龙更加忠于自己。在民间流传着这样的一句谚语："刘备的江山——哭出来的"。刘备收买人心最擅长的手法就是哭。当他得知徐庶因母亲在曹操那而不得不离开时，他"闻言大哭"；当他为徐庶践行时，二人举杯，"相对而泣"；当他送徐庶送到不得不就此别过时，他"泪如雨下"。他的这三哭，是"还将就来意，怜取眼前人"，哭得真诚动情，让徐庶为其"荐诸葛"，在曹操那"终身不设一谋"，使曹操得人却不得心，更是让他仁义之名广传天下，使善谋之人为其所用。可见刘备心存诡诈，甚于曹操。再例如在白帝托孤这一回中，他哭得更是惊天地，泣鬼神。他用将死之人的两番眼泪使孔明在其死后为蜀汉鞠躬尽瘁，死而后已。他收买人心的另一个手段就是假装自杀。"玄德两头无路，仰天大呼曰：'天何使我受窘极耶！事势至此，不如就死！'欲拔剑自刎，刘辟急止曰：'容某死战，夺路救君。'""战不三回合"刘辟死于高览刀下，刘备惊慌，"方欲自战"。（《三国演义》第三十一回）试想如果刘备是真的要自杀，那么在刘辟死后他为什么不自刎了呢？取而代之的是自战呢？而在刘辟死之前他为什么不战呢？可想而知，他是以假装自刎来赚得别人的忠心，为他卖命。"携民渡江"这一章回更是体现了他以假装殉百姓来收买民心。"玄德于船上望见，大恸曰：'为吾一人而使百姓遭此大难，吾何生哉！'欲投江而死。"由后文可知，他的目的达到了："闻者莫不痛哭"。刘备的投江与曹操的买民心都是假的，然而曹操的假，百姓知道；刘备的假，百姓偏偏不认为他是假。虽然都是假，但刘备比曹操更胜一筹。

古之成大事者，必是权谋诡诈之人，不因小义而废大谋。虽然刘备的诡诈不为人所知，但其确实存在，而且它的存在是必要的，它使《三国演义》中的刘备更接近现实。历来人们都将刘备作为道德信义的化身，将他性格单一化，其实作者罗贯中心中所想要塑造的刘备是一个性格丰满的、十分逼真的人物，以此来讽刺统治者的狡诈与虚伪。然而百姓却都被其表面所蒙蔽，将其当作自己所希冀的君主。作者之笔，与读者的主观愿望形成反差，这造成了刘备"权谋诡诈"的性格不为人所知。

参考文献：

[1]［明］罗贯中著，［清］毛宗岗批注：《第一才子书：三国演义（上）》，线装书局2007年版。

[2]张真：《〈三国演义〉人物性格缺少变化辩——以刘备、关羽、张飞为例》，《新疆教育学院学报》2011年第2期。

芜湖市各企业对秘书人才需求状况的调查报告

◇张宇英爽

摘　要：本文就芜湖市各企业对秘书人才的需求状况作一系列调查，以便了解秘书学专业毕业生就业前景，为该专业毕业生提供就业指导，同时了解各企业对秘书人才素质的要求，以便实事求是地根据需要提高自身素质和能力，从而帮助在校生制定更为科学的学习计划。

关键词：芜湖；秘书人才；需求状况

一、调研背景

提起秘书，人们会很快联想到在党政机关工作的行政秘书，他们自新中国成立以来就是中国秘书行业的主体从业人员。但改革开放以来，国家党政机关走的是精兵简政的路线，在一段时期内对秘书、文员的须求不大，而且想成为国家机关的秘书，要具备更高的学历并须通过"国考"审核，门槛较高。与此同时，国有企业、私营企业、中外合资企业和外资企业为秘书职业提供了广阔的就业市场，尤其在中国加入世贸组织之后，一方面企业必须走规范化管理、与国际接轨的道路，须按公司规范化管理要求配备一定数量的秘书，因此对秘书人才产生了多层次、多类型的需求；另一方面，随着我国教育、科技、文化、卫生、社会服务等领域逐渐与国际接轨，公关、商贸、社交等秘书事务大量增加。据调查显示，企业对秘书人

250

才的需求占绝大多数，达总需求比重的98.59%。

芜湖市位于安徽省东南部，地处长江三角洲平原腹地，物产丰富，交通便利，地理位置优越。是安徽省第二大城市，现为安徽省经济、文化、交通、政治次中心城市。芜湖是皖江城市带核心城市，也是长三角经济协调会员城市。

自20世纪80年代上海浦东开发以来，芜湖作为安徽省改革开放的重点和突破口，发展迅速，形成了汽车及零部件、材料、电子电器、电线电缆等支柱产业。由于各类企业在如此短的时间里蓬勃发展，形成了企业对各类人才需求猛增的局面。秘书人才就是其中之一。

二、调研目的和意义

为了深入了解芜湖市各企业对秘书人才的需求状况，我们主要以芜湖市各类企业为调查对象，从秘书人才所需具备的素质和能力、秘书职业的发展前景等方面收集大量信息，为秘书学专业的毕业生更好地适应社会发展需要提供一些有价值的参考。

三、调研对象和方法

本次调研对象锁定为芜湖市各企业，主要调查了安徽海螺水泥股份有限公司、海螺国际大酒店、奇瑞汽车股份有限公司、奥顿酒店、新物资酒店等共计80家企业。本次调研时间为2013年3月10日至5月10日，本次调查以问卷调查、个别访谈为主，并结合现场调查、网络调查等方式。本次调查共发放问卷145份，回收140份，回收率为96.5%。

四、具体案例

（一）海螺公司

本调研小组一行人首先采访了海螺水泥股份有限公司行政主管徐善军先生。采访之初，我们询问了一系列关于海螺水泥股份有限公司对秘书人才的学历、性别、年龄、形象等方面的要求的问题，徐主管都给予我们详尽确切的回答。其中，我们得知一条重要的信息即企业对秘书的性别要求较以前更为宽松，由原来的"不配异性秘书"改为"要求不限"。

接下来，我们提出了诸如"贵公司是否会将担任过学生干部作为招聘时的重要指标""是否会将工作经验作为招聘时的重要指标"等大家较为关心的问题，徐主管以身边的真实事例进行了巧妙的回答。他告诉我们，与这些标准相比，专业课知识才是极为重要的。谈到此处，徐主管笑言，负责人事招聘的面试官都是专业人员，千万不要试图蒙混过关，否则，很容易被淘汰出局。然而，关于是否担任过学生干部，是否为党员，是否必须具备某种证书则无硬性规定，因为企业更看重的是秘书的知识水平和实践能力。当然，如果具备一些履历和证书更好，可为求职添加砝码。至于"是否要求有工作经验"，徐主管提出会考虑此项条件，毕竟，应届毕业生和有工作经验者在事情的处理方式、人际交往等方面会有差距。

听完徐主管的例子，我们深受启发。在接下来的采访中，我们进一步得知，该企业在招聘时会优先考虑秘书学专业的学生，因为他们通常具有专业优势。徐主管还表示海螺公司主要需要文字型和事务型秘书，这就要求秘书人员具备较强的文字能力和处理事务的能力。此外，企业认为他们还应具备的素质有组织管理能力和良好的思想品德等，意识有服从意识、公关意识、参谋意识。

最后，徐主管对秘书人才的培养提了一些建议，秘书应广泛涉猎，了解多领域的知识以备不时之需，当然，如果能精通某一领域则更好，秘书人员应努力提高自身素质和能力，这样才能在激烈的竞争中脱颖而出。

（二）奇瑞公司

相对于海螺水泥股份有限公司的主管徐善军而言，奇瑞公司的人事部经理则提出了关于他对于秘书人才需求的某些不同的看法。经理提到在奇瑞公司，只有协助总公司领导的人员才被称为秘书，其他的人员一般被称为办事员，企业倾向于招收本科生做秘书，但同时也存在招收专科生做秘书的情况。在采访过程中，经理提到奇瑞公司曾有个不成文的规定，企业男领导只允许配备男秘书，女领导只允许配备女秘书，但是现在这种情况逐渐被打破了。经理认为秘书对公司要有一定的了解，同时应该有一定的经验，在这些基础上，年轻人是比较占优势的。在采访过程中，经理向我们重申了英语对秘书专业的重要性，提到有些企业对英语的重视程度很高，对其专业性的要求反而相对较低。在谈及秘书帮助领导起草公文方面，经理认为他们企业的领导不会让秘书起草相关文件，而是由专门的部门负责起草，他提出秘书在现实中应该尽量避免干预领导决策。在秘书学专业应聘者与其他专业的应聘者相比较而言，经理给我们提出了相关建议，认为我们在有条件的情况下，还应该辅助学习管理学或其他专业的知识，以此来提升我们自身的能力，使我们变得更优秀。例如，当你和一位财务管理的应聘者同时应聘财务领导的秘书时，你在学习秘书专业的同时还具备了另一门财务管理专业的知识，这样你的优势就比较突出。

通过对奇瑞公司人力资源部主管的采访，我们获悉重化工型企业更倾向于专业型、技术型秘书。如财务部要招聘一位秘书，会优先考虑经济类专业的人才（财务管理，会计等）而非秘书学专业学生。这就要求秘书人员必须突出自己的专业优势，同时加强相关知识的学习，以此来提高竞争力。

（三）芜湖市人才市场

在我们对芜湖市人才市场招聘活动的走访调查中，通过对现场企业招聘负责人的简单访问和问卷调查，我们了解到，参与招聘企业的主要用工需求是专业技术工人、后勤人员、销售人员等，对秘书学专业人才需求相对而言较少。在调查中对秘书存在需求的一般是一些较大型的企业，像中国电信企业就在招聘秘书、助理人员等。他们认为秘书除了应该具备相关的专业素质和专业知识外，还应该提高自身其他方面的能力，像法律、管理等方面都要求秘书人员有一定的了解。而对于那些私营的小型企业来说，对秘书人才的需求则较少。

在走访芜湖市人才市场招聘活动后，我们了解到芜湖市私企对秘书的需求明显增加，但多数人只能胜任初级秘书职位，初级秘书职能单一，技术含量不高，薪水相对较低。学历要求一般在大专及以上即可，年龄一般不超过25岁。因此中、高级秘书在中小型企业中需求较少。作为秘书学专业的学生，我们要不断提升自己，向高、精、尖迈进。

五、调研情况分析

调查结果显示，芜湖市各企业对秘书人才需求的数量在不断提高，对学历、性别、年龄等条件的要求也比以往有所改变，拥有高学历的高级秘书人才正逐渐成为人才市场上的紧俏资源。

我们一直关注芜湖市人才市场对秘书人才的需求动态，以《大江晚报》《安徽商报》《芜湖人才网》等报刊和网站为信息来源，根据调查，我们发现秘书一直以来是各网站、报刊刊登最多最常见的招聘职位之一，一直居于市场需求的前列。根据世界职业研究中心统计，全世界目前有160余种职业，秘书排在第6位。据《中国人才》杂志对19个全国主要人才市场行情统计分析，近年来我国十大热门人才为：营销、电子通讯、管理、机械、秘书、计算机、财会、建筑、广告、医药，秘书类人才需求量排名第5位。《大江晚报》曾刊登了一系列秘书类人才需求的信息，特别是有较高外语水平和中文水平，又掌握秘书知识和技能的高级秘书人才十分紧缺。我们认为，秘书学就业的整体状况较为乐观。

（一）问卷调查分析

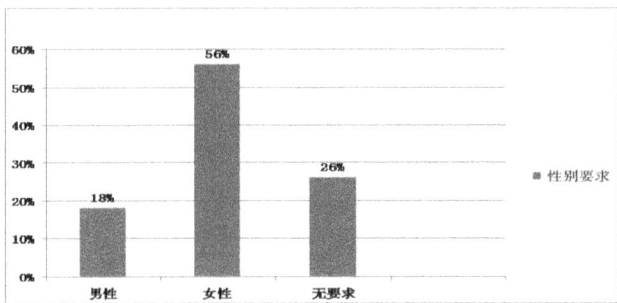

企业对秘书人才的性别要求

调查结果显示，在职秘书中女性占75%，男秘书仅占25%，企业管理层中除26%无要求外，56%倾向选择女性秘书，特别是在中小型企业女秘书受到普遍青睐，女性细心耐心的特点使其在秘书岗位上有着特殊优势，也有18%企业愿意选择男性秘书。由此可见现代秘书职业呈现女性化趋势。

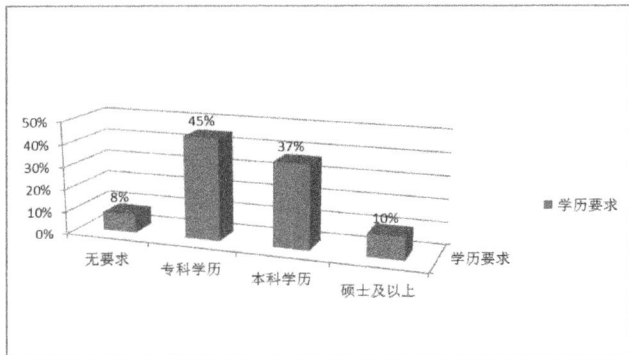

企业对秘书人才的学历要求

针对秘书学历的调查发现，在职秘书学历层次大部分为高职专科学历，本科学历占22%，研究生学历仅占3%。当被问及企业招聘秘书人员对学历的要求时8%的企业表示无要求，45%的企业要求专科学历，37%的企业要求本科学历，而要硕士学历以上的相对较少，仅占10%。由此可看出更多企业选择秘书并不只看重高学历，企业管理者更看重个人综合能力。

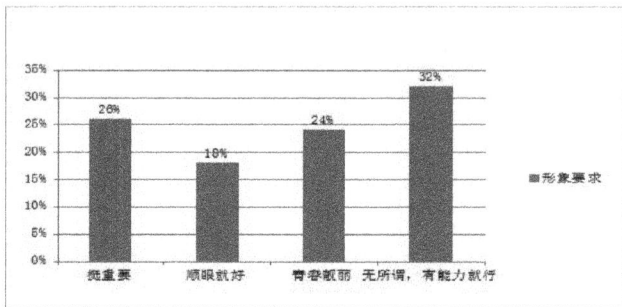

企业对秘书人才的形象要求

关于秘书形象要求的调查显示，26%表示形象挺重要，32%更看重能力，对外在形象无要求，24%要求青春靓丽，18%则表示顺眼就好。

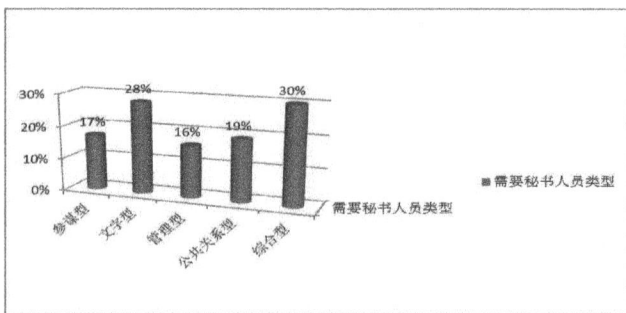

企业需要秘书人员类型

在对企业所需要秘书人员类型的调查中，我们发现企业最需要综合型秘书占30%，其次是文字型秘书占28%，公共关系型占19%，管理型和参谋型各占16%、17%。

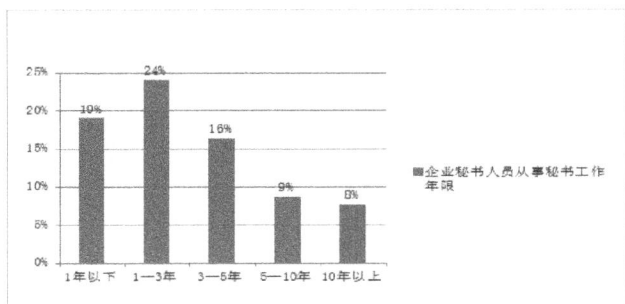

企业秘书人员从事秘书工作年限

调查显示秘书从业人员年限普遍较短，人员流动性大。从事秘书工作一年以下的占19%，1—3年占46%，3—5年占21%，5—10年占9%，10年以上仅占5%。

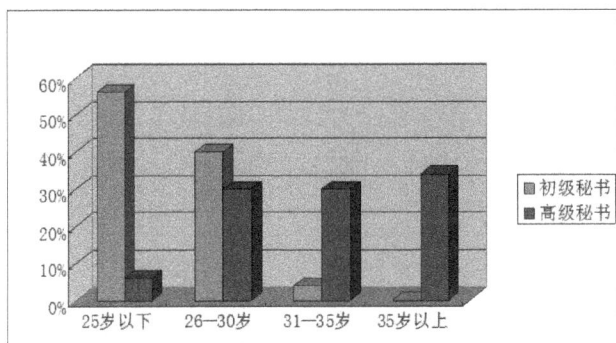

企业对秘书人员年龄要求

由图表可以看出，企业在选择秘书是一般会倾向于30岁以下的应聘人员。但是企业对秘书的年龄段要求会分两种情况：一种是初级秘书，企业大多数会选择25岁以下或26—30岁之间的应聘人员；另一种是高级秘书，由于和工作经验挂钩，企业大多不设年龄限制，但25岁以下的人员还是较少。

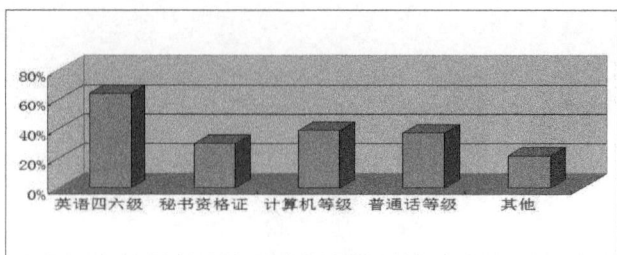

企业对秘书人员拥有证书要求

　　由图表可以看出，企业对秘书人员的英语四六级证书和计算机等级证书会有所要求，对其他证书的要求则会相对较低。而且对秘书资格证并不限过多要求。但是一些外资企业对英语则会有特别要求，要求英语口语过关。

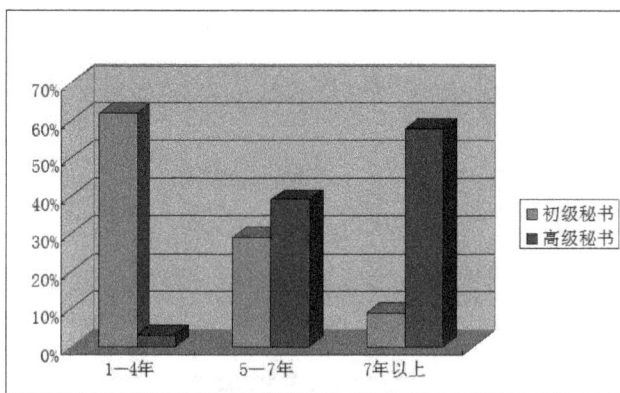

企业对秘书人员工作经验要求

　　由图表可以看出，企业对秘书的工作经验要求也会分为两种：一是初级秘书，企业对初级秘书的工作经验要求较低，一般集中在1—4年，而对高级秘书的工作经验则会有严格要求，至少5年，多集中在7年以上，要求丰富的工作经验。

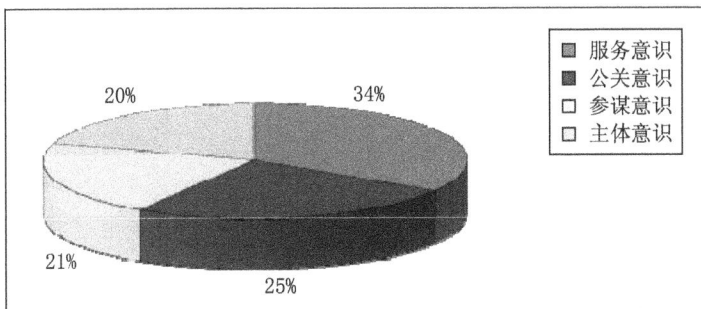

企业对秘书人员应具备的意识要求

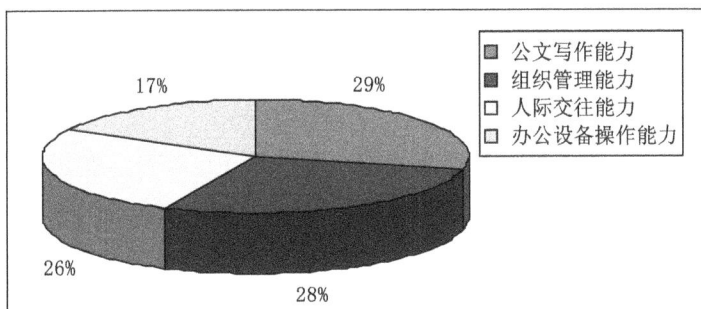

企业对秘书人员应具备的能力要求

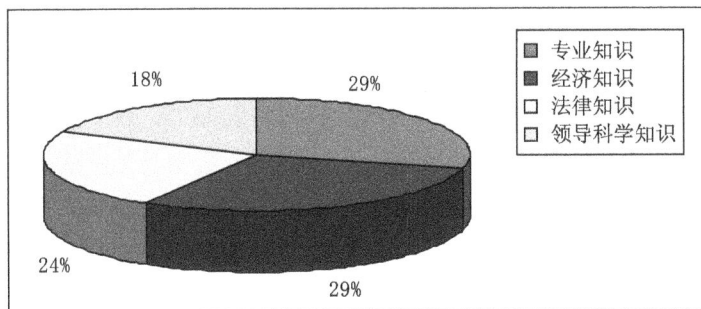

企业对秘书人员应掌握的知识要求

调查结果显示，用人单位普遍认为一名优秀的秘书人员应具备的意识依次为服从意识（34%）、公关意识（25%）、主体意识（21%）、参谋意识（20%）等；应具备的能力依次为公文写作能力（29%）、组织管理能力（28%）、人际交往能力（26%）、办公设备操作能力（17%）等；应掌握的知识依次为专业知识（29%）、经济知识（29%）、法律知识（24%）、领导科学知识

（18%）等。

通过调查走访，芜湖市企业对秘书人才的要求主要体现在以下几方面：

1. 具有吃苦精神，善于学习；

2. 具有强烈的事业心和良好的人际关系；

3. 职业道德较好，服从管理，忠诚单位；

4. 专业水平高，实际操作能力强；

5. 具有团队精神，善于沟通；

6. 具有良好的应变能力，一定的抗压能力；

7. 具有良好组织、协调、管理能力；

8. 具有自信、开朗、大方、热情的性格。

此外，很多企业希望秘书人员要具备专业素质，如生产部秘书要求理工科专业或有生产经验，公关部门秘书则要求具备公共关系管理的基础知识及公众分析知识等。

在调研中我们发现，芜湖市多数企业实际需要的是综合秘书。因大部分企业规模相对较小，秘书人员往往集文字、财务、统计、人事、档案管理等多种工作于一身，因此除了必须具备秘书专业知识和能力之外，还要掌握其他非专业的基础知识。不仅要具备办文办事、熟练运用现代办公设备的能力，还要有较强的驾驭语言的能力和社会活动能力。他们既要为企业搞好接待、公关工作，还要为企业领导出谋献策，做好决策辅助工作。

值得关注的是，随着经济全球化，很多企业都对秘书人员的英语水平做了相关要求，最低标准为公共英语四级，一些涉外企业还要求具备英语专业等级证书或高级口译证书。

调查结果显示，今后商务秘书、涉外秘书将成为企业秘书需求的主要类型。在市场经济舞台上，企业秘书不仅要懂得涉外法规、涉外礼仪、涉外经济，还要掌握现代企业管理知识和现代生产技术，了解企业的产销规律和特点，具有一定的策划和营销能力，这样才能适应企业的需要。

六、芜湖市秘书人才的发展前景

如今的社会对秘书人才的综合素质要求越来越高，不再仅仅注重文秘的专业知识，还对秘书的素质、能力也提出了相应的要求，社会在不断地变革，秘书行业也要应时应景地作出相应改革，秘书不再仅仅辅助领导办公，处理文件、安排会议、接待访客，而且要帮助领导出谋划策，有时还需独当一面。因此，秘书这一职业面临着巨大的挑战，同时，又能很好地锻炼人的能力，为秘书的人生增添一笔绚烂无比的色彩。

从工作内容来看，秘书工作中有近一半是协助参与公司的经营管理。与领导相比，秘书人员有更多的机会深入基层，能及时了解员工的动态和想法。与一般部门主管相比，秘书人员具有与高层接近的优势，使得秘书人员能对公司整体战略部署有更全面的把握。而且，长期在领导身边，不仅可以积累经验，学习到领导的办事方法和处事原则，还可以更快得到领导的信任。这些都为秘书人员以后的升迁提供了便利的条件。

从发展方向来看，因秘书类型的不同，从事工作的不同，其发展方向也各不相同。行政类：这类秘书可以直接过渡到行政管理、办公室主任、综合管理主任等职位，常见于大型企业。助理类：这类秘书可以进一步发展为总经理助理、总经理秘书。人事类：这类秘书可以发展为人力资源主管。公关类：这类秘书可以从接待、协调工作过渡到公关经理、客户经理，这种在餐饮业比较常见。业务类：这类秘书平时跟着老板抓业务，可以进一步发展为商务主管、业务经理等。

除去这些基本的方向外，还有一些不同的发展方向。有一些企业并不招专职秘书，而是在各部门招兼职秘书。这些秘书的发展方向主要是成为部门主管，如财务部、市场部、采购部等。这些就给秘书人员的发展提供了更多的方向。由此可见，秘书并不是我们平时认为的"升迁路很窄"，相反，它的升迁更具一些有利的条件。

通过调研，我们发现，随着芜湖市企业用人机制改革的深化，秘书人员在某一单位的某一岗位上终身就业的可能性越来越小，升迁或转职机会多，一般在3—5年后会得到晋升的机会。而且，随着经济的快速发展，企业发展节奏的加快，企业为保证自身的发展适应社会的发展，急需新鲜血液的注入，人员流动性加快，秘书人员升迁所需的时间也在大幅度的减少。这就给秘书升迁提供了更多的机会。

在大环境有利的条件下，我们自身也要加倍努力，不能松懈。现今秘书职业所需要的是"通才+管理人才+创新意识"即复合型人才，只有积极进取，敢于挑战，具备较高的工作能力，才能在人群中脱颖而出。

七、对秘书学专业学生和秘书学专业建设的建议

经过这次调查，我们发现企业需要的秘书与在校秘书专业的学生在能力和素质等各方面存在着一定差异。为了使秘书学专业的学生更好地适应社会需求，在此提出以下建议。

（一）对秘书学专业学生的建议

1. 加强学习——厚功底

在校园生活中，侧重学专业知识、英语知识、计算机知识、同时涉猎经济、法律、现代市场与科技领域以拓宽知识面；除此之外，注重实践，值得强调的是，写作能力是由普通人员向专业秘书改变的关键，因此我们要格外注重文笔的锻炼，能做到各种公文格式了然于胸，并能在规定时间内写出领导需要的文章；学习领导的构思、处理问题的技巧，使文稿与领导风格高度和谐。

2. 不断锻炼——强能力

尽可能深入地进行调查研究，广泛获取第一手资料，填充自己的"资料库"，提高写作能力。作为一名秘书学专业学生，还

应充分发挥自己的主观能动性，多从书本中吸取营养，向书本中的领导学习，向现实中的领导学习，少说话，多做事，妥善处理好人际关系。总之，我们要加强多方面能力的锻炼，努力做综合型人才。

3. 积累经验——活办事

实践经验是增强竞争力的有效砝码，大部分企业都提出"有相关工作经验者优先"。然而经验的积累不是一朝一夕的，在日常学习生活中要正确领会领导意图，传递信息时应忠于事实、简明扼要，以免在上传下达时出错。此外，注重留意领导的习惯，积极配合领导的决策，遇到棘手的问题，主动向领导请示，忌擅做主张；领导不在时，要随机应变，不能墨守成规，努力做领导的得力助手。

（二）对秘书专业建设的建议

1. 课程设置要求实用

秘书人才培养应以市场需求为导向，改变传统僵化的教学模式，合理设置专业课程，突出专业特点，同时要重视职业技能和综合素质的培养，增强秘书人才的就业适应性。调查表明，秘书课程的设置应从分析现行秘书职业岗位着手，以职业岗位能力为核心，以培养学生的实践技能为出发点，严格按国家职业标准，设计技术、能力培养模块，选择支撑课程，设置课程体系。合理地安排教学环节，结合第二课堂和社会实践活动，最终使学生通过相关部门的考核鉴定，顺利走上岗位，达到培养目标。

2. 教学过程要注重实践

让学生走出校门，把课堂搬到社会上去，在社会的真实情境中体验生活，运用专业知识分析解决问题。如组织公关礼仪队和学生记者团，不但为学校的各种会议、庆典和活动服务，还把他们推向社会，参加各企事业单位的各种庆典、会务活动；学校开设有针对性的实训项目，如模拟面试场景、办公室场景等，让学生在具体的社会实践中体验公关服务，感受职业环境，培养职业能力，激发学习激情。在学校课堂教学中模拟用人单位运作方式对学生进行教学，强化职业文化和规范，让学生能够比较真实地感受到用人单位的运行环境和工作流程，为学生能够更快地适应岗位打下坚实的基础。

3. 注重培养综合素质

现今企业对秘书人员的要求并非局限于某一方面，而是对其综合素质有较高的衡量标准。为了达到利润最大化的终极目标，企业会更青睐全面发展的"复合型"人才，因此在要求秘书专业素质过硬的同时，更注重职员的灵活性，以及他们在过去的学习与实习经验中所积累的学习能力与个人综合能力，如独立思考能力、自我学习能力、团队协作能力等。除此之外，一个思想品德端正，职业道德修养高，法制意识强的职员更易拥有被赏识的机会。因此学校应对素质教育加以重视，思想道德修养、法律基础、马克思主义基本原理等课程的设置不应流于形式，而应落到实处；各领导班子成员积极行事，定期培训，起到模范作用；多开展与之相关的讲座和活动，让同学们在实践中拓展自己的能力，争取做高素质的秘书人才。

附：调查问卷

尊敬的女士/先生：

您好！我们是安徽师范大学秘书学专业的学生。为了解当前芜湖市各行业对秘书人才的需求状况，明确自身发展方向，特展开本次调查。请在所要选择的选项上打"√"，感谢您的积极配合与大力支持！祝您身体健康，工作顺利！

1. 贵单位所属：

A.国企　　　B.私企　　　C.外资　　　D.中外合资

2.贵单位近五年年均需要的秘书人数：

A.0人　　　B.1～5人　　C.6～10人　　D.10人以上

3.贵单位对秘书人才的学历要求：

A.无　　B.专科及以上　　C.本科及以上　　D.硕士及以上

4.贵单位对秘书人才的性别要求：

A.无　　　B.男性　　　C.女性　　　D.视岗位需求

5.贵单位对秘书人才的年龄要求：

A.25岁以下　B.26～30岁　C.31～35岁　D.35岁以上

6.贵单位对秘书人才的形象要求：

A.外形靓丽　B.五官端正　C.无要求

7.贵公司是否会将担任过学生干部作为招聘时的重要指标：

A.会　　　　B.不会

8.贵公司是否会将工作经验作为招聘时的重要指标：

A.会　　　　　B.不会

9.贵公司在招聘时是否会优先考虑秘书专业的毕业生：

A.会　　　　　B.不会

10.贵公司主要需要哪种类型的秘书（可多选）：

A.参谋型　　　B.文字型　　　C.事务型　　　D.公关型

E.专业型

11.贵单位较为看重秘书的素质是（可多选）：

A.专业知识　　B.组织管理　　C.思想品德　　D.人际关系

12.您认为秘书在实际工作中应具备的意识有（可多选）：

A.主体意识　　B.服从意识　　C.公关意识　　D.参谋意识

13.您认为秘书人员应具备的证书有（可多选）：

A.英语四、六级　　　　　　B.秘书资格证

C.计算机等级　　　　　　　D.普通话等级

E.其他_____

14.您认为秘书最需要加强哪些方面的学习（可多选）：

A.历史知识　　　B.专业知识　　　C.经济知识

D.科技知识　　　E.法律知识　　　F.领导科学知识

G.其他_____

15.您认为秘书以后的职业发展是（可多选）：

A.办公室主任　　B.经理助理　　　C.高层主管

D.客户经理　　　E.仍是秘书　　　F.其他_____

16.请谈一谈您对秘书人才培养的其他意见或建议：

_____

_____

_____

再次感谢您的配合与支持！